文艺美学研究

2020年春季卷

教育部普通高校人文社会科学
重点研究基地山东大学文艺美学研究中心 编

中国社会科学出版社

图书在版编目(CIP)数据

文艺美学研究.2020 年春季卷/教育部普通高校人文社会科学重点研究基地山东大学文艺美学研究中心编. —北京：中国社会科学出版社，2023.12

ISBN 978-7-5227-2729-5

Ⅰ.①文… Ⅱ.①教… Ⅲ.①文艺美学—文集 Ⅳ.①I01-53

中国国家版本馆 CIP 数据核字(2023)第 211837 号

出 版 人	赵剑英
责任编辑	郭晓鸿
特约编辑	杜若佳
责任校对	师敏革
责任印制	戴 宽

出　　版	中国社会科学出版社
社　　址	北京鼓楼西大街甲 158 号
邮　　编	100720
网　　址	http://www.csspw.cn
发 行 部	010-84083685
门 市 部	010-84029450
经　　销	新华书店及其他书店

印　　刷	北京明恒达印务有限公司
装　　订	廊坊市广阳区广增装订厂
版　　次	2023 年 12 月第 1 版
印　　次	2023 年 12 月第 1 次印刷

开　　本	710×1000　1/16
印　　张	19.25
插　　页	2
字　　数	269 千字
定　　价	109.00 元

凡购买中国社会科学出版社图书，如有质量问题请与本社营销中心联系调换
电话：010-84083683
版权所有　侵权必究

编委会

主　　编　曾繁仁　谭好哲

副主编　　王汶成　程相占　凌晨光（执行）

编委会　　王一川　王汶成　冯宪光　朱立元　周均平
　　　　　赵宪章　高建平　盛　宁　曾繁仁　蒋述卓
　　　　　程相占　谭好哲　凌晨光

Editorial Board

Chief Editors：

Zeng Fanren，Tan Haozhe

Associate Editors-in-Chief：

Wang Wencheng，Cheng Xiangzhan，Ling Chenguang（Executive）

Editorial Committee：

Wang Yichuan，Wang Wencheng，Feng Xianguang，

Zhu Liyuan，Zhou Junping，Zhao Xianzhang，

Gao Jianping，Sheng Ning，Zeng Fanren，

Jiang Shuzhuo，Cheng Xiangzhan，Tan Haozhe，

Ling Chenguang

目 录

▲文艺理论

习近平关于文艺工作重要论述的问题导向　　　　　　　　　范玉刚　　3

中国传统写人文论之"以意为本"解析　　　　　　　　　　李桂奎　　22

"重复"还是"新生"
　　——对历史前卫与新前卫艺术关系的再认识　　　　　张林轩　　48

▲文艺美学

全球传播语境下中国当代电影创作的文化价值选择　　　　　谭好哲　　69

论中国现代纯艺术思潮的自由本义和价值诉求
　　——以三四十年代朱光潜美学中的艺术自律倾向为例　　韩清玉　　78

走向"文化批评"的美学
　　——审美人类学的特征、问题与当代发展　　　　　　曹成竹　　92

▲生态美学

生态审美学与审美理论知识的有效增长　　　　　　　　　　程相占　　107

生态美学理论建构的若干基础问题　　　　　　　　　　　　胡友峰　　130

海德格尔"在世存在"思想及其生态审美意蕴　　　　　　　刘发开　　150

科学知识在生态审美欣赏中的作用和限度　　　　　　　　　李鹿鸣　　166

生态审美如何可能
　——论生态审美的困难和实现条件　　　　　　　　　李若愚　175
自然审美欣赏中的科学认知主义　　　　　　　　　　　叶冰冰　184

▲古代文论

《文心雕龙·原道》篇旧注辨证　　　　　　　　　　　李　飞　195
论中国古代山水画论中的"如画"概念　　　　　　　　郭鹏飞　216
英语世界李贽文论核心问题译介论析　　　　　　　　　周品洁　234
论"社会—历史"研究方法在中国文学批评史研究中的应用及其限度
　　　　　　　　　　　　　　　　　　　　　　　　　王建波　257

▲文论选译

个人主义、个性与文化的复兴
　　　　　　　　［美］普雷德里格·塞科瓦茨基著　周维山译　275

▲会议综述

"山东大学中国古代文学理论青年学者论坛"成功举办
　　　　　　　　　　　　　　　　　　　　　　　伏煦　杨阳　291

CONTENTS

▲ Artistic Theory

The Problem-orientation of Xi Jinping's Important Discourse on
    Literature and Art   Fan Yugang   3

An Analysis of "Taking Meaning as Soul" in Chinese Traditional
    Characterization   Li Guikui   22

"Repetition" or "Rebirth": Re-understanding of the Relationship
    between the Historical and Neo-Avant-Garde   Zhang Linxuan   48

▲ Artistic Aesthetics

Contemporary Chinese Film Creation's Choices of Cultural Values
    in the Context of Global Communication   Tan Haozhe   69

On the Original Meaning of Freedom and Appeal of Value of
    Pure Art Thoughts in Modern China
      ——Taking the Autonomy of Art in Zhu Guangqian's Aesthetics in the
        1930s and 1940s as an Example   Han Qingyu   78

Toward "Cultural Critique" Aesthetics
    ——Characteristics, Problems and Contemporary Development of
    Aesthetic Anthropology   Cao Chengzhu   92

Ecoaesthetics

Eocaesthetics and the Effective Growth of Aesthetic Theoretical Knowledge　　　Cheng Xiangzhan　107

Some Basic Problems in the Construction of Ecological Aesthetics　　　Hu Youfeng　130

Heidegger's existentialist structure of "Being-in-the-World" and its ecological implication　　　Liu Fakai　150

The Function and Limitation of Scientific Knowledge in Ecological Aesthetic Appreciation　　　Li Luming　166

How is Ecological Aesthetics Possible? On the Difficulties and Realization Conditions of Ecological Aesthetics　　　Li Ruoyu　175

Scientific Cognitionism in Natural Aesthetic Appreciation 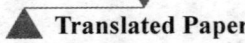　Ye Bingbing　184

Ancient literary theory

Discussion on the Previous Commentaries of *The Literary Mind and the Carving of Dragons*, *On Tao*　　　Li Fei　195

The Concept of "Picturesque" in Ancient Chinese Landscape Painting Theory　　　Guo Pengfei　216

An Analysis of the Key Issues of Li Zhi's Literary Theory in the English-speaking World　　　Zhou Pinjie　234

The Use and Limit of the "Society-History" Research Method in the Study of Chinese Classical Literary Criticism　　　Wang Jianbo　257

Translated Paper

Individualism, Personality and the Restoration of Civilization
　　　Predrag Cicovacki, Trans Zhou Weishan　275

文 艺 理 论
Artistic Theory

▲ Conference summary

The "Shandong University Forum for Young Scholars of Ancient Chinese Literature Theory" was Successfully Held

Fu Xu Yang Yang　291

文艺理论

Artistic Theory

习近平关于文艺工作重要论述的问题导向[*]

范玉刚

摘要 习近平总书记关于文艺工作重要论述的问题导向体现在两个层面：一是在文艺实践层面，立足新时代社会主义发展的新方位，以问题导向的现实维度、历史维度和世界维度聚焦于"新时代文艺何为"；二是在理论建构层面，以问题导向引领中国文艺理论学术体系建构。通过强化新时代文艺的使命担当，和文化自信视域中的文艺理论学术体系建构，助力新时代中国文艺迈向全球高势能文化，融汇于全球复数的"世界文学"。

关键词 新时代 习近平关于文艺工作重要论述 问题导向 文艺何为 文论体系建构

作者简介 范玉刚，山东大学文艺美学研究中心教授、博士生导师，研究方向为马列文论。

党的十八大以来，习近平总书记关于文艺工作的一系列重要论述，体现了鲜明的问题导向，旨在强化新时代文艺的使命担当，倡导文艺与时代同频共振、文运与国运相牵、文脉同国脉相连，激励文艺家勇攀时代文艺高峰，使新时代文艺成为文化兴盛的表征，以文艺精品的不断涌现，推动

---

[*] 本文系国家社科基金重大招标项目"习近平总书记关于文艺工作的重要论述与新时代中国文艺理论学术体系的建构研究"（项目编号：18ZD006）的阶段性成果。

中华文化在迈向全球高位态的文化实践中成为世界主导文化形态之一，进而夯实文化强国的现实根基。高扬新时代文艺的社会功能，凸显文艺在育人铸魂、培养社会主义新人中的价值，使新时代文艺成为助力中华民族伟大复兴、开启中国特色社会主义文化发展新境界、为世界进步和人类文明做更多贡献的重要力量。习近平总书记关于文艺工作的重要论述，不是简单的工作部署，而是以政治家的情怀心系民族复兴和国家崛起，在战略层面思考新时代文艺何为——培养什么样的人、传播什么样的价值观、形成什么样的社会风尚、展示什么样的国家形象与民族气象。由此形成习近平总书记关于文艺工作重要论述问题导向在实践层面的三个维度，以及在理论层面对中国文艺理论学术体系建构的价值引领。在文艺实践层面，问题导向的立足点是中国经验—中国审美经验，落脚点是人民性——社会主义文艺的本质属性，旨在让人民有充分的文化获得感，以文艺精品的不断涌现满足人民对美好生活的需求，充分彰显"以人民为中心"的创作导向；在理论的守正创新中，把重心落在"马克思主义问题性"上，以问题导向引领新时代中国文艺理论学术体系的建构，在内外协同发展中强化文艺理论阐释现实的能力，在文明互鉴中彰显习近平新时代中国特色社会主义思想的价值感召力。

一 新时代的历史语境及其问题域

党的十九大报告作出中国特色社会主义发展进入新的历史方位的重大判断。所谓新时代不是简单的时间延续的历史判断，而是一种重大政治判断、价值判断，旨在强调新时代中华民族从"站起来""富起来"迈向"强起来"的价值意味，凸显中华民族的文化创造和文化理想，为人类文明做更多贡献，真正发展出引领人类文明跃升的能力，推动中华文化以高势能的全球主导文化形态之一，成为世界战略格局重组的文化基础。正是这种战略诉求，对新时代文艺及其文艺理论学术体系建构提出了要求，它显现于习近平总书记关于文艺重要论述的问题导向，这就是"强起来"的价值意味在文艺领域的表现，使文艺成为中华文明复兴的文化表征、文化旗帜，作为高势能文化的强力支撑，以复数的"世界文学"的引领者助力中华文化成为世界主导文化之一，为"一带一路"和世界人民的民心相通夯实精神文化基础，为构建"人类命运共同体"做强有力的文化背书。

习近平总书记关于文艺工作的重要论述具有鲜明的问题导向，是一种立足于问题性上的意识自觉。因此，把握时代问题、有效回应重大时代之问，是深刻理解习近平总书记关于文艺工作重要论述的关键。马克思指出："问题就是公开的、无畏的、左右一切个人的时代声音。问题就是时代的口号，是它表现自己精神状态的最实际的呼声。"① 强烈的问题意识是习近平总书记对马克思主义的价值传承、守护和创新发展的体现，是对社会主义性质深刻认知的理论自觉，是坚定走中国特色社会主义道路的文艺表达，它关乎中国社会发展的根本。正是问题导向要求坚持马克思主义指导地位不能仅停留在口号与宣传上，而是要实实在在地落到"马克思主义问题性"上。"马克思主义问题性"是詹姆逊在论及马克思主义时指出的，指马克思主义所致力于探讨和解决的问题，即经济基础和上层建筑的问题，意识形态的本质问题、表象问题，等等，是马克思主义对现实社会中的文化和文艺问题的理论应对和聚焦，是坚持马克思主义价值立场的自觉。② "马克思主义问题性"是马克思主义文艺理论的要害，是对社会主义文艺根本问题的回答，体现了马克思主义理论一贯的问题导向。凸显问题性表征着习近平新时代中国特色社会主义思想以强力抓住了时代。"坚持

---

① 《马克思恩格斯全集》（第40卷），人民出版社1982年版，第289—290页。
② ［美］詹姆逊：《晚期资本主义的文化逻辑》，陈清侨等译，生活·读书·新知三联书店1997年版，第2—3页。

问题导向是马克思主义的鲜明特点。问题是创新的起点，也是创新的动力源。只有聆听时代的声音，回应时代的呼唤，认真研究解决重大而紧迫的问题，才能真正把握住历史脉络、找到发展规律，推动理论创新。"① 新时代对中国文艺和文论学术体系建构提出了新要求，只有置身时代历史语境，契合国家需求和国家利益的拓展，在回归文艺理论自身问题域中，才能真正洞悉习近平总书记关于文艺工作重要论述问题导向的深刻用意和价值所指。

坚持"马克思主义问题性"，是习近平总书记在回应时代重大之问中关于文艺工作重要论述的逻辑起点，彰显了习近平总书记关于文艺之思的问题导向。近年来，在文艺研究领域为了纠偏强制阐释的弊端和新的话语体系的建构，问题意识成为清理地基建构新的研究范式的逻辑起点，由问题意识到问题导向，再到问题性，体现了中国文论研究的深入。问题、问题意识、问题导向等几个范畴，相互联系、相互作用、相互影响，问题意识是对作为客观存在的问题的反映和态度，是一种对问题理解的主观抽象，问题导向则是着眼于解决问题的思想方法和工作方法，这些构成新时代中国文艺理论学术体系建构的逻辑骨架。坚持问题导向，旨在强化问题意识的价值指向，将解决问题的实践探索总结提炼归纳为理论创新、制度创新，从而更好地认识和解决问题。有学者指出"人文社会科学是否能够取得有价值和有成效的学术创新，不仅取决于是否具有问题意识，更取决于什么是学术问题、从何处发现问题、怎么发现问题和怎样应答问题"②。学术问题是时代问题的学术表达，只有扎根时代语境，在问题域中说话，才能使学术问题立起来。曾经，因为不关乎现实问题的强制阐释以及理论话语的自我复制，制约了中国文艺理论的有效性及其创新，没有紧紧抓住

---

① 习近平：《在哲学社会科学工作座谈会上的讲话》，人民出版社2016年版，第14页。
② 何明：《问题意识与意识问题——人文社会科学问题的特征、来源与应答》，《学术月刊》2008年第10期。

文艺研究"中国问题",使得学术研究难以有大的理论突破,也远逊于时代的波澜壮阔及亿万中国人民的伟大实践,难以在学术问题上推进中国文艺理论的深入发展。通常,问题意识的逻辑高度和深度决定了认识的高度与深度。所谓问题导向就是在复杂问题丛中找到关乎时代根本的重大问题,以及对这些问题的解决之道。具体到文艺领域,需要思考和悉心领会习近平总书记为什么高度重视文艺工作;其关于文艺工作重要论述的问题导向是什么。从中国特色社会主义发展的新方位来讲,新时代主题是如何坚持和发展中国特色社会主义的?对这一问题的回答形成了习近平新时代中国特色社会主义思想,强烈的问题意识、鲜明的问题导向是贯穿其中的红线,它既是重要的思想方法和工作方法,也是实现创新驱动发展的重要手段与基本路径。习近平总书记关于文艺工作的重要论述是在回应时代难题中对文艺的思考,同样是在根本点上以问题导向对时代之问的回应。

习近平总书记关于文艺工作的重要论述,是习近平新时代中国特色社会主义思想的重要组成部分,是新时代文艺发展的指南和纲领性文献,它传承和发展了马列文论、毛泽东文艺思想和中国特色社会主义文艺理论,是马克思主义文艺理论中国化的最新成果,为繁荣发展新时代中国特色社会主义文艺提供了根本遵循,指明了新时代文艺繁荣兴盛的道路和方向。在关于文艺工作的重要论述中,新时代文艺要担当历史使命。在他看来,实现中华民族伟大复兴,是一场震古烁今的伟大事业,需要坚忍不拔的伟大精神,需要振奋人心的伟大作品。作为关键词的"伟大",需要文化来界定,伟大需要精神支撑,文艺作品一马当先,文艺、文艺经典才能使一个民族昂然屹立在全球。党的十九大提出"坚定文化自信",彰显了我们党鲜明的文化立场和文化追求,表明在新时代以什么样的立场和态度对待文化、用什么样的思路和举措发展文化、朝着什么样的方向和目标推进文化建设。

抓住时代难题需要深刻理解当下历史语境。从21世纪的第二个十年始，中华民族已然处在伟大复兴的历史拐点，文明型崛起的中国越来越走近世界舞台中央，在此险象环生的历史时刻面临一系列挑战和打压。风物长宜放眼量，我们只有安心办好自己的事情，坚定信心走好自己的路，中华民族的伟大复兴是任何外部势力都阻挡不了的。在中华民族伟大复兴的峻急时刻，在国际形势风云际会、中美竞争特别是贸易争端日趋激烈，愈加需要举全社会全民族之力，愈加需要文艺的时代担当，需要文艺发挥"举旗帜、聚民心、育新人、兴文化、展形象"的社会功能。当下，中美关系的不确定性走向，对世界战略格局重构产生深刻影响。一方面，美国坚持"美国优先"的单边主义、贸易保护主义原则，挥舞美国大棒，四面出击，破坏国际规则，不断退群。不但压制中国，还敲打盟友。在张扬"硬实力"的同时，也在损害多年建构起来的"软实力"；另一方面，习近平总书记以政治家的高瞻远瞩和战略定力，提出"人类命运共同体"的文化理念，所开启的不仅是国内中华民族伟大复兴的新境界，更是以新的文明观引领世界走向共同富裕、责任共担、利益共享的人类文明新纪元。这种新的文明观是对世界发展格局的新判断，旨在表明中华民族的伟大复兴要为人类文明做更多贡献。正如邓小平当年提出"和平与发展仍然是时代主题"的重大判断，之于中国迎来的是改革开放的战略机遇期，之于世界迎来的是总体和平稳定的环境一样，习近平总书记"人类命运共同体"的新文明理念同样将产生深远的世界影响。党的十八大以来，习近平总书记关于文艺工作的重要论述对文艺的高度重视除了家庭熏陶、个人志趣和文化修养外，更多是从国家发展和民族复兴高度关注文艺，把文艺与时代和国运关联起来，把文艺与中国特色社会主义进入新方位关联起来，把文艺与文化强国、文化兴盛关联起来，由此形成关于文艺工作重要论述的问题导向。

二　新时代"文艺何为"

今天，我们比历史上任何时期都更接近中华民族伟大复兴的目标，面临比历史上任何时期都更多的重大挑战、重大考验，所以愈加要有强烈的问题意识，落实到文艺领域就是聚焦"新时代文艺何为"。一个民族的复兴需要强大的物质力量，也需要强大的精神支撑，习近平总书记指出，"举精神之旗、立精神支柱、建精神家园，都离不开文艺"①，新时代文艺需要彰显"强起来"的价值意味。"当高楼大厦在我国大地上遍地林立时，中华民族精神的大厦也应该巍然耸立。"② 这一判断体现了习近平总书记关于文艺工作重要论述的问题导向。改革开放四十年为中华民族的复兴积累了丰厚的物质基础，经济崛起为文化复兴提供了强有力的载体支撑，文化繁荣兴盛是民族复兴的精神表征。新时代建设现代化文化强国是中华民族复兴的价值指向，一个尊重文化发展规律、全面建设文化的新局面已经展开，文化引领未来，中国特色社会主义发展迎来文化引领的新时代，文化经济将成为社会发展的新动能。新时代，中国经济社会发展着重解决"好不好的问题"，这意味着关注点将不仅仅是经济领域，也关注全面落实经济建设、政治建设、文化建设、社会建设、生态文明建设五位一体的现代化事业总体布局，注重经济社会均衡发展，注重国家文化"软实力"建设，把提升社会文明程度、大众审美情趣、个人幸福感作为发展重心。发展不再单纯指经济发展，文化是发展的关键词，文化繁荣兴盛是发展的最高阶段。随着文化地位和作用的凸显，文化在保持经济活力和高质量生活品位中的作用愈加凸显，亟须文艺激发全民族的审美想象力、文化创造活

---

① 习近平：《在文艺工作座谈会上的讲话》，人民出版社2016年版，第6页。
② 习近平：《在文艺工作座谈会上的讲话》，人民出版社2016年版，第6页。

力，亟须文艺引领社会新风尚、提高大众审美品位、提升社会文明程度。一个为人类文明做更多贡献、提出"人类命运共同体"理念、蓬勃发展充满精气神的新时代亟须文艺的彰显。文艺作为文化的核心内容和主导形态要积极彰显新时代的精神追求，充分焕发民族伟大复兴的精神状态，使中国文艺发展迈向世界高势能文化的实力和水平，在艺术卓越性追求中融入"世界文学"的合唱，使中国文艺在民心相通、价值共享中为"人类命运共同体"的构建做强有力的文化背书。因而，新时代文艺如何发挥"举旗帜、聚民心、育新人、兴文化、展形象"的社会功能，是习近平总书记关于文艺工作重要论述问题导向的现实维度，旨在把解决问题的重心落在弘扬中华美学精神和"文以载道"的诗教传统上以振奋中国精神；新时代文艺如何在勇攀时代高峰中书写中华民族新史诗是习近平总书记关于文艺重要论述问题导向的历史维度，旨在把解决问题的重心落在以文艺精品及其文化产品的高质量供给，以坚定中国人的文化自信；新时代文艺如何在迈向全球高势能文化中为"人类命运共同体"做背书是习近平总书记关于文艺工作重要论述问题导向的世界维度，旨在把解决问题的重心落在文明互鉴中不断迈向全球的高位态，从而夯实社会主义现代化强国的文化根基。

习近平总书记关于文艺重要论述问题导向的现实维度指向新时代文艺社会功能的发挥。社会主义文艺就是人民的文艺，坚持以人民为中心的创作导向。多出文艺精品、弘扬中国精神、建设德艺双馨的文艺队伍是新时代文艺发展的目标，从而把文艺发展置于实现中华民族伟大复兴的历史任务中，从全局和战略高度阐明时代发展对文艺工作的新要求。然而，当下的文艺发展并不尽如人意，还不能充分彰显新时代的内在吁求。文艺创作一度出现逃避崇高、虚无历史、拒写现实、颠覆传统、解构高尚价值的倾向。一个时期，创作者心态浮躁、精神粗鄙、价值贫乏、信仰缺失、魂无定所，囿于小我的个性化写作现象严重。某些创作者心中没有人民，笔下没有乾坤，既丧失艺术追求，也谈不上审美情趣；既忘记责任担当，也缺乏艺术理想。"浮躁"是最突出的表现，创作成为发财的手段，批评成了致富的工具。文艺上的浮躁折射的是社会的浮躁现象、思想的虚空和精神的自甘堕落。"不能否认，在文艺创作方面，也存在着有数量缺质量、有'高原'缺'高峰'的现象，存在着抄袭模仿、千篇一律的问题，存在着机械化生产、快餐式消费的问题。在有些作品中，有的调侃崇高、扭曲经典、颠覆历史，丑化人民群众和英雄人物；有的是非不分、善恶不辨、以丑为美，过度渲染社会阴暗面；有的搜奇猎艳、一味媚俗、低级趣味，把作品当作追逐利益的'摇钱树'，当作感官刺激的'摇头丸'；有的胡编乱写、粗制滥造、牵强附会，制造了一些文化'垃圾'；有的追求奢华、过度包装、炫富摆阔，形式大于内容；还有的热衷于所谓'为艺术而艺术'，只写一己悲欢、杯水风波，脱离大众、脱离现实。凡此种种都警示我们，文艺不能在市场经济大潮中迷失方向，不能在为什么人的问题上发生偏差，否则文艺就没有生命力。"[①] 事实上，泛娱乐化产品霸屏之时，低俗的恶搞、庸俗的搞笑、媚俗的卖弄、拙劣的表演等无底线娱乐就会泛滥，以明星轻佻浅薄的戏谑提高收视率，靠娱乐八卦绯闻博人眼球，戏说历史、嘲讽英雄、宣扬暴力成为市场卖点，娱乐无底线。以"娱乐"抚慰身心是人类天性使然，是人的日常休闲生活的自然需求，但在资本裹挟下，二者结合为一种以资本为依托的文化产品，异化为迎合市场和追求利润为唯一目的的商品拜物教，完全忽略了文化产品的公共性，滋生了情色蔓延、网络直播打赏乱象，对社会风气产生恶劣影响，全然丧失审美本有的"高贵的单纯和静穆的伟大"，成为资本独舞的游戏。有网友评论："满屏的漂亮皮囊却上不了精神品质和人文关怀的台面"，在娱乐自嗨中"娘炮"泛滥，"小鲜肉"的流行扭曲了青少年的价值观，在大众文化偏离正常娱乐形式

---

① 习近平：《在文艺工作座谈会上的讲话》，人民出版社2016年版，第9页。

和娱乐范畴滑向价值空心化过程中,一个社会所应当的价值底线不断退守,滑向经济拜物教、人性的片面化、理想的功利化、审美的畸形化,助长消费主义意识形态和历史虚无主义的蔓延,不断侵蚀社会主义核心价值观,这样的文艺能担当引领中华民族复兴的使命吗?

这些追逐感官刺激的泛娱乐的大众文化就是康德批判的"快适的艺术",它在"笑"与"轻"的浅薄中把消费者引向轻浮与虚空的境地。殊不知,真正笑的哲学,是指笑在文艺中"必须具备思想和艺术的含量,禁得起审美的考量"[1]。中外文学史上的那些名著,如欧·亨利的《麦琪的礼物》、莫泊桑的《项链》、张天翼的《华威先生》等,无不是在幽默与反讽中浸透着对时代和专制制度的鞭挞与反思,蕴含着一种对社会丑恶的否定和审美救赎。作为一种艺术表达,"如何笑,笑什么"不仅是艺术技巧问题,还是一个价值取向和审美品位问题。心中有大义,笔下才能有乾坤。艺术的使命担当决定其不能无原则地迎合市场,而是在市场培育中坚守文艺的审美理想、保持文艺的独立价值、提升大众的审美品位,以大气磅礴、激荡人心的文艺作品描绘时代的波澜壮阔,记录历史的狂飙突进,热忱讴歌祖国发展、社会进步、人民伟业。习近平总书记指出"反映时代是文艺工作者的使命",呼吁"广大文艺工作者要把握时代脉搏,承担时代使命,聆听时代声音,勇于回答时代课题"[2]。随着中国越来越走近世界舞台中央,崛起的中国要为世界做更多贡献。"让中华文化同各国人民创造的多彩文化一道,为人类提供正确精神指引。"[3] 全球化时代,一个民族的文化实力已成为赢得世界人民尊重的重要力量。人类历史表明,"在人类发展的每一个重大历史关头,文艺都能发时代之先声、开社会之先风、

---

[1] 张江等:《别让笑声滑向低俗》,《人民日报》2014年11月7日。
[2] 习近平:《在中国文联十大、中国作协九大开幕式上的讲话》,人民出版社2016年版,第7页。
[3] 习近平:《在中国文联十大、中国作协九大开幕式上的讲话》,人民出版社2016年版,第16页。

启智慧之先河,成为时代变迁和社会变革的先导。离开火热的社会实践,在恢宏的时代主旋律之外茕茕孑立、喃喃自语,只能被时代淘汰"。① 遗憾的是,在难得的历史条件与时代际遇面前,本该有所作为的文艺却哑然失声,无所适从,丧失了应有的提神聚气作用,忘记了时代使命和责任。文艺关乎时代大局、关乎人民的心声、关乎民族复兴和社会主义文化强国建设,更关乎文明型崛起的中国在世界的话语权。

习近平总书记关于文艺重要论述问题导向的历史维度,显现于激励艺术家书写中华民族的新史诗。新时代,文化竞争更加激烈,文化思潮之间的相互激荡更加剧烈。全球化舞台上的文化之争,是精品之争、价值之争,这为文艺发展提出了新要求。"一个时代有一个时代的文艺,一个时代有一个时代的精神。任何一个时代的经典文艺作品,都是那个时代社会生活和精神的写照,都具有那个时代的烙印和特征。任何一个时代的文艺,只有同国家和民族紧紧维系、休戚与共,才能发出振聋发聩的声音。"② 中华民族为实现伟大复兴的时代一定是一个波澜壮阔的时代,中国文明型崛起依靠的是14亿人民的史诗般实践,这一切需要文艺在回应时代吁求中,创作出不负时代的中华民族新史诗。今日之文艺,要有责任记录和书写壮阔的时代风云。习近平总书记指出:"改革开放近40年来,我们党领导人民所进行的奋斗,推动我国社会发生了全方位变革,这在中华民族发展史上是前所未有的,在人类发展史上也是绝无仅有的。面对这种史诗般的变化,我们有责任写出中华民族新史诗。"③ 当今时代正处于大发展大变革大调整的重大历史时期,新时代文艺创作要有大的历史视野和宏阔

---

① 习近平:《在中国文联十大、中国作协九大开幕式上的讲话》,人民出版社2016年版,第7—8页。
② 习近平:《在中国文联十大、中国作协九大开幕式上的讲话》,人民出版社2016年版,第7页。
③ 习近平:《在中国文联十大、中国作协九大开幕式上的讲话》,人民出版社2016年版,第13页。

的世界眼光，要深刻理解自身所处的新方位、新定位，并以艺术精品对时代之问作出回答。

书写民族新史诗，要求作家艺术家有直面现实的勇气，有激浊扬清的担当，要敢于站在时代思想的高处，立志为时代、为人民放歌。作家在书写时代征程的过程中，一方面要抓住现实生活的细节和典型，从生活真实出发，从平凡中发现伟大，从质朴中发现崇高，经由深刻提炼生活、生动表达生活、全景展现生活达到艺术真实；另一方面要有化丑为美的艺术能力，既要在温情中给予人精神的抚慰，更要在犀利剖解中给予人思想之启迪。当代中国正历经百年未有之大变局，正进行着人类历史上最为宏大而独特的实践创新，这种伟大实践给文艺创作提供了丰富的素材。通过文艺作品去写出"时代的欢乐与忧伤、困顿和振奋、渴望和豪情"，"写出党领导人民奋斗前行的伟大精神"，[1] 是新时代文艺发展的必然要求，更是习近平总书记对文艺的期望。

习近平总书记关于文艺工作重要论述问题导向的世界维度，彰显的是新时代文艺要在迈向全球高势能文化中为"人类命运共同体"做背书的能力。全球化语境下，文艺精品越来越成为世界各国文化交流的重要载体，文艺越来越发挥着桥梁和沟通作用。随着中国全面崛起，世界都在关注中国，中国在不断走近世界舞台中央的过程中，要为世界进步和人类文明做更多的贡献，"人类命运共同体"就是一种价值共享的新的文明理念。文艺是实现文明交流互鉴的最好方式，是传播文明新理念的最佳载体。近年来的一系列重大外事活动都可以看到中国文艺的影子，如 2016 年 G20 杭州峰会的文艺演出——《最忆是杭州》，就被境外媒体称为"天堂佳音"，向世界展示了中国文化的魅力，让世人更多地关注中国作为文明大国的文化厚度，极好地树立了中国的文化形象，发挥了"文化桥梁"的作用，有

---

[1] 张江等：《写出时代的史诗》，《人民日报》2014 年 10 月 31 日。

力地传播了习近平总书记倡导的"人类命运共同体"理念。全球化语境下，习近平总书记要求"文艺工作者要讲好中国故事、传播好中国声音、阐发中国精神、展现中国风貌，让外国民众通过欣赏中国作家艺术家的作品来深化对中国的认识、增进对中国的了解。要向世界宣传推介我国优秀文化艺术，让国外民众在审美过程中感受魅力，加深对中华文化的认识和理解"①。全球化舞台上的文化之争，是精品之争、价值之争，这为文艺发展提出了新要求。"文学是砥砺精神的事业。文学作品追求以精神的力量征服人、感染人、塑造人，首先要求作家在内心深处对本民族的文化高度认同，建立强烈的文化自信"②，并在此基础上参与并引领世界文化的发展。在艺术追求上，"如果'以洋为尊'、'以洋为美'、'唯洋是从'，把作品在国外获奖作为最高追求，跟在别人后面亦步亦趋、东施效颦，热衷于'去思想化'、'去价值化'、'去历史化'、'去中国化'、'去主流化'那一套，绝对是没有前途的"！③ 坚定文化自信是新时代文艺的自觉，新时代文艺要发展出为"人类命运共同体"做背书的能力，这是中华文化迈向全球高势能文化的表征，新时代文艺要融入复数的"世界文艺"，在全球化舞台上积极传播"人类命运共同体"理念。

从中共党史来看，鲜明的问题导向是中国共产党获得文化领导权的现实保障，党的历届领导人在关于文艺的重要论述中都体现了鲜明的问题导向。毛泽东《在延安文艺座谈会上的讲话》中开宗明义："是要和大家交换意见，研究文艺工作和一般革命工作的关系，求得革命文艺的正确发展，求得革命文艺对其他革命工作的更好协助，借以打倒我们民族的敌人，完成民族解放的任务。"④ 正是明确的问题导向，决定了文艺与人民的

---

① 习近平：《在文艺工作座谈会上的讲话》，人民出版社2016年版，第15页。
② 张江等：《文化自信与文学发展》，《人民日报》2016年10月5日。
③ 习近平：《在文艺工作座谈会上的讲话》，人民出版社2016年版，第25页。
④ 《毛泽东选集》（第3卷），人民出版社1991年版，第847页。

关系,"我们的文学艺术都是为人民大众的,首先是为工农兵的,为工农兵而创作,为工农兵所利用的"①。通过普及文艺鼓舞人民斗志,最大限度地发挥文艺的鼓动作用,调动全国人民投身抗日大潮求得民族解放,需要极大发挥文艺的政治功能,这是时代的声音,毛泽东倾听了时代声音并回应了时代之问。邓小平在1979年10月30日的《在中国文学艺术工作者第四次代表大会上的祝词》(以下简称《祝词》)中同样彰显了问题导向。《祝词》贯穿始终的一条主线就是文艺要为时代主题——实现四个现代化服务。"搞四个现代化建设这个总任务",是20世纪80年代中国最大的政治任务,"这不仅是符合中国人民的利益,也是符合世界人民利益的一件大事"。② 正是问题意识决定了文艺要在融入时代主潮中,做"实现四个现代化的促进派"③。"为什么要高度重视文艺和文艺工作?这个问题,首先要放在我国和世界发展大势中来审视。我说过,实现中华民族伟大复兴,是近代以来中国人民最伟大的梦想。今天,我们比历史上任何时期都更接近中华民族伟大复兴的目标,比历史上任何时期都更有信心、有能力实现这个目标。而实现这个目标,必须高度重视和充分发挥文艺和文艺工作者的重要作用。"④ 习近平总书记的重要论述体现了鲜明的问题意识和实践价值导向,文艺在究元的意味上直接关乎中国特色社会主义文化建设,关乎中国文明型崛起,关乎社会主义文化强国建设。

"每到重大历史关头,文化都能感国运之变化、立时代之潮头、发时代之先声,为亿万人民、为伟大祖国鼓与呼。中华文化既坚守本根又不断与时俱进,使中华民族保持了坚定的民族自信和强大的修复能力,培育了共同的情感和价值、共同的理想和精神。"⑤ 这种文化、文艺所孕育的共同

---

① 《毛泽东选集》(第3卷),人民出版社1991年版,第863页。
② 《邓小平文选》(第2卷),人民出版社1994年版,第241页。
③ 《邓小平文选》(第2卷),人民出版社1994年版,第209页。
④ 习近平:《在文艺工作座谈会上的讲话》,人民出版社2016年版,第2页。
⑤ 习近平:《在文艺工作座谈会上的讲话》,人民出版社2016年版,第5页。

的情感追求，不仅可以凝聚中华民族伟大复兴的意志，而且在全球化舞台上以文艺的同台竞技实现价值共享、民心相通，从而更加丰富人类文明的内涵和形式，使人类文明更加精彩。只有立足时代语境才能悉心领会和深刻理解其价值所指，在深刻把握当代中国的最新历史方位和时代坐标中，明白新时代文艺的使命担当，及其为"人类命运共同体"的建构做文化背书的意义。

三　新时代中国文艺理论学术体系建构

一定意义上，问题构成理论研究的逻辑骨架，问题切入现实或历史的深度，决定理论研究创新的思想深度及其价值意义大小。在文艺理论建构上，习近平总书记关于文艺工作重要论述的问题导向，成为新时代中国文艺理论学术体系建构的价值引导。"面对世界范围内各种思想文化交流交融交锋的新形势，如何加快建设社会主义文化强国、增强文化软实力、提高我国在国际上的话语权，迫切需要哲学社会科学更好发挥作用。"[1] 伴随中国特色社会主义发展进入新时代，中国文艺理论研究相应地迎来新的发展机遇。深化中国文艺理论研究必须以问题意识为导向，紧紧抓住时代及其主要矛盾，在回应时代之问中使理论接地气、顺民意。一个时代的根本问题肯定会反映在社会主要矛盾上，所谓问题意识就要紧紧围绕社会主要矛盾进行思考。新时代中国社会的主要矛盾，转化为"人民日益增长的美好生活需要和不平衡不充分的发展之间的矛盾"[2]，这是新时代中国文论研究深化的切入点。当前，发展不平衡不充分的一些突出问题尚未解决，发

---

[1] 习近平：《在哲学社会科学工作座谈会上的讲话》，人民出版社2016年版，第6页。
[2] 习近平：《决胜全面建成小康社会　夺取新时代中国特色社会主义伟大胜利》，人民出版社2017年版，第11页。

展质量和效益还不高，创新能力不够强，实体经济水平有待提高，生态环境保护任重道远；民生领域还有不少短板，脱贫攻坚任务艰巨，城乡区域发展和收入分配差距依然较大，群众在就业、教育、医疗、居住、养老等方面面临不少难题。相对于不平衡，某些领域发展不充分的问题更加突出，已成为制约满足人民日益增长的美好生活需要的主要因素。中国文论要深入这些问题的肌理中进行思考，要把人民的需求以艺术及批评的方式反映出来，充分显现以人民为中心的导向。文艺要能书写这个时代，文论要能充分阐释这个时代，有效言说这个时代。就现实性而言，一方面，发展的不平衡不充分问题仍然是发展问题，这决定我们仍处于社会主义初级阶段。其实，无论是"人民日益增长的物质文化需要"还是"人民日益增长的美好生活需要"，都是人民对切身利益诉求从物质、文化领域向政治、社会、生态、审美等领域的扩展和提升，而没有质的不同。无论是"落后的社会生产"，还是"不平衡不充分的发展"，都是生产力水平从低到高的转变，而不是根本性质变，文艺要反映这种变化，在"变"与"不变"中彰显当代性，紧紧抓住时代问题，这是新时代中国文艺理论学术体系建构的叙述起点。另一方面，发展的不平衡不充分有其逻辑必然性，需要发挥理论言说的有效性。其一，发展不平衡问题是绝对的，平衡是相对的，这是由发展动力决定的，协调发展是平衡和不平衡的统一。由平衡到不平衡再到新的平衡是事物发展的基本规律。因此，解决发展不平衡问题不是搞平均主义，而是着重解决过度不平衡即不协调和失衡问题，需要以文艺形式让人民有充分理解和认知。其二，发展不充分问题长期存在，不充分是绝对的，充分是相对的。对于一定历史阶段和人民需要而言，可以通过充分发展来解决发展和需要之间的矛盾，但相对于更高历史阶段和人民更高更丰富的需要，发展不充分问题还会凸显和呈现。因此，充分发展不是一劳永逸。这是时代问题的症结，它会作为问题意识反映在理论创新中，这是新时代深化中国文论的问题意识。

文艺理论 Artistic Theory

理论是对时代问题的回应，只有以问题为导向才能深化中国文论研究，这对文论学术体系建构中的知识结构、思维方式、审美感觉、话语表达、批评范式等都提出了要求，必须在回应时代之问中使中国文论闪现出真理的力量。"话语的背后是思想、是'道'。不要为了讲故事而讲故事，要把'道'贯穿于故事之中，通过引人入胜的方式启人入'道'，通过循循善诱的方式让人悟'道'。要加强对外话语体系建设，用中国理论阐释中国实践，用中国实践升华中国理论，更加鲜明地展现中国思想，更加响亮地提出中国主张。"[1] 新时代中国文论要在"融通"意识下讲好中国学术故事，助力习近平新时代中国特色社会主义思想的广泛传播。有学者指出："国内人文社会科学界的问题意识淡漠主要表现在两个方面：一方面，仅只在自己的主观世界中想象学术问题和从学者之间的互动中去拟构学术问题，而不善于也不愿意直面生活世界中的社会文化实践去发现学术问题；另一方面，'画地为牢'并'鸵鸟觅食'地在各自的学科辖区和材料内去爬梳学术问题，而忘却了解答'人的问题'的根本目标，不愿与其他学科合作为了共同目标携手并进。问题意识淡漠的根源在于学者的意识问题。"[2] 只有扎根新时代文艺实践，紧紧抓住时代问题，以习近平总书记关于文艺重要论述的问题导向为逻辑指引，新时代中国文艺理论学术体系建构才能形成自己的问题意识。

"文艺是时代前进的号角，最能代表一个时代的风貌，最能引领一个时代的风气。"[3] 作为时代先声的文艺及其文艺理论要发挥时代风气的导向作用，在契合时代精神中紧紧抓住时代，才能在传承弘扬伟大民族精神中续写中华文明的辉煌。抓住时代必须洞悉新时代最主要的社会变化，洞悉

---

[1] 习近平：《在党的新闻舆论工作座谈会上的讲话》，《人民日报》2016年2月19日。

[2] 何明：《问题意识与意识问题——人文社会科学问题的特征、来源与应答》，《学术月刊》2008年第10期。

[3] 习近平：《在文艺工作座谈会上的讲话》，人民出版社2016年版，第5页。

变化是把握时代本质的有效线索，中国文艺理论创新的问题导向要洞察社会主要矛盾的变化，围绕满足人民美好生活需求进行思考。对我们而言，只有立足马克思主义历史观，才能真正把握改革开放40年的大势，真正领会改革开放40年的理论创新，回答时代之问，即什么是社会主义、怎样建设社会主义，实现什么样的发展、怎样发展等重大问题，在尊重实践和历史发展趋势中实现理论创新。

立足新时代人民对美好生活的需求，新时代中国文论学术体系建构要坚持正确的价值导向。正如习近平总书记一再强调的，中国特色社会主义是社会主义而不是其他什么主义，科学社会主义基本原则不能丢，丢了就不是社会主义。"有的人把改革开放定义为往西方'普世价值'、西方政治制度的方向改，否则就是不改革开放。……问题的实质是改什么、不改什么，有些不能改的，再过多长时间也是不改。"① 中国道路的成功，需要坚定文化自信。一个国家的文化软实力，从根本上说，取决于其核心价值观的生命力、凝聚力、感召力。"如果我们用西方资本主义价值体系来裁剪我们的实践，用西方资本主义评价体系来衡量我国发展，符合西方标准就行，不符合西方标准就是落后的陈旧的，就要批判、攻击，那后果不堪设想！最后要么就是跟在人家后面亦步亦趋，要么就是只有挨骂的份。"② 也就是说，中国理论一定要立足中国经验扎根中国实践，并把社会主义核心价值观贯穿其中，才能建构具有中国特色有着稳定根基的学术体系、学科体系和话语体系。新时代中国文艺理论学术体系的建构，要遵循和贯彻习近平总书记关于文艺重要论述的问题导向。其实，学术体系建构本身就内含了问题导向，所谓问题导向是指要有着清晰的问题所指，思想是时代的结晶，一

---

① 习近平：《改革开放是有方向、有立场、有原则的》，《人民代表大会制度重要文献选编》（四），中国民主法制出版社、中央文献出版社2015年版，第1576页。

② 习近平：《在全国党校工作会议上的讲话》，人民出版社2016年版，第8—9页。

个时代的思想就是"被把握在思想中的它的时代"①,作为思想载体的学术话语自然要建立在对时代的把握上,同样需要文艺对重大时代之问作学理上的概括、提炼和回答。在文艺发展上着重展示一个什么样的中国;中国发展的未来指向是什么;文艺发展如何助力人民的现实民生与社会文明提升。这些问题的清晰化、明确化,将为中国新时代文艺发展以及文艺理论创新及其学术体系建构产生深刻性影响,对文艺学学科建设如何面向中国经验、中国问题以及坚定文化自信,形成成熟的中国文论研究学派夯实基础。

The Problem-orientation of Xi Jinping's Important Discourse on Literature and Art

Fan Yugang

Abstract The problem-orientation of General Secretary Xi Jinping's important discourse on literature and the art is reflected on two levels: first, at the level of literature and art practice, with a problem-oriented reality dimension, historical dimension, and world dimension focusing on "what is literature and arts in the new era", based on the new orientation of socialist growth in the new era; second, problem-orientation guides the academic system of Chinese literary and art theory at the theoretical construction level. This will help Chinese literature and art in the new era move towards a global high-potential culture and merge into the global plural "world literature" by strengthening the mission of literature and art in the new era and constructing an academic system of literary theory in the context of cultural self-confidence.

Key Words The new era; Xi Jinping's important literature and art discourse; problem-orientation; what exactly constitutes literature and art; construction of the literary theory system

Author Fan Yugang, Doctor of literature, Professor of Center for Theory of Literature and Aesthetics, Shandong University. His academic interests is Marxism-Leninism literary theory.

---

① [德] 黑格尔:《法哲学原理》,范扬、张企泰译,商务印书馆1961年版,第12页。

中国传统写人文论之"以意为本"解析

李桂奎

摘要 "意"乃传统文论之富有统摄力的重要范畴,它不仅与志、情、境、势、理、趣等传统诗论范畴关联密切,而且与形、神、气、韵、心等传统画学范畴具有较多融通。再说,中国传统文论"尚意",传统文艺带有"写意"性。基于如此文化背景和话语土壤,中国写人文论谱系重构理应以"意"为魂。它既以形传神、气韵生动、写心等画学观念为核心,又吸收了情理、趣味、意象、意境等不少诗学观念。质而言之,中国写人文论谱系之"意"至少包括作者"立意"、文本"传意"、读者"解意",是由三者共同创造的。作者"立意"突出表现为以"寓褒贬"为主的写人寄意;文本"传意"是通过"立象尽意"笔法实现的;而读者"解意"则主要面向"言有尽而意无穷"的写人效果。

关键词 写人 尚意 寄意 传意 解意 文本创意

作者简介 李桂奎,山东大学文学院教授、博士生导师,研究方向为中国古代文论。

在中西艺术比较中,人们常说:西方艺术写实,中国艺术写意。的确,"意"在中国文学艺术审美体系中具有特质性和决定意义。从一元论审美视野看,在中国传统文论各大一级主术语中,受"言志""宗经"

---

* 本文系国家社科基金重点项目"中国文学写人传统及理论谱系研究"(项目号:15AZW008)的阶段性成果。

"载道"等传统文论观念的强力影响,"意"术语几乎独占鳌头,它与"心"术语同生共长,① 比"神"术语更神气,比"气"术语更富有气韵,比"味"术语更含意味。它不仅应用场域广,而且富有统摄力,包罗性强。除了"意象""意境""意趣"三大子术语,"意"术语还包罗了诸如"神"、"心"、"态"、"韵"以及"性"、"情"等相关术语。至于其蕴含之丰富,由"立象以尽意""言以尽意""言外之意""言有尽而意无穷"等术语即可见一斑。关于这一术语的显赫地位,陈良运先生《论中国古代文论中的"意"》一文曾指出:"在中国古代的文学、艺术理论中,有一个被人使用得最多,也可说是用途最广的概念,那就是'意'。其他理论概念诸如志、情、形、境、神、气、格、势、理、趣……都与'意'有着千丝万缕的联系,'意'是它们的灵魂,它们在实践中的运用与表现,如果失去'意'的充盈和支撑,它们都将失去存在的价值。"② 在陈先生看来,"意"术语有诸多得天独厚的优势,不仅使用最多,用途最广,而且是其他众多理论概念的灵魂。不过,"意"术语的既往用场主要在诗学。尽管其"意象""意境""意趣"等子概念一度通用于戏曲小说论域,但仍有必要进一步将其由诗词抒情文论谱系、书画写意文论谱系逐渐向戏曲小说叙事写人文论谱系转换。遥想20世纪初,随着西方小说理论的传入,国内就开始有人提出"小说之美,在于意义"观念。③ 当今,我们更方便拿"意"术语与西方面向文本且追求多元阐释的"文本意义"理论进行对话互释。当此大势,有的论者指出:"文学理论向意义论的回归与

---

① 古人董仲舒《春秋繁露·循天之道》曰:"心之所之谓意"。[(清)苏舆:《春秋繁露义证》,中华书局1992年版,第452页。] 朱熹曰:"意者,心之所发。"[(宋)黎靖德:《朱子语类》卷五,中华书局1986年版,第326页。]
② 陈良运:《论中国古代文论中的"意"》,古代文学理论研究张庆伟编:《古代文学理论研究丛刊》第十八辑,上海古籍出版社1997年版,第1页。
③ 成之:《小说丛话》,见陈平原、夏晓虹编《二十世纪中国小说理论资料》第一卷,北京大学出版社1997年版,第442页。

重建，是后理论时代中国文学理论依托自己的民族传统而获得独特文化身份的一次历史机遇。"① 根据中国文论传统，文学之"意"主要是由作者"立意"、文本"传意"和读者"解意"共同创造的。就文论谱系重构而言，我们正可乘西方"文意"理论之风，破中国写人以"意"为魂万里之浪。②

一 "尚意"传统下的文艺"写意"性

众所周知，"传神写照"或"以形传神"是中国古代文论，尤其是写人理论的核心命题之一。虽然这一命题最初是由东晋顾恺之提出的，但其理论渊源却是庄子的"得意忘言"，并深受魏晋王弼等玄学家"得意忘象"等理论之影响。这样说来，中国"传神"理论基于"尽意"理论。与此相应，历代文学创作在反复强调"传神"的同时，也非常崇尚"尽意"，从而形成中国文学、文论史上影响深远的"尚意"传统。

从"诗言志""诗缘情"等命题看，中国诗学体系中的"意"具体表现为"志"与"情"。《说文解字》释曰："意，志也。志即识，心所识也。"③ 这意味着，被朱自清先生《诗言志辨》称为中国文论开山纲领的"诗言志"，已基本确定了文学的"言意"使命，以至于形成后世经久不衰的"文以尽意"学说。"言以尽意"或"文以尽意"命题之所以成为中国文论的核心，首先是因为它言简意赅地道出了中国文学的写意特质。关于

---

① 吴兴明：《重建意义论的文学理论》，《文艺研究》2016年第3期。
② 张政文《文学文本的意义之源：作者创作、读者阅读与评者评论》（《社会科学战线》2017年第8期）一文认为："文学文本的意义是作者创作、读者阅读、评者评论三者共同建构的。文学作品在三者共建中转换为文学文本，而文学文本在阐释的场域里成为当下的社会意义和文化价值。"这是立足于文本释义而言的。虽然"意"的实现取决于作者、读者、评者等文本外在因素，但一旦作者将"意图"输入文本，"文意"便成为自在的，因而必须强调文本"传意"环节。
③ （汉）许慎撰，（清）段玉裁注：《说文解字注》，上海古籍出版社1988年版，第502页。

中国文化背景下的"意",曹顺庆、吴兴明《论中国诗学的知识背景——关于传统知识谱系的研究报告(提要)》曾这样诠释过:

> "意"是相对于形、象、体、貌、言、语、笔、墨、色、景、声、音等——一句话,相对于五官直感的那个作为对象灵魂的、更为幽深的东西。"意"不仅有言语之意,形象之意,笔墨之意(书画),声音之意(音乐),还有形貌之意(身体)、山水之意(自然)、天地之意(玄意)。"意"相对于表达来说是"旨",相对于品鉴来说是"味",相对于形体来说是"神",相对于声音来说是"韵",相对于色貌来说是"心",相对于结构来说是"气",等等等等。"意"是物的生命,因此,它是活的、流动的,生气灌注的。对中国古人来说,人不只生活在一个有形的身体的世界,尤其生活在一个"意义"充沛的世界。因此,人生在世不仅要辨识这个世界的"形",而且要由形而进入意义之境。意义论由此转入中国独特的生存价值论。[①]

在此,曹顺庆等学人以西方文论为镜照,推演出一套博大精深、谱系较为严密的中国式"意义论"文艺理论体系。"意"不仅拥有"形""象""体""貌""言""语""笔""墨""色""景""声""音"等众多相反相成的镜像,而且有"旨""味""神""韵""心""气""情"等诸多盟友,还是人生价值论的本体,由此可以生发出"创意""新意""雅意""奇意""真意"等观念,遍及中国文学艺术写人文本及写人理论的广阔天地。就拿"象"而言,它与"意"的关系密切。三国魏王弼在《周易略例·明象》中指出:"夫象者,出意者也。言者,明象者也。尽意莫若象,尽象莫若言。言生于象,故可寻言以观象;象生于意,故可寻象以观意。

[①] 曹顺庆、吴兴明:《论中国诗学的知识背景——关于传统知识谱系的研究报告(提要)》,《文学前沿》1999 年第 1 期。

故言者所以明象，意以象尽，象以言著。故言者所以明，得象而忘言。象者所以存，得意而忘象。"① 所谓"意"既指圣人之意，此也含有本体论的意义；所谓"象"本指《周易》中具有象征性的卦爻象，此也含有形象、表象之意。再拿曹顺庆等没有顾及的"态"而言，其"意"性也很明显。《说文解字》释曰："意也，从心从能。"近年，学界又不断有人关注"意"术语并对其意蕴和价值进行重释，并进而将其推举为中国传统文论的"核心"术语："从心理学、哲学到美学，'意'一路走过来。经过美学领域的实践、探索和完善，'意'的核心范畴身份得到了充分的确认，一个以'意'为核心的潜在美学体系形成了。"② 的确，从其形成、发展历史来看，"意"这一术语内涵丰富，关乎文本、文心以及现实人生，富有很强的统摄力，也理应成为中国写人文论体系的核心和灵魂。

在此前后，学界对中国文论的"尚意"传统已进行过系统梳理。如蔡锺翔《"意在笔先"与"意随笔生"》一文开篇即指出："中国文论素有'尚意'的传统。"在梳理"尚意"文论谱系过程中，蔡先生广征博引了诸多文献，让我们较清晰地看到"文以意为主"这个命题的来龙去脉。③原来，这一概念最早见于南朝宋范晔的《狱中与诸甥侄书》："文患其事尽于形，情急于藻，义牵其旨，韵移其意。虽时有能者，大较多不免此累，政可类工巧图缋，竟无得也。常谓情志所托，故当以意为主，以文传意。以意为主，则其旨必见。以文传意，则其词不流。然后抽其芬芳，振其金石耳。"④ 在此，范晔结合自己的创作经验，郑重而明确地告诫他的甥侄晚辈，为文之道乃"以意为主"。只有把握好这个硬道理，才能做到文意的

---

① （三国魏）王弼著，楼宇烈校释：《王弼集校释》，中华书局1980年版，第609页。
② 李涛：《意：中国古典诗学中的核心范畴》，《东方丛刊》2006年第3辑，总第五十七辑。
③ 蔡锺翔：《"意在笔先"与"意随笔生"》，见徐中玉、郭豫适主编《古代文学理论研究》（第二十二辑），华东师范大学出版社2004年版，第311页。
④ （南朝宋）范晔：《狱中与诸甥侄书》，（南朝梁）沈约《宋书》卷六十九，中华书局1974年版，第1830页。

文艺理论
Artistic Theory

有效传达；只有追求传意，才能做到为文意充沛，千古流芳。尔后，历代都有人在不断地重申或阐发这一观念。唐代杜牧《答庄充书》说："凡为文以意为主，气为辅，以辞彩章句为之兵卫。"① 不仅重申了"文以意为主"观念，而且针对齐梁过度讲究辞采的余风，提倡为文要以立意为先，辞采应为创意服务。到了宋金时期，"文以意为主"几乎成为一种时代共识。如苏轼有言："作文先有意，则经史皆为我用。大抵论文，以意为主。"② 这几句收录于周辉《清波杂志》的话是苏东坡晚年在海南教导学子作文时所说的，也是他长期创作经验的总结。另如，刘攽《中山诗话》说："诗以意为主，文词次之，或意深义高。虽文词平易，自是奇作。"③ 强调诗歌创意要"出奇"，重在"意"，即诗人的观点和见解，而文词只能是退而求其次的因素。到了明代，这种论调仍不时出现，如谢榛《四溟诗话》卷一尽管曾对"诗贵先立意"提出过批评，但仍然强调"意随笔生"。④ 无论是强调"意在笔先"，胸有成竹，还是强调"意随笔生"，突如其来，文论家们都在肯定"意"的存在及其重要性。如此这般，传统文论纷纷将"意"视为"文"之主宰，而"气"和"辞采章句"则被视为辅佐、护卫。可以说，"文以意为主"这一重要命题是关于"意""文"关系的精准定位，是对影响深远的曹丕《典论·论文》所讲"文以气为主"观念的修正和发展。⑤

自南朝刘宋范晔针对当时文坛上风行的"义牵其旨，韵移其意"的弊病而明确提出"文以意为主"以来，"言以尽意"或"文以尽意"命题得

---

① （唐）杜牧：《答庄充书》，《樊川文集》卷十三，上海古籍出版社1978年版，第194—195页。
② 颜中其：《苏轼论文艺》，北京出版社1985年版，第278页。
③ （清）何文焕：《历代诗话》，中华书局2004年版，第285页。
④ 郭绍虞主编：《中国历代文论选》，上海古籍出版社1980年版，第112页。
⑤ 曾祖荫：《"文以气为主"向"文以意为主"的转化——兼论中国古代艺术范畴及其体系的本性》，《华中师范大学学报》（人文社会科学版）2001年第6期。

到不断推衍,并逐渐成为中国文论的核心。如果说"尽意"是中国许多文化范畴和文化符号的聚焦点和落脚点,那么"立意""写意"则是其出发点。据前人考察,"写意"一词最早见于《战国策·赵策二》:"忠可以写意,信可以远期。"指的是披露心意,强调人与人之间应该肝胆相照,推心置腹,虽尚不具备文论品格,却直指人心,对后世"文心"观念不无影响。后魏高闾《至德颂》最早提出"文以写意"观念,① 开始强调文学是用来写意的。由于艺术理论与文学理论是相通的,其关于"意"的探讨大致同步,因而"意"在传统诗学与画学以及书法学中大行其道,皆奉行"立象以尽意"原则。从绘画理论史看,东晋顾恺之提出"传神写照""颊上三毛""点睛"等理论,拉开了中国写人理论的序幕。而后,唐人对"意"给予了高度重视。张彦远在《历代名画记》中明确提出了"本乎立意而归乎用笔""意存笔先,画尽意在""笔不周而意周""意不在于画,故得于画"等理论。② 到了宋代,中国写意文艺及其相关"写意"理论步入成熟,"写意"也随之成为宋代诗文理论的关键词。如南宋陈造在《自适》诗之一中说:"酒可销闲时得醉,诗凭写意不求工。"在《跋赵路分书予诗文卷后》也说:"予为文,写意而已。"③ 强调传达肺腑之言、心中之意的"写意"是诗文创作的根本目的。鲁迅《且介亭杂文末编·记苏联版画展览会》曾指出:"我们的绘画,从宋以来就盛行'写意'。两点是眼,不知是长是圆,一画是鸟,不知是鹰是燕,竟尚高简,变成空虚。"④ 尽管当年鲁迅对这种"写意"画风持批判态度,但并没有影响后人将其定性为中国文艺创作的特质。通常而言,"写意"是指一种不求工细形似,只求以精练之笔勾勒景物神态的绘画方式,后也泛指艺术家用以表达、宣泄内

---

① (北齐)魏收:《魏书》,中华书局1999年版,第805页。
② (唐)张彦远:《历代名画记》,上海人民美术出版社1964年版,第14、23、25页。
③ (宋)陈造:《江湖长翁文集》,舒大刚主编:《宋集珍本丛刊》第60册,线装书局2004年版,第470、684页。
④ 《鲁迅全集》第六卷,人民文学出版社1981年版,第482页。

文艺理论 Artistic Theory

心的情趣、思想、志趣、感情的方式。后世小说戏曲评点中所谓"写意"除了借用绘画术语评说写人笔意，也间或带有传达胸臆的意思。

至于如何"写意"，唐代张璪已经说得比较到位："外师造化，中得心源。"① 所谓"造化"是指大自然；所谓"师造化"即以自然为师，这必然会采取"比象"手法写人。而所谓"心源"则是指内心的感悟，而"得心源"即传达人物的内心世界，所谓"写心"是也。在古代画学中，"意"对绘画内在的"奇""远""深""古"等笔致具有先决性，是为"意在笔先"。同时，古人还将"意"的创造归结为"胸有成竹"或"胸中有大丘壑"，也就是"立意在先""成竹在胸"之谓也。清代郑绩《梦幻居画学简明》曰："作画须先立意，若先不能立意，而遽然下笔，则胸无主宰，手心相错，断无足取。夫意者，笔之意也，先立其意而后落笔，所谓意在笔先也。"② 另一位画家方薰《山静居画论》说："笔墨之妙，画着意中之妙也。故古人作画意在笔先。杜少陵谓十日一石，五日一水者。非用笔十日五日而成一石一水也。未画时，意象经营，先具胸中丘壑，落笔自然神速。……意奇则奇，意高则高，意远则远，意深则深，意古则古，庸则庸，俗则俗。"③ 基于"成竹在胸""胸中有丘壑"，"意"便具有决定性，决定着画意的高低、深浅、雅俗。在古人心目中，"意"还是化繁就简、曲终奏雅的，纵有千头万绪，最终都要集中归一，此乃"执一驭万"之道。清代画家石涛《一画论》曾明确指出，千笔万笔，最后都是一笔而生的。还有一点需要强调，中国文论还认同张彦远倡导的"画尽意在"。如此林林总总，这些理论虽然是在讲书画之道，但我们完全可以将其转换为文学之道。总之，文学写人文本中的"理""事""情"皆服务

---

① （唐）张彦远：《历代名画记》，上海人民美术出版社1964年版，第198页。
② 周积寅：《中国画论辑要》，江苏美术出版社2005年版，第400页。
③ （清）方薰：《山静居画论》，沈子丞编：《历代论画名著汇编》，文物出版社1982年版，第599页。

于"传意"。这些"写意"观念深深地滋润着整个中国传统文论,对现代写人文论重构具有重要意义。

从比较文化学的视野看,20世纪以来,人们已基本形成如下共识:西方文艺偏重写实,而中国文艺偏重写意。如果说西方写实文论成熟的标志是典型理论,重视人物形象塑造,那么中国写意文论成熟的标志则是意境理论,重视人物意象的创造。事实上,写实与写意只是一种相对论,中国文学写人往往强调面向现实人生,写实主义精神一以贯之。但相对而言,更加重视写意艺术精神,尤其是在小说中,这种写意"则表现着一种诗化的倾向,不注重情节,甚至淡化情节,追求意境,追求意趣的隽永"[①]。在某种意义上说,写意性就是诗情画意性。由此可见,中西文艺各具特质,二者可以互参通释,但不宜相互替代,更不宜彼此取而代之。在一段时间里,人们用生搬硬套来的典型取代意境,或用人物形象取代人物意象,导致中国文论失去固有的地位和效力。近年,随着以现实主义为基础的典型理论被送走,以写意为底色的意境理论得以被迎回,中国本土写人理论谱系重构的契机已经降临。

概而言之,在中国绘画理论中,"意"既指画家对神似、神韵、意趣、生意等审美的追求,又指画本中蕴含的主观意志、情意、情思、意蕴,还指读者能够领略感受的画本审美创意。其中诸多相关概念、术语、命题或生发于人物画,本来就属于写人理论;即使生发于花鸟、山水画,重在探讨人情物性、物态人格,也具有写人文论性质,故而经常被借以评说小说戏曲的写人文本。再说,传统诗文理论与书画理论相通,除了理在其中地以"意"谈论诗文抒情,还可以拿来谈论小说戏曲的叙事写人问题。这种"尚意"文学生态以及相关文论传统对"意"成为中国写人理论的灵魂具有决定性。另一方面,"意"术语早已与"传神写照""气韵生动"等其

---

① 石昌渝:《中国小说源流论》,生活·读书·新知三联书店1994年版,第85—86页。

他写人文论命题具有天然联系，是经得起时代风风雨雨考验的写人文论支柱。

二 "立意"观念与写人"寄意"传统

中国"尚意"文论的突破口是"立意"及相关论述。要较好地阐释文本之"意"，首先要重视作者"立意"，把握好作者创作意图。受西方后现代文论观念影响，当今中国文论建设也特别重视"文本意义"发掘。通过对中国传统"尚意"文论观念进行重新梳理、阐释，以重建中国写人文论谱系，符合时代潮流和文论发展大势。关于作者立意之于文本"在不在场"问题，张江《"意图"在不在场》一文通过对维姆萨特的"意图谬误"、贝克的"有意味的形式"、巴特的"纸上的生命"等论题辨析与反思，认为"意图"并非"谬误"，"有意味的形式"是艺术家本体的自觉创造，"纸上的生命"是作者的生命，明确指出作者意图之于文学文本的"在场性"。[①] 这个结论与中国传统写人文论之要理大致是能够对接的。作者"立意"之于文学意义营造的作用首先表现在作者在创作中对人物展开"寓褒贬"上。

众所周知，文学文本创意发自作者，是为"立意"。基于"立意"，作者展开"作意""寄意"，将自己意图寄托于所写人物。"立意"说首先见于诗学。如唐代王昌龄《诗格》已经非常重视"诗意""文意"的创造："凡作诗之体，意是格，声是律，意高则格高。""夫作文章，但多立意。""凡属文之人，常须作意。""诗有三宗旨：一曰立意，二曰有以，三曰兴寄。"[②] 不仅强调"意高则格高"，以及"意"在文学创作中的决定性，而

[①] 张江：《"意图"在不在场》，《社会科学战线》2016年第9期。
[②] 张伯伟：《全唐五代诗格汇考》，江苏古籍出版社2002年版，第160、162、163、182页。

且把"立意"视为文学创作的三宗旨之首,反复强调"立意""作意"的重要性。就"作意"而言,它本是佛学术语,指的是突然警觉而将心投注某处的精神活动。作者的"立意""作意"本身蕴含着对作品创意的预设以及对读者的引导、诱导。从中国文论传统看,人们除了用"寄意""作意"等观念论诗文,还拿这些观念来论小说。文学研读必须通晓作者之意,从文本的字里行间窥破作者之苦心孤诣。中国独特的评点形式可以沟通作者之意,又将作者之意提示给读者,使他们对文意易观易懂。正如明代袁无涯本《水浒传》在"发凡"中所指出的:"书尚评点,以能通作者之意,开览者之心也。得则如着毛点睛,毕露神采;失则如批颊涂面,污辱本来,非可苟而已也。今于一部之旨趣,一回之警策,一句一字之精神,无不拈出,使人知此为稗家史笔,有关于世道,有益于文章。"[①] 这段评论不仅从大的方面拈出了文本旨趣,而且从细处指出了字句的精神,对文本创意的阐发自然比较恰当。基于明代胡应麟《少室山房笔丛》所谓"唐人乃作意好奇,假小说以寄笔端"之说,鲁迅《中国小说史略》曾评价唐传奇"叙述宛转,文辞华艳","始有意为小说",并解释说"其云'作意',云'幻设'者,则即意识之创造矣"。[②] 这种强调新意迭出的"作意"其实就是我们现在所谓的"创意",其中包括"寓褒贬"写人成分。

传统小说戏曲的写人寄意功能突出表现在"寓褒贬"方面。金圣叹评《西厢记》指出,叙事文学创作"意在于文,意不在于事也"。关于《水浒传》的创作,金圣叹又提出"事为文料"说,认为小说创作不过是"因文生事","削高补低都由我"。在第十八回回前总批指出:"此回前半幅借阮氏口痛骂官吏,后半幅借林冲口痛骂秀才。"[③] 指出"痛骂"官吏、秀才

[①] (明)袁无涯:《忠义水浒全书发凡》,朱一玄编:《水浒传资料汇编》,百花文艺出版社1981年版,第148页。
[②] 鲁迅:《中国小说史略》,人民文学出版社1973年版,第54页。
[③] 陈曦钟等辑校:《水浒传会评本》,北京大学出版社1981年版,第342页。

是作者用意之一。明代欣欣子《金瓶梅词话序》说:"窃谓兰陵笑笑生作《金瓶梅传》,寄意于时俗,盖有谓也。"兰陵笑笑生是通过写现实社会中日常人物的普通生活来寄托他的警戒意图和爱憎怀抱的。关于作者如何"寄意",东吴弄珠客《金瓶梅序》讲得更为透彻:"然作者亦自有意,盖为世戒,非为世劝也。如诸妇多矣,而独以潘金莲、李瓶儿、春梅命名者,亦楚《梼杌》之意也。盖金莲以奸死,瓶儿以孽死,春梅以淫死,较诸妇为更惨耳。借西门庆以描画世之大净,应伯爵以描画世之小丑,诸淫妇以描画世之丑婆、净婆,令人读之汗下。"① 这里突出了"作者亦自有意","亦楚《梼杌》之意",而这"意"就是警戒之意,是通过写潘金莲、李瓶儿、庞春梅诸淫妇以及西门庆、应伯爵等各色丑角来实现的。再如,《儒林外史》卧闲草堂本第一回回末总评也说:"秦老是极有情的人,却不读书,不做官,而不害其为正人君子。作者于此寄慨不少。"第二十一回回末总评则指出小说关于牛、卜二老的描写,"作者于此等处所,加意描写,其寄托良深矣"。② 指出《儒林外史》借写人以寄意,即通过小说是在借写众生相寄托作者人生感慨。另外,清代李渔《闲情偶寄·审虚实》说过:"传奇无实,大半皆寓言耳。欲劝人为孝,则举一孝子出名,但有一行可纪,则不必尽有其事,凡属孝亲所应有者,悉取而加之。亦犹纣之不善,不如是之甚也,一居下流,天下之恶皆归焉。"③ 考之李渔的创作实践,这"加之"与"归焉"的写人方式,就是鲁迅在《且介亭杂文末编》中的《〈出关〉的"关"》一文中所谓的"杂取种种人,合成一个"。李渔在其话本小说集《十二楼》创作中,每篇都在贯彻自己的寓言用意。在评点者杜濬看来,《鹤归楼》"用意最深,取径最曲,是千古钟情之变体。惜玉怜香者,虽不必有其事,亦不可不有其心。但

---

① 黄霖编:《金瓶梅资料汇编》,中华书局1987年版,第1—3页。
② 李汉秋辑校:《儒林外史汇校汇评本》,上海古籍出版社2010年版,第15、271页。
③ (清)李渔著,江巨荣、卢寿荣校注:《闲情偶寄》,上海古籍出版社2000年版,第31页。

风流少年阅之,未免慎其太冷。予谓热闹场中,正少此清凉散不得。读《合影》《拂云》诸篇之后,忽而见此,是犹盛暑酷热之时,挥汗流浆之顷,有人惠一井底凉瓜,剖而食之,得此一冰一激,受用正不浅也"。①评点者强调了其冷色调叙事之于写人的独特审美意义,也暗含着作者映照世态炎凉的创作用意。蠡庵在《女开科跋》:"说中(指《女开科》)说文人,说才女,说清官,说贞友,能使天下之人,俱愿合掌顿首,敬之拜之而已。至装腔之妾童,设骗之阇黎,狠毒之讼师,多事之丐婆,拼命之驿丞,种种诸人,又何异一部因果,一部爱书,一部小史记,一部续艳异?有能奉此为书绅,带之为韦佩,则不但人世清净,亦得佛门欢喜,是济渡一世之宝筏,维持天下之瑶琛。"② 近代侠人指出,小说优于史书之处是,"吾有如何之思想,则造如何之人物以发明之,彻底自由,表里无碍,真无一人能稍掣我之肘者也"。"小说作,而为撰一现社会所亟需而未有之人物以示之,于是向之怀此思想而不敢自坚者,乃一旦以之自信矣。苟不知历史之人,亦认其人为真有;苟知有历史之人,亦认其书之著者,为并世旷世心同理同相感之人也。"③ 指出小说这种文体能够借助创造人物表达自由的意图,有些小说还能借助写人寄托作者的理想怀抱。在中国古代,历来存在"如写善人,则必极其善;写恶人,则必极其恶"的传统,认为写人宜以"单纯"为上,"唯单纯也,对于他种事项皆一不措意,然后对于其特所注意之事项,其力量乃宏"。④ 在戏剧史上,善恶分明的写人传统由来已久,王国维曾指出:"以脚色分别善恶,事迹颇古。《梦粱录》记南宋影戏曰:公忠者雕以正貌,奸邪者刻以丑形,盖亦寓褒贬于其间。""元明以后,戏剧之主人翁,率以

---

① (清)李渔:《觉世名言十二楼》(中国话本大系),江苏古籍出版社1991年版,第214页。
② 朱一玄编:《明清小说资料选编》下,南开大学出版社2006年版,第732页。
③ 侠人:《小说丛话》(1则),《新小说》第十三号,1905年。
④ 成之:《小说丛话》,黄霖、韩同文选注:《中国历代小说论著选》(下册)(修订本),江西人民出版社2000年版,第376页。

末旦或生旦为之，而主人之中多美鲜恶，下流之归，悉在净丑。由是脚色之分，亦大有表示善恶之意。"①

在"别善恶、分美丑、寓褒贬"观念下，文学写人容易使读者感到爱憎分明、是非明确，同时也容易陷入贴标签式鉴定与定案，尤其是在某种道德律控制下，许多文学人物成为图解，成为脸谱，甚至成为特定指涉意义的符号，导致审美意趣大打折扣。对此，《红楼梦》及其评点者脂砚斋曾予以针砭："可笑近之小说中满纸羞花闭月等字。""最恨近之小说中满纸红拂紫烟。"（第一回评语）"最厌近之小说中满纸千伶百俐。""可笑近之小说中有一百个女子，皆是如花似玉一副脸面。"（第三回评语）"最恨近之野史中，恶则无往不恶，美则无一不美，何不近情理之如是耶！"（第四十三回评语）对以往千篇一律、千人一面的写人模式提出了否定。除了这些关于写人方面的"负面清单"，脂砚斋还对小说作者"一洗小说窠臼俱尽，且命名字亦不见'红香翠玉'恶俗"（第四回评语）等创意给予充分的正面肯定。《红楼梦》在写人方面不再以好坏为简单的衡量标准，因而富有创造性。鲁迅《中国小说的历史的变迁》对此赞不绝口："至于说到《红楼梦》的价值，可是在中国底小说中实在是不可多得的。其要点在敢于如实描写，并无讳饰，和从前的小说叙好人完全是好，坏人完全是坏的，大不相同，所以其中所叙的人物，都是真的人物。总之自有《红楼梦》出来以后，传统的思想和写法都打破了。"② 尽管《红楼梦》力求打破前人俗套，但借助"寓褒贬"写人并显示作者较强的在场感这种创作风气犹不时出现。许多小说家甘于将"忠""忠义""忠烈""斥奸""开迷""孝""义"等词语嵌入小说书名之中。如清代吕熊在《女仙外史自跋》中曾明确提出此书意在借游戏之笔表达自己的创作主旨，"忠贞者予以褒

---

① 王国维：《古剧脚色考》，《王国维戏曲论文集》，中国戏剧出版社1984年版，第196页。
② 《鲁迅全集》第10卷，人民文学出版社1956年版，第224页。

溢,奸叛者加以讨殛"①。一口气涉及了各色人物,并输入了角色意图,既通过表彰正面人物写出人生偶像,又通过写无恶不作的反面人物,以充当"反面教材"。

这样说来,中国文学尤其是小说作者总是带着某种对人物的"褒贬"寄意而创作的,作者对文本寄意的深浅决定着文学写人创意的难度、高度。在早期小说中,这种寄意多采取善恶二元论观念。在中国文论看来,文学写人尤其是带有"自叙传"性质的文学写人,作者的寄托意图是固有的。如果说文学文本的叙事意图主要是通过事件的遴选和叙述的详略等因素体现出来,那么,其写人意图则主要体现在作者对人物的褒贬(赞美与批判)寄寓上。换言之,作者立意是文学写人创意的开始,其基本意旨是"别善恶、分美丑、寓褒贬"。后来人们逐渐意识到"可怜之人,必有可恨之处"等人生复杂性,对"好人无处不好,坏人无处不坏"等简单化、模式化创作进行了反思和救赎。到了现代小说,鲁迅继而怀着"哀其不幸,怒其不争"等复杂情感写人。其间,也不断有人建言回到善恶、正反、褒贬的老路上去。延及20世纪五六十年代,人们以写"正面人物"、"反面人物"以及"中间人物"来概括文学作品所传达的善恶、美丑意识。根据当年人们关于人物的分类的说法,"正面人物,是作家站在一定阶级立场上,在作品中肯定的人物形象,它是作家同情、赞扬和歌颂的对象","反面人物,是指文学作品中塑造的反动的、没落腐朽阶级的典型,它是作者批判、暴露和鞭笞的对象"。② 这种做法虽然未免过于概念化,却包含着文学写人应该肩负道德传达责任这一道理。无论如何,文学艺术家们在写人时总是会按照某种褒贬观念和审美规律,选取那些富有代表意义的人物而展开描写。

---

① 丁锡根:《中国历代小说序跋集》,人民文学出版社1996年版,第1015页。
② 陕西师大中文系文艺理论教研室编:《文学理论常用术语简释》,陕西人民出版社1974年版,第61、67页。

总之，在中国传统以微言大义寓褒贬的"春秋笔法"文化背景下，按照历代约定俗成的"褒贬"观念，中国传统小说戏曲特别注重借助突出"忠奸""孝悌"伦理以写人。作者寄意，主要靠的是写人。在小说文本中，"人"是"意"的载体。作者将自己的社会生活体验、人生之感寄托于文学人物，使之肩负起"传意"功能。无论如何，中国文学借写人以寄意的传统是一脉相承的。

三 "传意"与"立象尽意"写人笔致

根据古代哲学和艺术哲学的"体""用"之说，"意"是根体，其他诸"笔"诸"法"皆属于"用"。小说叙事、写人，无不肩负着"传意"使命。"意"既隐然于叙事写人的字里行间，又显现于开篇的旨意交代和篇尾的讽谏劝惩议论。换言之，"意"既见于字面，即字面意义，又常隐含在"言"背后，即言外之意。当今文论认为，"意"已经超越其志意、心意等本义，而扩延为一个蕴含丰富、包罗万象的观念和范畴。美国文论家韦勒克、沃伦认为："一部文学作品的'材料'，在一个层次上是语言，在另一个层次上是人类的行为经验，在又一个层次上是人类的思想和态度。"[①] 可以说，"意"以语言符号为表象，以人类行为经验和人类的思想和态度为内质。这是现代中国写人文论谱系重构的逻辑起点。中国传统文论"尚意"，又"重法"，二者之间，"意"为先，正如张竹坡于《金瓶梅》第一回回前评所说的"笔不到而意到"。"立象尽意"就是最重要的"传意"之法。

在文学创作中，作者"立意"之后，就要通过写人将所要表达的意

---

① [美]韦勒克、沃伦：《文学理论》，刘象愚等译，生活·读书·新知三联书店1984年版，第277页。

旨传达出来，从而实现以象传意，立象尽意。相对而言，"意"与"象""形""辞"之间的关系是内涵与外像的关系。抽象的"意"要靠具象的"象""形""言"来传达。追根溯源，"尽意"这一审美观念根源于《易·系辞》所谓的"圣人立象以尽意"，"其旨远，其辞文"。圣人之言立意高远，凭着优美的言辞、具体的意象来推广其意旨。而后，《庄子》有言："筌者所以在鱼，得鱼而忘筌；蹄者所以在兔，得兔而忘蹄；言者所以在意，得意而忘言。"① 言辞只是"意"赖以传达的手段，留在人们脑海里的是言辞所传达的关于意象的印象，而不是言辞本身。这种相对论观念得以广泛地传播于后世。魏晋时期，人们时常拿"言"（"辞"）与"意"相提并论，强调"言"（"辞"）是手段，"传意"是目的，这场"言意之辨"的大致结论是"言以尽意""得意忘言"，而"辞不达意""文不逮意"通常被视为文学创作的弊病。"意"的意旨性得以确立。"意"也成为文艺创构的关键。于是，在传统"文"与"艺"相通的理论语境里，人们常把诗文、绘画等文艺作品的构思布局称为"意匠"，如杜甫在《丹青引赠曹将军霸》中说："诏谓将军拂绢素，意匠惨淡经营中。"这里是说，曹霸在画马前要经过审慎的酝酿，直到胸有全局而后才落笔作画。由于画师善于匠心独运，故后来也有把画师称为"意匠"者。在"天人合一"观念下，画人与画马、画景、画花鸟基本同理，以"意"为核心的各种文论术语可以通用，不妨相互生发。中国写人文论奠基于画论，尤其是以顾恺之所谓的"传神写照"、"颊上三毫"以及谢赫所谓的"气韵生动"等画论为中心，而这一切都可以纳入"意"术语体系，由"意"这一术语来统摄。

同时，关于这种"传意"方法及其效果，古人多有论及。明代葛应秋《制义文筌》："有象而无意，谓之傀儡形，似象非其象也。有意而无象，

---

① （清）郭庆藩撰，王孝鱼点校：《庄子集释》，中华书局1961年版，第944页。

何以使人读之愉悦悲愤,精神沦痛。"① 意依托于象而生,象依托于意而存,二者相依为命。清代李重华《贞一斋诗说》指出,诗歌应当"意立象随","取象命意,自可由浅入深"②。"象"与"意"相辅相成,彼此互相成就。而在读者方面,往往是"因象而求意"③,根据对"象"的印象而获得审美意趣,使意象在审美世界里复活。这些关于诗文创作的"意象"理论,均可以转换为小说戏曲写人学理论。《平山冷燕》天花藏总评有言:"此小说虽小言,而小言寓正大之规,实亦贤者之用心也。若传污流秽,又小说家之罪人也,乌足道!"④ 大意是说,即使才子佳人小说也有用心凭着写风流情致而传达某种"正大之规"的使命,若宣扬污秽思想,则沦为小说家罪人。再如,《左传·宣公三年》所谓"铸鼎象物"⑤,本指禹收九州之金铸九鼎而象百物,功德显赫。清代惺园退士前人曾借"铸鼎象物"评论《儒林外史》所写儒林众生相的传意效果:"摹绘世故人情,真如铸鼎象物,魑魅魍魉,毕现尺幅。而复以数贤人砥柱中流,振兴世教。其写君子也,如睹道貌,如闻格言;其写小人也,窥其肺肝,描其声态,画图所不能到者,笔乃足以达之。"⑥ 这是在说,像《儒林外史》这样的小说,其写君子,写小人无不惟妙惟肖,贵在铸鼎象物,以象传意。

  传意自然贵新,文学文本以新意迭现为高境。清代李渔曾在《与陈学山少宰书》中云自己"不效美妇一颦,不拾名流一唾。当世耳目,为我一新……"然而,他追求新意,但又讲究入情入理。《窥词管见》第五则认为:"所谓意新者,非于寻常闻见之外,别有所闻所见而后谓之

---

① (明)葛应秋:《石丈斋集》卷3,《四库未收书辑刊》第6辑,第23册,北京出版社2000年版,第78页。
② (清)李重华:《贞一斋诗说》,王夫之等《清诗话》,上海古籍出版社1978年版,第921页。
③ (明)项穆:《书法雅言》,中华书局2010年版,第187页。
④ (清)佚名:《平山冷燕》,人民文学出版社1983年版,第1页。
⑤ 杨伯峻编著:《春秋左传注》第2册,中华书局1990年版,第669页。
⑥ 丁锡根:《中国历代小说序跋集》,人民文学出版社1996年版,第1685页。

新也。即在饮食居处之外，布帛菽粟之间，尽有事之极奇，情之极艳，询诸耳目，则以为习见习闻；考诸诗词，实为罕听罕睹；以此为新，方是词内之新，非《齐谐》志怪、《南华》志诞之所谓新也。"认为文学追求新奇，主要从"家常日用之事"那里挖掘追索。同时他提出"变旧成新"的主张。

关于"言""意"关系，人们多尊崇"寓褒贬，别善恶"的"春秋笔法"，讲究言简意赅，言短意长，或尚简用晦，寓意深长，或寓写人之"意"于含而不露的叙事。在绘画领域则提倡"白描"，自史、画而推及于文，用于评说文学写人，其理论价值就凸显出来。《儒林外史》卧闲草堂本曾有如此评语："张静斋劝堆牛肉一段，偏偏说出刘老先生一则故事，席间宾主三人侃侃而谈，毫无愧怍，阅者不问而知此三人为极不通之品。此是作者绘风绘水手段，所谓直书其事，不加断语，其是非自见。"[①] 有关刘基的一则故事，张静斋等恬不知耻地高谈阔论，作者虽然表面没有给出评判，却将褒贬寄寓其中，读者不言自明。这就是通过直接叙事来写人，写人中寓含褒贬。正是接受了这种观念，鲁迅曾称赞《儒林外史》具有"无一贬词，而情伪毕现"的写人效果。

在中国传统文学实践和理论观念中，"传意"并非一蹴而就的，而是要经过一而再、再而三的反复增殖蓄积，是一个累加的过程，是历时的动态的展开，是一种变动不居的美学。此乃古人所谓的"三致其意"或"三致其志"，即再三表达其意。汉代司马迁《史记·屈原贾生列传》说："其存君兴国而欲反复之，一篇之中三致志焉。"宋代《苕溪渔隐丛话前集》卷四十七引录黄庭坚的话说："诗文不可凿空强作，待境而生，便自工耳。每作一篇，先立大意。长篇须曲折三致意，乃可成章。"[②] 作者传意未必一

---

① 李汉秋辑校：《儒林外史汇校汇评本》，上海古籍出版社 2010 年版，第 60 页。
② （宋）胡仔：《苕溪渔隐丛话前集》卷四十七，清乾隆刻本，第 210 页。

次完成，可以自己修订，可以经后人评改；读者解意也常常不是一步到位，常读常新。明代小说家凌濛初也在《拍案惊奇凡例》中说："其间说鬼说梦，亦真亦幻，然意存劝戒，不为风雅罪人。"为此，"每回之中，三致意焉"。作者为了表达劝戒之旨，不惜反反复复强化，可谓苦口婆心。用美国文论家韦勒克与沃伦的话说，就是："一件艺术品的全部意义，是不能仅仅以其作者和作者的同时代人的看法来界定的，它是一个累积过程的结果，也即历代的无数读者对此作品批评过程的结果。"① 当然，三致意传达，也会导致冗赘之嫌。

中国文学"传意"虽然不妨以"不着一字，尽得风流"为极致，但过于讲求"只可意会，难以言传"，那必然也会消解所传人物意象给读者的印象性，于是传统文人乐于采取"假象见意""借境见意""述事见意"等手段以给人以质实感。基于这种"意"感，传统文论把发端于《易经》"近取诸身，远取诸物"的"立象取比"理论发扬光大，运用形神、风骨、气韵等话语喻说文学文本的写人效果。这些写人话语可以毫不阻隔地纳入中国写人文论体系。

四 "解意"与"意无穷"写人况味

中国自古就有"文因事而作"而"专以意为主"的创作观念。元代李冶《敬斋古今黈》卷八说："盖古人因事为文，不拘声病，而专以意为主。"② 与其运用相对论眼光将"意"视为内容、把"言"看成形式，不如超越"言""意"相对论，从"意"的无限性与"言"的有限性看问

---

① ［美］韦勒克、沃伦：《文学理论》，刘象愚等译，生活·读书·新知三联书店1984年版，第35页。
② （元）李冶：《敬斋古今黈》卷八，《文渊阁四库全书》第866册，第414页。

题,更有助于读者"解意"。经过漫长的文学创作实践和文论探索,人们已充分领悟到"言有尽而意无穷"这句话的个中三昧。"意"之意蕴并非"内容"一词可以涵盖的,字面意义仅仅是微不足道的形而下部分,更深远的意蕴却在只可意会难以言传的形而上层面。正如黑格尔所指出的:"内在的生气,情感灵魂风骨和精神,这就是我们所说的艺术作品的意蕴。""意蕴总是比直接显现的形象更为深远的一种东西。"① 运用中国本土话语说,文学艺术写人中的"气韵生动""神韵""丰态"都是比直接呈现的外在表象更深远的意蕴。一部文学作品造诣的高低主要取决于文本意义的深浅。有人说,深度本身就是一种意义,此言不虚。除了"立意""传意","解意"也是写人文论重建的重要内容,而"解意"的重心在于对"意无穷"写人况味的不断感受与发掘。

如前所述,西方丰富的"文意"理论给中国传统"意"术语及相关命题的现代阐释提供了镜照和参考。西方文论家看来,文本得以存在的价值在于"意义",而"文本意义"这一概念本身的指涉却是非常复杂的,经典文本的"意义"发掘尤其是无穷无尽的。如 W. 伊瑟尔《本文的召唤结构》曾指出:"作品的意义只有在阅读过程中才能产生,它是作品和读者相互作用的产物,而不是隐藏在作品之中、等待阐释学去发现的神秘之物。""作品的意义不确定性和意义空白促使读者去寻找作品的意义,从而赋予他参与作品意义构成的权利。"② 意大利文艺理论家马西莫·莱昂内将文本的意义指向区分为意义(meaning)和意味(significance),并指出:"符号可能因为它的语义内容、语用功能或两者都无法被解码而无意义,但一个符号不可能是无意味的。"③ 关于"意义"的复杂性,国内外学者进

---

① [德]黑格尔:《美学》第1卷,朱光潜译,商务印书馆1979年版,第24、25页。
② 胡经之:《西方二十世纪文论史》,中国社会科学出版社1988年版,第275、277页。
③ [意]马西莫·莱昂内:《论无意味:后物质时代的意义消减》,陆正兰、李俊欣、黄蓝译,四川大学出版社2019年版,第12页。

行了各种梳理与阐发:"意义"应用场域众多,又因不同场域而有不同的术语指称,如意图(intent/intention)、意愿(wish/desire/aspiration)、意念(idea/thought),大体与意义生产的主体有关;意思(meaning)、意味(significance)、意蕴(implication),大体与文本字里行间的内容有关;如果从语言学、符号学的角度来看,与"意义"有关的术语就更多了,如词汇意义(lexical meaning)、语法意义(grammatical meaning)、字面意义(literal meaning)、隐喻意义(metaphorical meaning)、寓言意义(allegorical meaning)、象征意义(symbolic meaning)、字典意义(sense)、内涵之义(connotation/intension)、外延之意(extension)、隐含之意(implication)、指示之意(denotation)、指涉之意(referent)、潜在意义(undertone)等。① 需要强调的是,中西"文意"理论在"言有尽而意无穷"问题上是相通的。优秀的文学作品总是谋求给读者留下丰富想象的余地或空间,这在中国艺术理论中叫"留白"。而在西方文论家伊瑟尔看来,一部作品的不确定点或空白处越多,读者便会越深入地参与作品审美潜能的实现和作品艺术的再创造。这些不确定点和空白处就构成了文学文本的召唤结构。召唤性是文学文本最根本的结构特征。再说回来,这种召唤性在中国叫"耐人寻味""言有尽而意无穷",即文本的有限性与意义的无限性。对此,曾军《文本意义的"多源共生"》提供了这样一条颇具启发性的思路:文本意义具有多个来源,这些来源共同生成,处于动态变化之中。"多源共生"呈现了文本意义的"杂语"状态,其目标指向文本意义的共通体的形成。② 文本意义的"多源",也导致文本意义阐释的"多元"。这个道理其实并不难理解,鲁迅早在谈到《红楼梦》的接受情况时就已经说过:"单是命意,就因读者的眼光而有种种:经学家看见《易》,

---

① 吴琪、季广茂:《从指示到征兆:文学文本意义的结构及其解读》,《美育学刊》2012年第2期。
② 曾军:《文本意义的"多源共生"》,《社会科学战线》2017年第10期。

道学家看见淫,才子看见缠绵,革命家看见排满,流言家看见宫闱秘事。"① 由此可见,"文本意义"既姓"杂",又姓"通","杂"而"通"是文本写人意义之本色。关于文学写人意义的解读应该立足于此。

在以往,人们研究一部作品,尤其是宏大叙事或抒情的作品,总会提出众说纷纭、多重主题等说法,这其实是由"文本意义"的多元取向造成的,正如以往讲文学作品的主题可以归纳,当今讲文本意义也要强调归结。英美新批评强调文学文本是一种"自足的存在",维姆萨特指出:"就衡量一部文学作品成功与否来说,作者的构思或意图既不是一个适用的标准,也不是一个理想的标准。"② 自古以来,"诗无达诂""一篇锦瑟解人难"现象经常出现,对有些意蕴丰厚的文本,的确难以对其文本意义给出一个令人满意的答案。作者的立意也许是"一意孤行"的,但文本意义的解读却往往有所发散,这其中所包含的就是"一"与"多"哲理。正如清初王夫之在《姜斋诗话》卷一中所说:"作者用一致之思,读者各以其情而自得。"③ 清人谭献《复堂词录序》曾指出:"作者之用心未必然,而读者之用心何必不然。"④ 当然,无论"文意"观念多么丰富,任其多么复杂,都可以按照某种视角对其意义加以诠释或归结。本着知人论世之道,探寻文本意义是必要的。同时,英美新批评家认为,一千个读者有一千个哈姆雷特,但纵使是一千个哈姆雷特,毕竟还是哈姆雷特,而不是别的人物。就中国文学文本而言,"一千个读者有一千个林黛玉",但这一千个林黛玉毕竟是林黛玉而不是薛宝钗。如此说来,"文意"阐发是多元性与稳定性的统一。文学艺术写人尽管以"意在言外"为根本追求,其意象可以相对模糊,但念念不忘要给人留下稳定而深刻的印象。

---

① 鲁迅:《集外集拾遗补编·〈绛洞花主〉小引》,《鲁迅全集》第 8 卷,人民文学出版社 2005 年版,第 179 页。
② 赵毅衡:《"新批评"文集》,中国社会科学出版社 1988 年版,第 209 页。
③ (清)王夫之著,戴鸿森笺注:《姜斋诗话笺注》,人民文学出版社 1981 年版,第 4 页。
④ 郭绍虞主编:《中国历代文论选》第 4 册,上海古籍出版社 2001 年版,第 77 页。

立足文学艺术,放眼文化传统,我们不难发现,中国传统文论强调以人为根本,贯穿着较为强烈的"人本"观念。"文意"发自作者的"立意""作意""寄意",即"意自人",这个"人"首先是指作者。通过"传意"、"写意"或"创意"文本落实,最终给读者以审美"意趣",即"意为人",这个"人"又指读者。文学文本中的人物正是读者心目中的、臆想中的人物,而未必实有其人。当然,文学之"人"主要还是文本之人。作者或阅读者时常会表达一种"XX 即我"观念,设身处地地扮演人物角色。中国文学家写人经常会"亲动心"般地"化入"文本天地,扮演某种角色;读者也经常会对所写人物产生"代入"感,以贾宝玉、林黛玉等角色自居。当年,苏轼曾试图通过读陶渊明之诗而达到身历其世、面接其人,从而与前人身心合一的境界:"此东方一士,正渊明也,不知从之游者谁乎?若了得此一段,我即渊明,渊明即我也。"[①] 他在读诗过程之中,通过想象将自己置于和诗人创作时相似的情境,调动自己的生活体验和审美体验去领悟诗人当时的感受,去探求诗人"深微"的"寄意"。在文学评论中,人们常常从小说戏剧所写人物看到作者、读者或评者的情感寄托或身影化入,如《金瓶梅》中的孟玉楼、《儒林外史》中的杜少卿、《红楼梦》中的贾宝玉,都分别有其作者的身心代入感。在现代文学中,还有一桩公案,即 1959 年 5 月 16 日,郭沫若在《人民日报》发表谈论他的戏剧《蔡文姬》的文章,开宗明义地声明道:"蔡文姬就是我!——是照我写的。"作者的声明一度引发质疑,一个现代男作家怎么会摇身变为一个古代的女诗人了呢?静言思之,原来,作者与他所写人物在文本天地里形成跨时空融合,其精神命脉已经附体于他笔下的人物。这种"纸上的生命"是作者生命的幻影,也是其写人意图的落实。同时,许多古代文论家经常设身处地地将自己"直接"置身于文本,与文本作者展开跨时空对

---

① (宋)苏轼著,孔凡礼点校:《苏轼诗集》,中华书局 1982 年版,第 2267 页。

话，并幻身于作者所处的环境和时代之中，去体验和感受文本的意旨和情趣，从而以己之意求得对文本写人创意之最终领悟，达到重现文本意义的解读目的。

自古以来，中国文艺往往并不停留于孤立地讲一个娓娓动听的故事，也并不仅仅满足于单独抒一场富有煽动性的情，而是重在创造一种意味深长、妙趣横生，让人百读不厌、回味无穷的审美韵致。这是传统文论标举"意"术语的创作实践基础。且不说"文以意为主"早已成为回荡在传统文论世界的主旋律，就是"言以尽意""言有尽而意无穷"等关乎"意"术语的命题也一直是中国文学创作的共同追求和奋斗目标。纵向看，中国文学文本中流淌着富有史感的叙事意脉；横向看，中国文学文本富含画面感的写人意蕴。质而言之，中国写人文论谱系之"意"至少包括作者"立意"、文本"传意"、读者"解意"，是由三者共同创造的。作者"立意"突出表现为以"寓褒贬"为主的写人寄意；文本"传意"是通过"立象尽意"笔法实现的；而读者"解意"则主要面向"言有尽而意无穷"的写人效果。

An Analysis of "Taking Meaning as Soul" in Chinese Traditional Characterizations

Li Guikui

Abstract "Meaning" is an important category of the traditional literary theory, which is full of commanding power. It is not only closely related to the traditional poetic categories such as aspiration, emotion, mood, momentum, reason and interest, but also has more integration with the traditional painting categories such as form, spirit, qi, rhyme and heart. Moreover, the traditional Chinese literary theory is "freehand", and the traditional literature and art is "freehand". Based on such cultural background and discourse soil, the reconstruction of the pedigree of Chinese characterization should take "meaning" as soul. It is not only based on the painting concepts such as vivid form, vivid charm and heart writing, but also absorbs many poetic concepts such as sentiment, interest, image and artistic conception. In essence, the "meaning" of the pedigree of Chinese writing humanism at least includes the author's "idea", the text's "meaning", and the reader's "meaning", which are jointly created by the three. The "intention" of the author is mainly expressed in the expression of "praise and derogation"; The "transmission of meaning" of the text is realized by the method of "image and meaning"; The reader's "interpretation of meaning" is mainly aimed at the effect of characterization with "endless words and endless meaning".

Key Words   characterization; advocate meaning; send a message; convey ideas; interpret the meaning; text creativity

Author   Li Guikui, Doctor of literature, Professor of School of Literature, Shandong University. His academic interests is Chinese Ancient Literary Theory.

"重复"还是"新生"[*]
——对历史前卫与新前卫艺术关系的再认识

张林轩

摘要 比格尔在其前卫艺术理论中对新前卫展开了尖锐的批判,即认为新前卫是对历史前卫范式的空洞重复与对艺术体制批判的根本背叛,进而导向了"前卫已死"的悲观结论。当代艺术批评家布赫洛与福斯特反对比格尔以历史前卫为中心去否定新前卫成果的做法,通过对新前卫艺术实践具体的考察,指出其在新的历史语境下推进了历史前卫未完成的事业,具有重要的艺术价值。对于新前卫与历史前卫关系的不同认识,反映出艺术观念的重要变化,对于思考当代艺术问题具有重要意义。

关键词 新前卫　历史前卫　艺术体制　消费—景观社会

作者简介 张林轩,山东大学文艺美学研究中心在读博士生,研究方向为西方当代文学理论。

自 20 世纪 50 年代波普艺术登上历史舞台以来,特别是随着 60—70 年代的极简主义、偶发艺术、激浪派、观念艺术、行为艺术等流派运动的出现,西方艺术世界的整体面貌发生了重大变化。一批当代艺术家力图恢复并推进超现实主义、达达主义以及俄国构成主义等"历史前卫"艺术所未完成的事业,即反对艺术自律、批判艺术体制、重新联结艺术与生活实

---

[*] 本文系国家社会科学基金项目"西方文论与中国当代文论范式转型研究"(项目编号:20BZW025)阶段性成果。

践。德国美学家彼得·比格尔（Peter Bürger）将这些二战后出现的艺术称为"新前卫"，并对其进行了批判，他认为新前卫抽空了历史前卫艺术范式所具有的体制批判力量，在此基础上对其进行空洞的重复并使其重新自律化、体制化，如此一来，新前卫反而宣告了前卫艺术在当代社会中的"名存实亡"。比格尔的观点反映出理论界对于当代艺术现实普遍的悲观情绪，前卫艺术作为现代艺术发展过程中的异质性因素，其本身是促使艺术否定、反思自我并向未来所敞开的推动性力量，而这种力量的消逝无疑意味着当代艺术彻底沦为了体制化的工具以及商品市场的附庸。尽管这种论调的确击中了后现代文化现状的痛处，但也忽视了历史语境的变迁，以及艺术发展新的可能性。因此，本雅明·布赫洛（Benjamin H. D. Buchloh）与哈尔·福斯特（Hal Foster）立足于更具体、更广泛的艺术实践而为新前卫合法性所做的辩护，可以视为对比格尔前卫理论的重要补充与修正。在他们看来，新前卫摒弃了历史前卫艺术实践中的乌托邦精神，而是对消费—景观社会进行细致的分析以及深层的对话，以更加丰富的表现手段推动了前卫艺术体制批判事业的发展。关于历史前卫与新前卫关系之认识的转变，反映出当代艺术观念的重要变化，以单一标准与典型范式去评判艺术的方法显然已不再适合多元化并存的艺术现实，这并不意味着要全盘接受完全削平价值、否定中心的后现代逻辑，而是要寻求理论之间的对话与交流，以此实现对艺术更加清醒的把握与认知。

一 新前卫对历史前卫的"背叛"

在关于西方前卫艺术的研究中，比格尔所著的《先锋派理论》（*Theory of the Avant-Garde*）无疑是极具影响力的经典文献。该书于1974年出版，十年后译成英文并传入美国，从而在当代前卫艺术最重要的阵地上引起了巨大的反响。在英译本序言中，约亨·舒尔特—扎塞（Jochen Schulte-Sasse）对于该书的学术价值给予了很高的评价："就其对先锋派所作的准确而带有历史性思考的界定而言，比格尔的《先锋派理论》一书的价值是怎么估计也不过分的。"①

与先前以雷纳托·波焦利（Renado Poggioli）为代表的先锋派理论相比，比格尔具有更清晰的历史意识及理论的精确性，主要体现为他对"先锋派"及长久以来围绕在其周围的诸多重要概念进行了细致的梳理，并赋予概念以明确的历史性定位。波焦利认为，先锋派缘起于19世纪中期的波德莱尔及浪漫主义运动，这就使得"先锋派"本身变成了包罗各种"主义"的含混集合，尽管波焦利以意识形态方面的同质性将其聚合为整体，但无法为我们认识其间各种艺术现象的独特性提供帮助，"先锋派"成为了一个"空洞的口号"，"不再能帮助我们将浪漫主义、象征主义、唯美主义、先锋派和后现代主义等区分开来"②；此外，"在美国批评界，先锋派一般来说是现代主义的同义词"③，格林伯格的现代主义批评正是其中的代表。在他看来，前卫文化作为一种高级的历史意识同样起源于19世纪中期第一批波西米亚式艺术家的出现，艺术与社会生活分离并成为自律系统，"诗人或艺术家在将其兴趣从日常经验的主题材料上抽离之时，就将注意力转移到他自己这门手艺的媒介上来"④，因此前卫艺术就是不断回归媒介本身的现代主义艺术，它是与商品化且趣味低下的庸俗艺术（Kitsch）相对立的高级艺术。可以看出，无论是波焦利还是格林伯格，都没有对"先锋派"和"现代主义"作出历史上的区分，它们共同被统摄在"现代艺

---

① ［德］比格尔：《先锋派理论》，高建平译，商务印书馆2002年版，第52页。
② ［德］比格尔：《先锋派理论》，高建平译，商务印书馆2002年版，第3页。
③ ［美］卡林内斯库：《现代性的五副面孔：现代主义、先锋派、颓废、媚俗艺术、后现代主义》，顾爱彬、李瑞华译，译林出版社2015年版，第128页。
④ ［美］格林伯格：《前卫与庸俗》，见《艺术与文化》，沈语冰译，广西师范大学出版社2015年版，第7页。

术"这个大的专名之下。这样的处理正是比格尔所摒弃的,用本雅明的话说,比格尔要将作为历史节点的先锋派从连续体中"爆破"出来,进而重构西方现代艺术的整体图景。他将1910—1925年间出现的俄国构成派、欧洲超现实主义与达达主义称作"历史上的先锋派运动",这些运动标志着"艺术作为社会的子系统进入了自我批判阶段"[①],作为资产阶级自律艺术生存场域的艺术体制成为前卫艺术直接攻击与挑战的对象。此外,比格尔还明确了另一个与历史先锋派相对的概念,即战后50、60年代在欧美出现的"新先锋派"。从现代主义到历史先锋派再到新先锋派,这样的划分确保了比格尔能够完成波焦利等未竟的任务,即"以理论的精确性说明20世纪20年代的先锋派艺术(未来主义、达达主义、超现实主义、俄国和德国的左翼先锋派)的历史独特性"[②]。这同时也为之后的前卫艺术研究提供了基本的理论框架。

事实上,历史前卫与新前卫的关系很难算作《先锋派理论》中的核心议题,更准确地说,它被包含在了另一个大问题中,即前卫艺术的命运与终结。通过强调新前卫与"真正的"(genuine)前卫艺术之间的区别,比格尔要证明关于这一问题的基本结论,那就是"我们必须承认先锋派现在已经离我们远去了"[③]。在谈论前卫艺术的终结及作为其论据的新前卫相关问题之前,我们要先回到前卫艺术的起源时刻去探究前卫艺术因何出现及其本质上是什么这两个关键问题。首先,以批判艺术体制为核心目的的前卫艺术是资产阶级社会发展到一定阶段的必然产物,这个阶段的标志就是唯美主义(aestheticism)的出现。尽管资产阶级艺术对于自律性的追求早在18世纪末就已经开始,但"艺术自律"在长时间内通过主张与生活实践相分离

[①] [德]比格尔:《先锋派理论》,高建平译,商务印书馆2002年版,第88页。
[②] [德]比格尔:《先锋派理论》,高建平译,商务印书馆2002年版,第5页。
[③] Peter Bürger, "Avant-Garde and Neo-Avant-Garde: An Attempt to Answer Certain Critics of Theory of the Avant-Garde", trans. Bettina Brandt & Daniel Purdy, *New Literary History*, Vol. 41, No. 4 (Autumn, 2010), p. 713.

来发挥对现存体制的批判功能，而只有到唯美主义出现的 19 世纪末 20 世纪初，作为艺术体制的自律观念才彻底定义艺术自身，也就是说，"为艺术而艺术"的主张表明艺术不再指涉外部而成为独立的封闭系统，正如比格尔所说："与生活实践的分离过去总是被看成是在资产阶级社会中艺术起作用方式的条件，而现在却成了它的内容本身。"[①] 当资产阶级艺术步入这个阶段，以"体系内批判"所维系的现代主义发展的历史动力学也走到了终点，但它构成了朝向前卫艺术敞开的断裂，前卫艺术将体制化的艺术本身作为自己扬弃的对象，也就是进行艺术的自我批判："对作为社会子系统的艺术进行自我批判只有在内容也失去它们的政治性质，以及艺术除了成为艺术之外其他什么也不是时，才是可能的。这一步是在 19 世纪末，在唯美主义那里才实现的。"[②] 前卫艺术通过否定对艺术自律起着决定性作用的体制化因素，如无功能性、个人生产及接受等，力图将艺术与生活实践重新联结起来，前卫艺术家们摆脱了形式主义者为现代艺术规定的语言壁垒，重新建立起艺术的现实维度："在先锋主义作品中，单个的符号主要不是指向作品整体，而是指向现实。接受者具有将单个的符号当作有关生活实践或政治指示的重要宣言来反应的自由。"[③] 简而言之，他们要创造出一种新型的介入式艺术，进而恢复艺术的社会价值以及艺术家的社会功能。

然而，前卫艺术的理想在历史上并没有实现，它最终背离了自己的立场。在比格尔看来，前卫艺术自身的矛盾性决定它的乌托邦理想难以如其所是地实现："在历史上的先锋主义运动时期，所有历史进步性带来的同情都在消除艺术与生活的距离的尝试一边。但同时，文化产业（culture industry）带来了艺术与生活的距离的虚假消除，这也使人们认识到先锋主

---

① ［德］比格尔：《先锋派理论》，高建平译，商务印书馆 2002 年版，第 119 页。
② ［德］比格尔：《先锋派理论》，高建平译，商务印书馆 2002 年版，第 93 页。
③ ［德］比格尔：《先锋派理论》，高建平译，商务印书馆 2002 年版，第 171 页。

义事业的矛盾性。"①"文化产业"又被称作"文化工业",它作为服务于资产阶级统治的工具,以同化的方式抵消掉了前卫艺术的反叛性。在前卫艺术运动中所出现的"拼贴"、"现成品"(ready-made)、"拾得物"等主要范式,本身是在特定的历史语境下偶然发现的对艺术体制进行批判的武器,但在文化工业的运作下转化为标准化的艺术风格,从而失去了原有的"震惊"效果并被纳入商品再生产的体系。也就是说,艺术体制对前卫艺术的抵制并不是通过将之放置于自己的对立面进行反击,而是尽可能地为它打上体制化的标签,从而将其纳入可控制的范围。但比格尔并没有就此否认前卫艺术在历史上出现所具有的重大意义,尽管它并没有彻底将艺术从体制中分离出来,但它至少揭开了艺术体制的存在,现代主义所宣称的"形式自律"不再能够作为真理被广泛接受:"这是因为这一攻击使人们首次形成对艺术体制的自觉,对单个艺术品的效果受体制制约的自觉。"② 资产阶级社会无法用现成的方法去同化前卫艺术,正如德·迪弗认为杜尚的小便池宣告了所有理论阐释的无效性,它"像一张绝对密封的单子一样穿越一切'可能世界'"③。这也就使得前卫艺术在一定的历史时期内能够对艺术体制形成强有力的冲击,这可以看作前卫艺术意图的短暂实现,尽管这无法掩盖最终必然失败的命运。

总的来说,比格尔眼中的历史上的前卫艺术以一种英雄主义的姿态独立于艺术史之中,并因此具有不可复制性。它希望通过消除艺术与生活实践的界限去批判艺术的自律体制,但当艺术与生活失去了必要的距离,前卫艺术的批评锋芒也就随之消失了,"反体制"本身被体制同化成了一种风格,"反艺术"被重新打造为特殊的艺术类型,这种转变通过新前卫而彻底展现出来。在比格尔看来,新前卫对历史前卫的所谓继承无非是一种

---

① [德] 比格尔:《先锋派理论》,高建平译,商务印书馆2002年版,第122页。
② [德] 比格尔:《先锋派理论》,高建平译,商务印书馆2002年版,第166页。
③ [比] 迪弗:《杜尚之后的康德》,沈语冰等译,江苏美术出版社2014年版,第14页。

范式的重复和模仿，尽管新前卫艺术在手法上不乏创新之处，甚至在主观意图方面比前辈更加强烈，但终究无法避免只得前卫之形而不得前卫之神："在一个变化了的语境中，使用先锋主义的手段来重现先锋主义的意图，连历史上的先锋派所达到的有限的效果也不再能达到了……新先锋派将作为艺术的先锋派体制化了，从而否定了真正的先锋主义的意图。"① 艺术体制对于新前卫的反应远不如对历史前卫那般强烈，甚至是欣然地接纳了前卫艺术的"重生"，这一点从波普艺术取代抽象表现主义而成为美国主流艺术的事实中便不难看出。另一方面，新前卫艺术成功地融入了大众的日常生活，它们被打上艺术品的标签进入了商品市场，这种情况正如戴维·科廷顿（David Cottington）所说："市场对前卫派的吸纳实现了原创前卫艺术家让艺术回到社会生活中的乌托邦目标，但其完成的方式却是反乌托邦式的。"② 卡林内斯库同样指出："有讽刺意味的是，先锋派发现自己在一种出乎意料的巨大成功中走向失败。"③ 也就是说，新前卫艺术对于生活的广泛介入是被艺术体制所允许乃至期待的，它们又一次为体制所操纵，与市场上流通、博物馆中展览的自律艺术品别无二致，在艺术世界中占据了显赫与稳固的位置。比格尔将这种"失败的成功"看作前卫艺术的悖论，他说道："先锋派失败的悖论无疑在于他们的展示被博物馆化（musealization）为艺术品，也就是说，在于他们艺术上的成功。本应揭露艺术体制的挑战行为被体制所收编。"④ 尽管前卫艺术的失败并不是新前卫所导致的，而是早已埋藏于历史前卫之中，但新前卫是对失败的集中展示

---

① ［德］比格尔：《先锋派理论》，高建平译，商务印书馆2002年版，第131页。
② ［英］科廷顿：《走近现代艺术》，朱扬明译，外语教学与研究出版社2015年版，第56页。
③ ［美］卡林内斯库：《现代性的五副面孔：现代主义、先锋派、颓废、媚俗艺术、后现代主义》，顾爱彬、李瑞华译，译林出版社2015年版，第131页。
④ Peter Bürger, "Avant-Garde and Neo-Avant-Garde: An Attempt to Answer Certain Critics of Theory of the Avant-Garde", trans. Bettina Brandt & Daniel Purdy, *New Literary History*, Vol. 41, No. 4 (Autumn, 2010), p. 705.

和彻底揭露，它迫使人们去重新认识前卫艺术的历史与本质。因此可以肯定的是，比格尔对新前卫的消极论调用意不在于批判其本身，而是在论证前卫艺术已成过去的事实，但这种做法带来了对新前卫的概念化、片面化的认知问题。更何况与历史前卫相比，新前卫仍处于生成过程之中，有着更显著的多元性和不确定性，比格尔的理论无法使我们更深入地了解新前卫以及具有更长远历史广度的前卫艺术整体，因此势必会招致后来者的批判以及更具有建设性的补充发展。

二 为新前卫辩护：前卫事业在新语境下的推进

前文提到，《先锋派理论》的出版与传播，有力地推动了西方当代前卫艺术研究的进展，比格尔创造性地从批判艺术体制角度去阐释前卫艺术的特质，为后来的研究者提供了重要的话语范式与理论参照。然而，他对前卫艺术所做出的悲观论断以及对新前卫艺术成果的全盘漠视，是无法令人满意的，特别是对于长期深入新前卫艺术现场的批评家来说，这几乎否定了他们所从事工作的全部价值。因此，他们有必要对比格尔的前卫理论做出修正与完善，为新前卫艺术的合法性进行辩护，作为《十月》杂志批评家群体核心成员的本雅明·布赫洛与哈尔·福斯特就是其中的代表。他们在继承与批判比格尔的基础上，做了大量关于新前卫艺术作品的批评工作，意在表明新前卫在新的历史语境下将历史前卫乌托邦式的理想推进为更深刻、更具体的体制批判，从而为当代艺术的发展提供了最内在的动力。

在新前卫的辩护者看来，比格尔对新前卫的贬低根源于他错误地将历史前卫定义为绝对化的范式，它对艺术体制所进行的批判被理论塑造为不可复制的"否定神学"，这种对典范性和原创性的盲目迷恋，使比格尔选择直接无视新前卫通过富有创见性的艺术实践为前卫艺术在新时期的延续所提供的可能性，因此将历史前卫的失败等同于前卫艺术的终结。布赫洛认为比格尔这样的处理是"不可接受"的："比格尔没有认识到父辈在政治和历史方面——而不是在艺术方面——的失败，必然会为重新思考文化是否及如何能够在二战后得到重构的条件提供一个框架；他反而坚持用历史前卫的艺术成就来衡量战后的所有活动。"① 也就是说，历史前卫在多重因素共同作用下走向失败的事实本身并不能直接导出关于新前卫的消极判定，它恰恰为认识新前卫的文化意义提供了基本的参考，这一点甚至早已寓于新前卫艺术家决定重启历史前卫遗产的意图之中。因此，"历史前卫与新前卫的关系并不能通过一个中心点来阐明，即一个使得所有随后的活动都显得似乎只是重复的真正的历史原创时刻"②。正如我们不能仅仅因为伊夫·克莱因（Yves Klein）重新使用了俄国前卫派所开创的"单色画"（monochromy）范式就武断地认为他的创作不过是对罗德琴科（Rodchenko）等艺术家空洞的重复与模仿，因为前者所面对的是与历史前卫时期相比出现了显著变化的社会历史语境，这也就使得艺术范式再现的背后发生了不可忽视的语义转变。布赫洛据此认为："因此显而易见的是，解读这些新前卫作品完全在于从传统话语中所谓的外部来赋予它们意义，即作为接受过程的观众的倾向与需求，作品被要求表现出来的文化合法性，以及居于需求与合法性之间的体制中介。因而对于新前卫作品而言，意义显然成为了关于审美及意识形态介入的投射问题，并在特定的时期为特定的群体所共享。"③ 经过对上述外部因素的持续关注，布赫洛发现新前卫正是在与文化工业与景观社会的周旋之中，推进了历史前卫未竟的对艺术体制的批

---

① Benjamin H. D. Buchloh, *Neo-Avantgarde and Culture Industry: Essays on European and American Art from 1955 to 1975*, Cambridge & Mass: MIT Press, 2001, p. xxiv.
② Benjamin H. D. Buchloh, "The Primary Color for the Second Time: A Paradigm Repetition of the Neo-Avant-Garde", October, Vol. 37 (Summer, 1986), p. 43.
③ Benjamin H. D. Buchloh, "The Primary Color for the Second Time: A Paradigm Repetition of the Neo-Avant-Garde", October, Vol. 37 (Summer, 1986), p. 48.

判。事实上，比格尔也并非完全缺乏这样清醒的认识，在运用瓦尔特·本雅明针对巴洛克文学所提出的讽喻（allegory）概念去分析历史前卫艺术作品之前，他指出："尽管艺术形式的产生是由于特定的社会语境，这些形式并不受它们从那里起源的社会语境，或者受与之相类似的社会情况的制约。实际情况是，这些形式可以在不同的社会语境中承担不同的功能。"[①] 正如讽喻艺术并没有在作为起源时刻的巴洛克文学中穷尽自身所有的可能性，而是在历史前卫中得到了更彻底的展现；那么，历史前卫中的艺术范式经由新前卫实践而得以重新阐释是完全可能的。从这一角度看，布赫洛与福斯特等的新前卫艺术史书写是对比格尔理论中历史化最充分部分的续写。

在否定历史中心主义视角的基础上，新前卫的辩护者在历史前卫与新前卫之间建立起了新型的叙事关系，他们发现这组复杂且隐秘的关系可以在精神分析对无意识的研究中找到合适的类比。福斯特曾在《新前卫新在何处？》（*What's Neo about the Neo-Avant-Garde?*）一文中借用创伤（trauma）与延迟效应（deferred action）概念重构了新前卫与历史前卫的链接，以反体制为内核的前卫艺术就如同成长中的主体一样经历着各个发展阶段，它们必须承担起不同的功能以确保生命的完整与健全。福斯特认为，历史前卫的完整意义并不是在它出现的时刻就得到了一劳永逸的揭示，而是要经由后继实践的再度阐释："杜尚的地位和《亚威农少女》一样，是由无数的艺术回应和批评解读所导致的一个回溯性的效应，贯穿了在前卫实践和体制认可之间的时空对话。"[②] 因为在前卫艺术初现的时刻，历史尚未做好准备迎接它的到来，就像是"一个人在陷入一种危险时，对这种危险毫无思想准备"[③]，而有机体

---

① ［德］比格尔：《先锋派理论》，高建平译，商务印书馆2002年版，第144页。
② ［美］福斯特：《实在的回归：世纪末的前卫艺术》，杨娟娟译，江苏凤凰美术出版社2015年版，第20页。
③ ［奥］弗洛伊德：《超越唯乐原则》，《自我与本我》，张唤民等译，上海译文出版社2011年版，第11页。

只有通过"强迫性重复"才能形成对焦虑的抵制，进而生成对创伤记忆更加清醒的意识并寻求治愈。新前卫正是发挥了类似于"强迫性重复"的作用，它一方面揭开了历史前卫的创伤，这主要由50年代的第一波新前卫艺术家所完成，他们通过对历史前卫进行体制化处理，从而将其从体制的压抑下释放出来。而他们对历史前卫范式的重复事实上是对其意图的"拒认"（disavowal）。布赫洛对克莱因重复"单色画"范式的分析也是从这一视角展开的，后者几乎颠覆了罗德琴科等的意图，强调恢复绘画的神秘性与自律价值。这势必构成悖论，如果新前卫真的到此为止，那么自然无法撼动比格尔对其批判的有效性。因此，福斯特更推崇的是60年代出现的第二波新前卫，他们不满于前卫事业的中断，因而重新揭开了被第一波新前卫掩藏的反体制"欲望"，以接近于释梦的方式对集合于前卫艺术之上的各元素进行分析整合，从而修复了历史前卫所遗留下的创伤记忆，并丰富和扩展了前卫艺术的内涵与外延。历史前卫正是在这种延迟的效应中得到了重新塑造：

> 历史前卫和新前卫艺术是以一种类似的方式彼此联系的，是一个持续的伸展与停滞的过程，是由预期的未来和重构的过去所组成的复杂接力——简言之，它们之间的联系是一种延迟效应，这种效应推翻了过去那些如从前和后来、起因和结果、原创和复制的简单方案。①

可见，福斯特将新前卫视为了本雅明理论意义上的"当下"（present）时刻，对它的认知应当将其从历史连续体中"爆破"出来，新前卫的重要艺术家使呈线性发展的艺术史停顿下来，历史前卫作为从过去剥离出来的记忆

---

① [美] 福斯特：《实在的回归：世纪末的前卫艺术》，杨娟娟译，江苏凤凰美术出版社2015年版，第40页。

碎片与新前卫汇聚于当下，构成一个"历史的星座"："这个星座是他自己的时代与一个确定的过去时代一道形成的。这样，他就建立了一个'当下'的现在概念。这个概念贯穿于整个救世主时代的种种微小事物之中。"① 新前卫承担起了救赎前卫艺术的重任，历史前卫的兴衰命运与自身所直面的社会现实在它的起点处为其提供了面向未来的动力。在福斯特看来，只有新前卫才真正做到了反体制，他以杜尚与罗德琴科为例，指出尽管历史前卫以激进的方式对艺术的媒介惯例进行了揭露与颠覆，但自律艺术的展览方式及体制关系得到了保留，而这些因素恰恰被新前卫当作分析的主要参数，"如果说历史前卫艺术是聚焦于惯例，则新前卫是聚焦于体制"②。也就是说，比格尔理论上的偏颇同样体现在历史前卫本身所持有的观念之中，它将对艺术体制的批判视作一蹴而就的反动，这使历史前卫未能形成对艺术体制客观清晰的认识，最终的结果是构建了一个永恒否定的假象去替代永恒自律的假象。这个历史的教训为新前卫所吸取，因此尽管它并没有表现出历史前卫所特有的激进性，却通过对艺术体制展开创造性的分析弥补了历史前卫的缺憾。

在新前卫的反体制事业中，对景观社会的揭露与抵制无疑是极其关键的任务，这也成了评判新前卫艺术优劣的重要标准。居伊·德波（Guy Ernest Dobord）认为景观代表着一种新型的霸权，现代社会的发展成了景观自我实现的过程，人们不可避免地生活在了由景观所构筑的虚假幻象之中，进而失去了对其进行反抗的可能性："景观就是逃脱人类活动的那个东西，它摆脱了人类对事业的重新考虑和修正。"③ 不难看出，现实世界的景观化（spectacularization）构成了对新前卫的巨大威胁，同时也是它所直

---

① ［德］本雅明：《历史哲学论纲》，阿伦特编：《启迪：本雅明文选（修订译本）》，张旭东、王斑译，生活·读书·新知三联书店 2012 年版，第 276 页。
② ［美］福斯特：《实在的回归：世纪末的前卫艺术》，杨娟娟译，江苏凤凰美术出版社 2015 年版，第 30 页。
③ ［法］居伊·德波：《景观社会》，张新木译，南京大学出版社 2017 年版，第 8 页。

面的艺术体制，因此也势必成为新前卫辩护者们关注的重点。福斯特对拉康"凝视"理论的借鉴，以及对极简主义与波普艺术"系列生产"方式的论述，均可看出他对新前卫的辩护立场是基于其对景观的对抗的。布赫洛则更鲜明地体现出以与景观社会的辩证关系为出发点去探讨新前卫的合法性问题，例如，在对伊夫·克莱因与阿曼（Arman）进行比较时，他指出比较的目的在于："探寻他们如何在相对较短的 10 年内不仅以前所未有的方式重新定义了法国绘画和雕塑的话语传统，而且使他们跻身于否认历史和景观化之间的辩证的中心，这在我们看来是文化重建的构成性条件之一。"① 事实上，"否认历史"与"景观化"都是作为景观社会的产物而要求新前卫必须对其做出回应，正如德波所说："对于景观统治而言，首要的是普遍地根除历史知识……事情越重要，就越要对其进行隐藏。"② 在这样的语境下，新前卫对历史前卫的重复应当被视为应对景观霸权的重要策略，然而，这一策略并不能保证新前卫的成功，它时刻面临着被景观同化的危险。正如布赫洛对战后的装置艺术与摄影概念主义所作出的批判那样："它最早彻底地吸收了将景观文化和广告意象生产缔造为单一的全球性权力的种种技术，并沾沾自喜……这种权力所向披靡，开始充斥于所有认识和交流惯例。这意味着：在景观极权式控制和统治下，任何的反抗念头或细微的姿态都将显得微不足道和荒诞不经。"③ 因此，他希望能在汉斯·哈克（Hans Haacke）、迈克尔·阿舍（Michael Asher）、格哈德·里希特（Gerhard Richter）这些新前卫榜样的艺术实践中发现足以对景观统治构成挑战的方法与观念，如他在里希特身上发现了"能够建构记忆经验的美学能力"，并认为"这是屈指可数的能够抵御总体性的景观化的行为

---

① ［美］布赫洛：《新前卫与文化工业：1955 到 1975 年间欧美艺术评论集》，何卫华等译，江苏凤凰美术出版社 2014 年版，第 191 页。
② ［法］德波：《景观社会评论》，梁虹译，广西师范大学出版社 2007 年版，第 8 页。
③ ［美］布赫洛：《新前卫与文化工业：1955 到 1975 年间欧美艺术评论集》，何卫华等译，江苏凤凰美术出版社 2014 年版，第 5 页。

之一"①。总而言之，布赫洛与福斯特从景观视角去把握新前卫的艺术价值，意在说明尽管艺术体制中存在着坚固不变的成分，但随着社会历史的发展，它们会以不同的身份呈现出来，并会具有不同的特质。布赫洛在与福斯特等合著的当代艺术史前言中对资产阶级社会公共领域的变迁做出了如下概括：

> 这种资产阶级的公共领域，起初被新兴的无产阶级公共领域的进步力量（如苏联初期和魏玛共和国时的情景）所取代，其后则被大众文化公共领域的崛起而取代，或者由30年代的极权主义法西斯或国家社会主义形式，或者由文化工业和公开展览的战后体制所取代，这种文化工业和公开展览的体制，是随后美国的霸权主义与欧洲重建中很大程度上居于从属地位的文化建设而出现的。②

正因如此，新前卫的反体制事业显示出更大的复杂性，因为它不仅要面对当下的环境，还要背负着历史前卫所留下的沉重包袱。比格尔对新前卫的全盘否定正是因为忽略了前卫事业本身的复杂性，而布赫洛与福斯特等为新前卫所做的辩护恰恰是建立在对文化重建的信念之上一种同情的理解。

三 前卫艺术境况中的矛盾

在对比格尔与布赫洛、福斯特等的理论话语进行比较之后，我们或许会得出一个结论，即比格尔的理论在今天已成明日黄花。在他理论中所体

---

① [美]布赫洛：《新前卫与文化工业：1955到1975年间欧美艺术评论集》，何卫华等译，江苏凤凰美术出版社2014年版，第8页。
② [美]布赫洛：《艺术的社会史》，沈语冰编著：《艺术学经典文献导读书系·美术卷》，北京师范大学出版社2010年版，第98页。

现出的法兰克福学派的精英主义立场，以及历史中心主义的视角，面对异彩纷呈、生机勃勃的新前卫艺术已经失去了足以令人信服的阐释力。这一结论无疑是草率的，事实上，新前卫辩护者在对比格尔的前卫理论进行修正的同时，也承认并证实了其本身潜在的生长性，他的理论为长期被形式主义批评所统治的英美艺术研究界提供了崭新的视野与方向，正如布赫洛所说："他确实使我们重新关注到了那些被格林伯格、弗雷德等美国形式主义者及其之后的欧洲学者所拒斥和否认的遗产，包括各种形式的达达文化、超现实主义、俄国构成主义和苏联生产主义。他在1968年之后的某个时刻让所有这些艺术实践都回到了人们的视野之中，尽管他并不是唯一这么做的人，但从某种意义上说，他对这项工作进行了总结。"[1] 比格尔从反体制角度对历史前卫所做的理论化发掘，为新前卫研究的推进提供了重要的基础，因为正如前文所述，新前卫艺术的价值只有将其放置于由当下现实与历史前卫记忆共同构成的参照系中才能得到完整的揭示。布赫洛认为，随着1968年前后概念艺术的出现，新前卫形成了一套区别于历史前卫完整的反体制策略，而其中具有代表性的艺术家大致与福斯特所推崇的第二波新前卫者相吻合，他们的艺术实践表明："一种完全不同的基础正是在这一个时刻形成，可以由此批判性地介入决定着当代艺术生产和接受的话语和体制；并且不同于比格尔所援引的批判模式，开始生成一系列关于读者接受、分配形式和体制性批判的观念。"[2] 这可以说是新前卫最值得称颂之处，但如果没有比格尔为前卫艺术建构出专属的理论框架，新前卫的这重价值便难以被发现，而是被掩藏在现代主义与后现代主义激烈对抗的硝烟之中。因此，比格尔的前卫理论在面对新前卫时非但没有彻底失效，

---

[1] Hal Foster, Rosalind Krauss, Yve-Alain Bois, Benjamin H. D. Buchloh, *Art Since 1900: Modernism, Anti-modernism, Post-modernism*, London: Thames & Hudson, 2004, p. 324.

[2] ［美］布赫洛：《新前卫与文化工业：1955到1975年间欧美艺术评论集》，何卫华等译，江苏凤凰美术出版社2014年版，第7页。

反而是需要不断回归的力量源泉。

值得注意的是，即便比格尔对新前卫的消极判断本身饱受指责，但依然具有不容忽视的合理性。在比格尔看来，新前卫通过对艺术体制的恢复使历史前卫中的艺术范式成了市场的适应物："如果今天一位艺术家在一个火炉的烟囱上签上名，并展出它，这位艺术家当然不是在谴责艺术市场，而是适应它。"① 诚然，正如布赫洛所指责的那样，比格尔对新前卫艺术实践的关注是有限的，他所针对的主要是安迪·沃霍尔（Andy Warhol）、罗伯特·劳申伯格（Robert Rauschenberg）、贾斯珀·约翰斯（Jasper Johns）等为代表的波普艺术，但是我们并不能仅仅因为他对于新前卫的部分盲视就彻底否定其判断的价值。前卫艺术的商品化使其历史上的真实意图得到了"虚假的实现"，这种艺术现状是关于"先锋派已死"的普遍情绪的重要注脚。罗伯特·休斯（Robert Hughes）曾这样写道："二十世纪七十年代中，有一个在二十年代甚至五十年代中谁也料想不到的不可避免的事实。那就是全部先锋美术活动——包括政治性的、有社会目的的，或者非政治社会性的活动——的意义都被市场抽空了。"② 受此影响的并不单单是同一时期出现的新前卫而是艺术整体：无论是古典时期的美术作品，还是现代大师的典范之作，在消费—景观文化所统治的社会中，其本源性价值都受到了交换价值的侵蚀，艺术的价值及其在艺术世界中的地位被直接兑换成作品价格的高低。在这样的社会语境中，确实有相当数量的新前卫作品通过对历史前卫范式的空洞重复去攀附经典化了的"前卫"之名，以便在艺术市场中获得可观的地位。在前卫艺术的包装下，许多新前卫艺术根源上为后现代主义的观念所支配，而后现代主义的基本特质之一便是反前卫，正如莫拉夫斯基（Stefan Morawski）所说："（后现代主义）认为艺术并不是天

---

① ［德］比格尔：《先锋派理论》，高建平译，商务印书馆2002年版，第124页。
② ［美］罗伯特·休斯：《新艺术的震撼》，刘萍君等译，上海人民美术出版社1989年版，第339页。

职（vocation）而是诸多职业（occupation）中的一种，它的合法性在于生产出畅销的特殊商品。"① 可见比格尔指出的新前卫对于前卫事业的背叛，某种程度上点明了当代艺术所面临的困境，因此对新前卫辩护者理论认识最大的误区，就是将其简单地视作对比格尔认识的翻转，即"为了把新前卫的体制批判表现为真正的成就而贬低了杜尚"②，这样的观点无疑是对艺术现实更加严重的盲视。

此外，对新前卫艺术的清醒认知，需要具备明确的范畴意识，唯有如此才能帮助我们判断新前卫是否在艺术多元化的今天仍然具有独立的价值。沈语冰教授曾对"现代主义"、"前卫艺术"以及"后现代主义"这三个时常被混淆的术语进行颇具建设性的区分，其中，后现代主义作为一种观念形态，放弃了现代性的基本原则，从而构成了对前两者的共同背离："在后现代艺术中，这种放弃表现在拒绝现代主义艺术作为一个分化了的文化领域的自主价值，并且拒绝现代主义的形式限定原则与党派原则。不仅如此，它还拒绝前卫艺术激进批判的乌托邦精神。"③ 同理，新前卫如果要肩负起推进前卫事业的重任，就要在继承历史前卫对现代主义的批判基础上，对依附于消费—景观文化的后现代主义进行有力的抵抗，失却其中任何一个维度，新前卫都会变得名不副实。例如布赫洛在对汉斯·哈克的分析中格外看重其作品的功能性价值，突出表现为对"交往行为"（communicative action）理念的强调，这一理念使其作品具备了双重批判的力量："交往行为的理念不仅全面反对现代主义关于自律性的错误理念，以及其在20世纪60年代的所谓的形式主义中的遗产；在当代语境中，交往行为理念还批判性地挑战后现代主义的各种

---

① Stefan Morawski, *The Troubles with Postmodernism*, London & New York, Routledge, 1996, p. 89.
② Peter Bürger, "Avant-Garde and Neo-Avant-Garde: An Attempt to Answer Certain Critics of Theory of the Avant-Garde", trans. Bettina Brandt & Daniel Purdy, *New Literary History*, Vol. 41, No. 4 (Autumn, 2010), p. 708.
③ 沈语冰：《20世纪艺术批评》，中国美术学院出版社2003年版，第347页。

仿真观念。"① 同样，福斯特所推崇的第二波新前卫也将双重批判作为自身的历史任务："一方面是如极简主义所示，反映艺术的语境条件，从而拓宽它的种种限定因素；另一方面是如波普所示，利用前卫艺术的惯例性，从而对现代主义与大众文化的构成两者都发表意见。"② 这样的重任反映出新前卫所面临环境的严峻，它要在自律艺术与商品符号的夹缝中生存，并要保持对一切禁锢艺术发展、隔绝艺术交流、消弭艺术价值的体制因素的敏感与反抗，这也决定它始终是在否定已有成果的基础上去推进自身。而也正因如此，历史前卫的失败并不是新前卫固守不前的理由，而是成了避免前卫事业陷入"无可批判"泥淖的保证。正如科廷顿所说：

> 尽管认为他们可以成功地抵制资本主义文化的坚定信念和投身到一个更广泛的社会和政治解放运动中去的参与意识，这两个曾经燃烧起20世纪早期前卫派激情的信念已经枯萎凋谢，在新出现的当代新自由主义的严峻环境下维持一个集体行动和身份的"公共领域"的想法也已减弱，但以千变万化的媒介、从多种多样的角度进行创作的艺术家们（他们中许多人参与共同合作的项目）正在继续与市场价值的垄断和艺术实践的体制化作斗争。③

因此，有学者将布赫洛的新前卫艺术史称为"有态度的历史"④，它是基于对艺术的价值判断而展开的，即认为艺术应当承担起相应的社会责任，它需要引领人们走出生活的牢笼，赋予人们反思当下生活与社会环境

---

① ［美］布赫洛：《新前卫与文化工业：1955到1975年间欧美艺术评论集》，何卫华等译，江苏凤凰美术出版社2014年版，第164页。
② ［美］福斯特：《实在的回归：世纪末的前卫艺术》，杨娟娟译，江苏凤凰美术出版社2015年版，第67页。
③ ［英］科廷顿：《走近现代艺术》，朱扬明译，外语教学与研究出版社2015年版，第58页。
④ 详见王志亮《批判现代主义——本雅明·布赫洛新前卫理论的建构基础》，《南京艺术学院学报》（美术与设计版）2013年第5期。

的能力。正如马尔库塞所说:"艺术并非是现存体制的仆人,美化着它的行为和它的苦难;艺术应当成为取消这些行为和苦难的技艺。"① 新前卫进行双重批判的目的在于,寻找到艺术面向未来的可能性,无论是比格尔还是新前卫辩护者所关注的根本问题正在于此,这也是我们在把握历史前卫与新前卫关系时需要首先具备的价值关怀。

"Repetition" or "Rebirth": Re-understanding of the Relationship between the Historical and Neo-Avant-Gardes

Zhang Linxuan

Abstract Bürger criticizes the neo-avant-garde art sharply in his theory of the avant-garde art, as he thinks that the neo-avant-garde is an empty repetition of the historical avant-garde paradigms and a fundamental betrayal of the criticism of the institution of art, which leads to the pessimistic conclusion that the avant-garde art has dead. Contemporary art critics Buchloh and Foster oppose to Bürger's practice of denying the achievements of the neo-avant-garde on the basis of the historical avant-garde as the center. Through the concrete investigation of the art practice of the neo-avant-garde, they point out that neo-avant-garde promotes the unfinished undertakings of the historical avant-garde in the new historical context and it has important artistic value. Different viewpoints of the relationship between neo-avant-garde and historical avant-garde reflect important changes in concepts of art, which are of great significance for thinking about contemporary art.

Key Words Neo-avant-garde; historical avant-garde; the institution of art; consumer-spectacle society

Author Zhang Linxuan, student pursuing a Ph. D. degree of Center for Theory of Literature and Aesthetics, Shandong University. His academic interests is contemporary western literary theory.

---

① [德] 马尔库塞:《审美之维》,李小兵译,生活·读书·新知三联书店1989年版,第101—102页。

文艺美学

Artistic Aesthetics

全球传播语境下中国当代电影创作的文化价值选择[*]

谭好哲

摘要 中华人民共和国成立 70 年来的中国电影发展已经由文化信息的国内传播、国际传播而进入目前的全球传播阶段。在整个世界越来越成为一个你中有我、我中有你的"全球村"时代,以电影影像表达和传播什么样的文化价值,既关乎一个国家、民族对于自身存在与发展的文化想象与认同,也关乎全球文化构建与全人类未来发展理想的文化想象。在中国当代电影走向全球文化的交流和互鉴、共生与融通中,首先要对文化价值的民族性与世界性的关系在全球化的视野中加以辩证认识。在这一总体认识的基础上,尚需把握与处理好如下几个方面的关系:一是要处理好文化价值的特殊性与普遍性的关系;二是要处理好中国经验的传达与全球性影像题材和思想主题的关系;三是要在电影主题意向层面上处理好一些具体性的思想理论关系,比如集体主义与个人主义的关系、爱国主义与人道主义的关系、民族利益与全球利益的关系等。

关键词 全球传播 中国当代电影 文化价值选择 民族性与世界性

作者简介 谭好哲,山东大学文艺美学研究中心教授、博士生导师,主要从事文艺美学和文艺理论研究。

电影是当代最能够直观而综合地表达和传递人类文化价值的艺术形式,也是最具有国际性从而能够将民族性与世界性有机融合起来的艺术形

---

[*] 本文系为 2019 年 10 月赴美国奥兰多参加第十届中国电影国际论坛而作。

式。但是，电影对人类文化价值的表达和传递不是自动的而是有其选择性的，其国际性也不意味着它一定能超越民族本位的自我囿限。当今时代越来越成为一个你中有我、我中有你的"全球村"时代，以电影影像表达和传播什么样的文化价值，既关乎一个国家、民族对于自身存在与发展的文化想象与认同，也关乎全球文化构建与全人类未来发展理想的文化想象。为此，有必要从全球传播这一更为广阔的传播语境来思考一下中国当代电影创作的文化价值选择问题。

当代传播学以国家为单位，以国家间的关系为视野，将文化信息的传播区分为国内传播、国际传播和全球传播三种类型。国内传播是文化信息在一个国家社会系统内部的传播；国际传播是文化信息在不同国家社会系统之间的传播；全球传播是全球化时代将国内传播与国际传播融为一体，以整个地球世界为范围的传播。以此为观察坐标，可以将中华人民共和国成立70年来的中国电影发展分为文化信息的国内传播、国际传播和全球传播三个时期。由于时代语境、文化语境和传播语境的不同，这三个时期，对于电影文化价值的选择和追求，是各有不同的。认识这其中的不同，不仅能使我们对70年来中国电影不同阶段的文化追求与特性有更为精确的把握，而且对于中国电影的未来发展也会提供有益的参照与镜鉴。

中华人民共和国成立70年来的前30年（20世纪50—70年代）属于中国当代电影的国内传播阶段，文化价值上的选择是面向国内的民众教育，即通过新生活的展示、新形象的塑造、新的世界观和人生观的宣传，为新生的人民政权制造意识形态合法化的根据，为整个社会的理想发展提供精神动力，同时也为民族共同体提供思想情感的黏合剂。强调思想文化的统一与政治意识形态的教化功能，是这一时期电影的共同特点，无论是历史题材电影（如《宋景诗》《李时珍》《林则徐》《甲午风云》）、红色经典电影（如《红色娘子军》《红旗谱》《青春之歌》《小兵张嘎》）、战争故事片（如《南征北战》《战上海》《董存瑞》《铁道游击队》），还是现实题材影片《老兵新传》《我们村里的年轻人》《五朵金花》《李双双》等，无不如此。"文化大革命"期间的革命样板戏电影《红灯记》《智取威虎山》《沙家浜》《海港》等更是如此。在总结中华人民共和国成立后17年电影时有论者指出："十七年的电影的主流充满革命的激情和健康的情趣……中国电影为巩固新生的社会主义经济基础和政治制度，为移风易俗，把人民培养成为具有崇高革命理想和健康审美情趣的社会主义新人，为增进中国人民和世界各国人民的友谊，做出了卓越的贡献，发挥了强大威力。"[1]而就题材而言，这一时期也有一些涉及域外的因素进入电影文本之中，但通常是以国际友好或者域外敌对势力干涉、渗透的关联方式进入的，用意不在于"异"文化的表现和价值选择问题，而是在于自身意识形态建构的目的。所以，这一时期的电影创作一方面在意识形态的建构、时代生活的展现以及艺术民族化的探索等方面取得了可观的成就，而另一方面就创作主体的文化意识而言，其文化价值在总体上却是同质化、一律化的，因而也是相对单调而缺乏张力的，他国文化、异文化是完全不在视野之内的，自身文化价值与他性文化价值并没有以一种冲突或和谐的共在形式交织于影视作品之内。有学者指出："在艺术探索上，此期的电影语言并没有实现与世界电影的同步发展，与西方意识形态的水火不容，加之自身长期形成的封闭心态，使电影创作者的艺术视野受到极大的限制。"[2] 艺术视野如此，文化视野更是这样。

20世纪80—90年代的20年属于中国当代电影的国际传播阶段。这一时期，伴随着改革开放历史进程所带来的思想解放，尤其是国门再度打开、西方思想文化的传播规模越来越大的时代和文化语境，中国电影界越来越具有了国际的意识，有了艺术和文化观念上中国与外国的区别，国际

---

[1] 中国电影家协会：《回顾建国三十五年来的故事片创作》，载中国电影家协会、电影史研究部编《中华人民共和国电影事业三十五年（1949—1984）》，中国电影出版社1985年版，第15页。

[2] 周星等：《中国电影艺术发展史教程》，北京师范大学出版社2005年版，第113页。

电影界的艺术和文化观念开始成为中国电影场域里的在场者。因而，在这一时期的电影艺术和文化观念中，民族性与世界性的关系便成为一个突出的问题凸显出来。在前一个时期，世界性基本上还是一种不在场的东西，而在这一时期，它便与民族性紧密纠缠起来，成为一代影人或抗拒或向往的在场化存在。细分而言，这一时期的许多影片依然延续了前一时期的惯性，如根据文学作品改编的《天云山传奇》《芙蓉镇》《人到中年》《许茂和他的女儿们》《高山下的花环》等经典型影片，以及其他诸多历史题材与现实题材影片，无论反思过往的历史还是展示当下的现实，基本上都延续了上一个时期以民族化、现实主义为主导的艺术风格和特点，只是在时代特点、人性深度等方面比从前有所发展和深化。不过，国际视野的打开，世界性观念的确立，的确也使这一时期电影在艺术追求和文化观念上有了新的变化。就一般电影的功能追求而言，这一时期在传统的意识形态教化功能之外，益智或认识功能（这主要表现在纪实片方面）、审美功能特别是娱乐功能也逐渐获得认同，电影艺术生产向文化产业方向的改革与推进，使电影的社会文化功能日趋多样化，在许多影片创作中，审美特别是娱乐功能取代意识形态教化而成为主要追求。而就文化价值选择的内、外取向而言，这一时期在总体上呈现分裂的态势，多数电影在惯性制导下依然把自身文化认同和意识形态建构作为基本追求，而更为激进、更具有时代代表性的电影创作则是聚焦于民族文化与生存的自我反思，同时伴随着的是对于与本土文化价值相异的他性文化价值的欣赏与认同，并把这种反思和认同作为艺术采光的深层精神动力。大致而言，以谢晋、谢飞、郑洞天、张暖忻、黄蜀芹、滕文骥、黄建中、吴天明等为代表的第三、第四代导演是前者的代表，而以张军钊、陈凯歌、田壮壮、张艺谋、张建亚、黄建新等为代表的第五代导演是后者的代表。在这一时期的许多影片特别是第五代导演的影片中，明显可以感受到创作者受到当时流行的西方哲学、美学思潮的深刻影响，形成了一种不同于既往的新的价值观、美学观，从而显示出反传统、反规范的精神品格，民族自身文化价值与他性文化价值开始以一种或冲突或和谐的共在形式交织于作品之内。而在某些极端的影像表现中，有关中国人生活的影像，成为相异于令人崇拜的西方文化的一种落后的乃至愚昧的展示性"奇观"。所以，总体而言，这一时期在电影影像中展示出来的文化价值是矛盾的，或者仍然是自我封闭、自我欣赏的，或者是追随他人、贬损自我、让他人作为"奇观"来欣赏的。

进入21世纪20年来为中国当代电影的全球传播阶段，这一时期的创作在文化价值选择上呈现出比前一阶段更为复杂的格局，大致而言可以分为三种类型：第一类创作仍然是以面向国内受众的意识形态化影像叙事作为自己的文化价值选择，属于国内传播范畴，这类影片在数量上具多数；第二类创作仍然以奇观化、以异于西方文化的他者形象来走向世界，属于国际传播范畴，但骨子里透露出来的还是对西方文化价值的膜拜，或者是把以自身民族文化之异来博取西方受众的文化猎奇作为文化心理上的自我安慰与满足；与前两类不同的第三类创作则试图依据全球化的现实状况与中国大国崛起的文化复兴需要，在文化价值上作出不同于前两类创作的新选择，从而展现出新的文化气象与景观。能够代表全球传播时代全球文化意识的是第三类创作，而构成这一类创作主体的，一是以王小帅、贾樟柯、张元作为领军人物的第六代导演，一是以"战狼"系列（《战狼1》《战狼2》)、《红海行动》、《流浪地球》等为代表的国际题材影片。学界一般认为，第六代导演与第五代导演的不同在于，第五代导演主要聚焦时代和乡土农村，而第六代导演则将视角聚焦在改革开放带来的经济高速发展和整个时代并发症，他们关注人在这时代洪流中的压抑与苦闷，更加现实化地讲述社会底层人物、都市边缘人物的窘困、挣扎与无奈，如王小帅的《十七岁的单车》《青红》《闯入者》《地久天长》，贾樟柯的《三峡好人》《天注定》《山河故人》《江湖儿女》，张元的《回家过年》《看上去很美》，等等，都是如此。与第五代导演相比，第六代导演阵容似乎不甚强大，但所获国际奖项、具有的国际影响力却不比第五代导演逊色。更为重要的是，第六代导演与第五代导演在文化价值观上显示出一个极为明显的区别：第五代导演基本上是以一个异于西方文化的东方文化代表者身份从事电影创作的，而且把西方文化作为世界文化的主流，以仰视的角度看待西方文化，并试图站在西方主流文化的高度上居高临下地来俯视自身民族文化，反思和批判自身民族文化的愚昧与丑陋；而第六代导演则不这样，他们的叙事材料依然是中国的，但表达的主题是属于全人类的。他们关注动荡变化的现实中人的生存境遇和心灵深处的核心危机，在现实主义的叙事基调中掺入些许后现代意味，其人性意蕴超越了国家与地域的界限，致使他们的创作不再仅仅作为西方人猎奇的奇观化存在，成为异国受众也可以从中感悟自身生存体验的文化存在，其中传达的文化价值虽然生长于中国人的生存语境之中，却能够成为世界各国人民共同的精神财富。至于《红海行动》《流浪地球》等国际题材影片的创作，由于创作者自觉地将人类命运共同体的观念引入创作之中，将镜头聚焦于毒品买卖、恐怖主义、环境灾难等全球性现实题材，其对于全球文化价值的追求更是显而易见的。

可以说，全球传播的语境将电影文化价值传播的选择问题提到了时代的高度和前沿，是每个国家的电影人都需要面对的，中国也不例外。对此，应该从两个思考层面和维度上做出自己的选择。就整个世界而言，全球化时代的文化发展和价值规约有两股相互博弈的力量：一种是西方文化借助其在经济全球化进程中积累的巨大资本和对于全球信息流通的主导性掌控而极度扩张，谋求西方文化的全球一体化或由西方文化为主导的文化趋同化；另一种是全球各民族多元文化之间平等交流与相互吸收，在保持文化多样性的基础上实现全球文化资源的共享与各民族文化的共同繁荣发展，这首先是发展中国家人们的愿望，也应该成为全球性文化建构的正常态势。中国当代电影的文化价值选择自然应该站在后一种立场上。就中国当代电影界自身而言，实际上存在三种不同的文化姿态和价值选择：一种是完全认同西方文化价值，以西方文化价值作为普适性的标准，从而放弃了文化价值创造上的自主立场；一种是以文化民粹主义的态度，以对立的非此即彼的态度排斥异域文化，天真地期望仅仅以中国文化价值作为全球文化价值的未来；再一种是在中国文化价值与国外优秀文化价值的交流和互鉴中走向全球各民族各区域文化的共同繁荣发展，走向全球文化的共生与融通。第一种姿态和选择会导致民族文化虚无主义，丧失电影创造的民族特性，第二种姿态和选择会导致民族文化的自我封闭，丧失民族文化与世界优秀文化对话的机遇与融通的可能，因而都是不可取的。正确的姿态和选择是第三种，这种选择与上述第二种全球文化发展趋向是一致的，不过一个是在国际层面上谈问题，一个是从国内自身看问题。

  基于上述分析，中国当代电影在走向全球文化的交流和互鉴、共生与融通中，首先要对文化价值的民族性与世界性的关系在全球化的视野中加以辩证认识。从全球化的视野来看，民族性是全球化中的存在，不能自处于全球化进程之外，世界性是建立在不同民族文化发展基础之上的产物，也不能无视民族性的存在而追求某种乌托邦性的世界性文化幻象，全球文化因民族文化的存在而丰富多彩，又因世界性的品格与趋向而更具全球凝聚力与可传播性。因而，民族性与世界性不是对立的，而是全球化时代全球文化发展的一体两面，应该兼得，不能偏废。在这一总体认识的基础上，尚需把握和处理好一系列有关文化价值选择的相关性理论关系和问题。其中，主要有如下几个方面，一是要处理好文化价值的特殊性与普遍性的关系。全球化时代的电影创造，一方面要基于创作者自身的生存环境展示富有民族特性的生活影像与文化价值，另一方面，也要考虑到其他民族和国家人民的可接受性，在特殊生活影像和文化价值中尽可能传达更具普遍性的人类生存关怀和价值追求，从而将文化价值的特殊性与普世性有机统一起来。在这种统一中，特殊的价值能为全球问题提供解决方案就会变成普世的，普世的也要根据自身的特殊需要加以取舍。二是要处理好中国经验的传达与全球性影像题材和思想主题的关系。传达中国经验,讲好中国故事,当然是中国电影应该做到的本分之事。但是中国经验的传达和中国故事的讲述若能转化为全球化时代各国人民和受众的共通性生存体验,其艺术传播效果自然会更好。全球化进程也带来了一些危害各国人民生存与发展的共同性问题,如由工业污染和过度开发造成的生态恶化、荒漠化,以及由经济、政治甚至文明冲突引发的新的世界性战争包括核战争的可能危险等,这些问题使得各国作家的文学创作有了共同的表达主题,同时这些共同的表达主题又使得各国的民族文学之间的交流更易于产生共鸣,从而有利于民族文学走向世界,为世界各国人民所接受。《流浪地球》在国内外所获得的成功正说明了这一点。三是要在电影主题意向层面上处理好一些具体性的思想理论关系,比如集体主义与个人主义的关系,爱国主义与人道主义的关系,民族利益与全球利益的关系。当今世界,在全球范围内仍存在着经济利益的纷争,存在着政治冲突与博弈的语境,其中也必然存在文化价值观上的差异、对立与冲突,为此中国的电影创作要敢于亮明与张扬中国人的文化主张和价值观念。但是,全球化时代的文化建构理想是有差异性的不同文明和文化的交流和互鉴、共生与融通,因此在敢于的前提下还要善于表达自己的文化价值观念,一方面要把自己的文化守持与价值理想尽可能变成别人也可以接受的东西,另一方面还应汲取已经成为全人类公共文化资产的思想成分和元素,讲大家都通晓都接受的东西。举例说,假若我们的主旋律英雄题材影片一味强化英雄人物的集体主义、大公无私,不讲一点合理的个人主义的诉求,我们的国际化题材影片过于突出自身国家和民族的利益问题,以二元对立、非白即黑的结构方式,把来自异域的人物形象一律反派化,或者在影片中只颂扬和表现爱国主义,而不能从人物故事的叙事中彰显具有世界性的人道主义精神和情怀,如此等等,影片在全球其他国家和地区,尤其在西方世界,恐怕就很难激发受众的共鸣,从而也就不能成为有效的全球文化传播。如此等等的一些问题,是需要中国当代电影界认真加以思考和对待的。

Contemporary Chinese Film Creation's Choices of Cultural Values in the Context of Global Communications

Tan Haozhe

Abstract The seven decades since the foundation of People's Republic of China has witnessed the development of Chinese films from domestic communication of cultural information into the current global communication. The whole world is becoming more and more like one "Earth Village" where people are inseparably connected. What kind of cultural values are represented and communicated by film images is relevant to cultural imagination and identification of a state and a nation's existence and development, as well as that of global cultural construction and the future of the human race. In the communicating and mixing of, mutual existence and learning between Chinese films and global culture, the first thing that has to be done should be to have dialectic cognition of the relation of national and cosmopolitan characteristics of cultural values in the globalization perspective. With this cognition as a base, several relations, as listed below, have to be dealt properly with: firstly, the relation of particularity and universality of cultural values; secondly, the relation of representation of Chinese experience and the themes and motifs of global films; thirdly, the relations in terms of some specific ideas or theories, such as that of collectivism and individualism, patriotism and humanism, national and global interests.

Key Words Global communication; contemporary Chinese film; choices of cultural values; national and cosmopolitan characteristics

Author Tan Haozhe, Doctor of Literature, Professor of Center for Literary Theory and Aesthetics, Shan Dong University, Mainly engaged in the research of literary aesthetics and literary theory.

论中国现代纯艺术思潮的
自由本义和价值诉求
——以三四十年代朱光潜美学中的艺术自律倾向为例

韩清玉

摘要 中国现代纯艺术思潮以朱光潜的文艺观念和美学思想最具学理性,本文以此为典型探析其艺术自律倾向的理论基础、思想语境及自由本义,并在思想溯源与文学场景还原中探究朱光潜在文艺基本问题上的辩证法和价值诉求。一方面系统呈现了20世纪三四十年代朱光潜文艺思想的建构语境与现实关切;另一方面彰显了中国现代纯艺术思潮的整体特征和内在张力,进而为当下建构更具文学阐释力的文艺美学话语提供参照。

关键词 朱光潜 审美经验 艺术自律 文艺与道德 自由

作者简介 韩清玉(1981—),山东梁山人,文学博士,山东大学文艺美学研究中心教授,博士生导师,主要研究领域为文艺美学基本问题。

中国现代文艺理论史中,以"启蒙"和"救亡"为主调的思想文化思潮深刻地影响了是时文艺观念和创作倾向,于是,承续传统"文以载道"观念的中国文艺批评,多以政治化的他律变体占据了文坛主流。与此同时,一直夹杂着主张艺术自律的声音,从20世纪20年代的论语派,到30年代的京派批评,再到40年代的九叶派等,都主张艺术的独立性,坚守艺术的自身规律和审美追求。我们将之称为"纯艺术思潮",旨在彰显其迥异于功利审美主流的共性,实际上,无论是周作人、林语堂,还是沈从文、朱光潜，在具体的文艺观念上都有很大差别。这一思潮在其生成上具有两大特征：一是根植于中国文艺传统，并在与异质的他律论政治美学激烈交锋中形成的；二是这些观念的形成多受西方文艺美学的影响，之于一些美学流派来说，同时也是中国化的过程。基于以上两点，20世纪三四十年代的朱光潜美学非常典型，这一时期的朱光潜不仅以西方现代美学为基点建构自己的文艺心理学（其实是美学思想）体系，还积极进行文艺批评实践，参与文学论争，并深深地影响了九叶诗派等。朱光潜在这一思潮流变中的意义曾被学界如此评价："可以说，到了三十年代，以朱光潜的论著为标志，中国文学界对西方美学文艺学思想才算有了比较全面的了解和介绍，纯艺术思潮在理论上的发展才显得较为系统和自觉。"[1] 我们不妨以之为个案，探寻现代纯艺术思潮如何在艺术与道德（政治）、审美与人生、中国与西方等重要问题上呈现出一定时代的理论状貌，以求为当下文艺社会性角色和西方美学的中国化研究提供参照。

一 朱光潜艺术自律倾向的理论基础、思想语境和自由本义

中国现代纯艺术思潮并不是凭空产生的，一方面出于对中国"文以载道"传统的反拨，另一方面则是西方美学和文艺观念对中国文坛的冲击性影响。西方美学和文艺思潮的输入主要表现在三个方面：首先，在思想依据上，主要是表现主义的个性解放主张，如文艺复兴、浪漫主义等，在思想体系的系统性上，则要把克罗齐的表现主义艺术观念作为重要思想资源；其次，在美学基础上，康德的审美自律思想为这一时期（或者说近代以来的艺术自律性主张）艺术总体倾向提供了思想前提；再次，从"直接的思想武器和标本"这一点来说，主张"为艺术而艺术"的唯美主义思潮

---

[1] 胡有清：《夹缝中生存的现代文论支脉》，《江苏社会科学》1998年第3期。

则影响了这一时期的文艺创作本身。① 现在我们可以分别检视这些思想资源。虽然郭沫若、林语堂都提及过克罗齐,但是众所周知,在现代美学中对克罗齐做系统研究且被称为克罗齐主义者首推朱光潜;康德的审美无利害观念自王国维始即为中国美学所关注,在现代纯艺术思潮中也只有朱光潜最为精到地"为我所用";在朱光潜的《文艺心理学》中多次以批判的靶子论及唯美主义,进而建立了其辩证的艺术自律观念。从以上分析不难看出,西方美学和文艺观念对中国纯艺术思潮的影响集中表现为其对朱光潜美学和文艺观念的影响,甚至可以说,朱光潜在 20 世纪 30 年代的美学思想建构与文艺批评为中国现代纯艺术思潮提供了至为重要的理论支撑。

艺术自律思想各维度中,作为基础和前提的是心理学维度,其中直觉、距离等理论观念所主张的不涉概念、无关功利,成为艺术自律得以实现的心理规定。朱光潜的艺术自律观念正是以克罗齐的"直觉"说和布洛的"距离"说为基础,对审美经验理论进行自觉的建构,从而在某种意义上确立了中国现代美学的基本研究范式。他认为"美感经验就是形象的直觉",② 这就从主客观两个方面对审美活动进行了规定:作为直觉的主体心理和作为形象的审美对象。直觉特征反映的是不受逻辑概念和功利目的束缚的自律性,而形象也是主体观照下的直觉性意象。特别是强调心理距离的审美态度,更是把他律性的实用功利因素排除在审美之外。

除了继承西方美学理论而产生艺术自律思想这一必然性外,朱光潜及其所属的京派作家对左翼文学观念的反抗也是其文学独立性主张的重要表达。较之于林语堂的"性灵"说、梁实秋的"人性"论、胡秋原的"文艺自由"论,朱光潜更为学理地(而非姿态口号意义上)从文艺的

---

① 参见胡有清《中国现代的纯艺术文论与其西方渊源》,《文艺研究》1997 年第 5 期。
② 朱光潜:《朱光潜美学文集》第 1 卷,上海文艺出版社 1982 年版,第 451 页。

基本性质、文艺活动的心理机制和真善美价值分属等维度论证了文艺活动的自由本性,旗帜鲜明地提出"艺术底活动主要地是自由底活动"的观点。① 除朱光潜外,杨振声、沈从文从反对左翼的文学工具论出发,倡导文学的独立性。这支队伍中的年轻作家也是值得一提的,如少若、袁可嘉等。他们或者用细读方法开启文学批评的新方向,或者通过文学本体来讨论其与政治的关系,都是遵从文学性和自身规律的表现,而这样一种文学研究路向,则是对英国新批评文论家瑞恰慈文艺思想的自觉沿袭。这是中国现代文论中难得出现的形式批评理论的建构与实践,是自古以来都至为薄弱的支脉。②

在文艺观念中,主张艺术的自律性实质上是在通达艺术本性的路途中彰显文艺的审美本质。进一步说,艺术与美的关系虽根植艺术本身,但并不是一种自在性的关联;相反,它是触及艺术作为技艺的出场、"美的艺术"观念对艺术的纯化、当代艺术对美的抛弃、当代批评"美的回归"等足以串联整个艺术哲学史的生成性命题。其实,早在1937年朱光潜与梁实秋就"文学之美"问题的争论中即已初步触及"艺术与美"这一重要美学论域,③ 当然由于朱光潜只是就梁实秋文学主张进行了有针对性的论辩,其对艺术美的看法也还是宽泛意义上的包含情感内容的审美特征,而非西方形式主义的符号能指系统。但就其在中华人民共和国成立之前的文艺倾向来看,朱光潜对艺术美的发掘是自觉的,也是具有重要时代性建构意义的。朱光潜首先坚持"美是文学与其他艺术所必具的特质"这一基本观点,特别是就梁实秋抬高文学的道德性做法,朱光潜在肯定文学道德性的

---

① 朱光潜:《自由主义与文艺》,《中国新文学大系 1937—1949》编辑委员会编《中国新文学大系(1937—1949)》第 2 集,上海文艺出版社 1990 年版,第 774 页。
② 就形式论的维度而言,新月诗派对诗歌形式本身的重视也是艺术自律思想的重要表现,正如西方形式主义对"文学性"的认识,他们认为诗歌的形式格律是使诗成其为诗之所在。
③ 参见宛小平《美与艺术——从朱光潜和梁实秋关于"文学的美"争论谈起》,《社会科学战线》2016 年第 12 期。

同时，更把文学的美作为本体特征，进而提出"文学是一种纯粹的艺术"。很显然，此时的朱光潜是在纠偏梁实秋的文学道德论，而不是一种唯美主义或"艺术至上"论者。①

通过是时文学论争和创作趋向来看，中国现代文艺发展在其观念形态上主要是"文以载道"的传统理路与"为艺术而艺术"的唯美主义主张之间的交锋。这正是朱光潜文艺批评的切入点，力图于文学自身寻求遵从自我本性又能呼应时代吁求的可能性。我们知道，朱光潜对钱起诗句"曲终人不见，江上数峰青"进行美学评价，进而以"和平静穆"的审美境界反观中国诗歌，微词屈原、李杜等，推举陶渊明。这本是基于个人趣味的评论，却遭到鲁迅的猛烈抨击。朱光潜虽并未回应，但是几年之后，与其学生金邵先敞开心扉聊起了与鲁迅观点的分歧：

> 我非常尊敬鲁迅，他是中国最有才华最有学识的作者，但是我认为他的文学成就并未能与他的才华和学识相称，这是中国文学的巨大损失。原因何在呢？我认为鲁迅先生不幸把他的全部身心都投入了复杂的社会矛盾之中而不能自拔，诚如他自己所说的，他看见日本人砍中国人的头就决定从事文学，以改造国民的精神。但文学其实并不具有这种伟大的功能。政治的目的应当用政治的手段去实现，而我们中国人从传统上总是过分夸大文学的力量，统治者也因此总是习惯于干预、摧残文学，结果是既于政治改革无效，也妨碍了文学自身的发展。鲁迅放弃小说创作而致力于杂文"投枪"，他在巨大的痛苦和愤怒中过早地去世，这无论如何也是中国文学的大损失。我们中国人似乎不懂得 Art for art's sake（为艺术而艺术），但是把巨大的社会历史使

---

① 商金林先生认为，"从某种意义上说，朱光潜是'唯美主义'者，是'艺术至上'论者"（《朱光潜与中国现代文学》，安徽教育出版社1995年版，第70页）。相反，本文认为，虽然朱光潜的文艺观念和美学思想在不同历史阶段有所侧重，但是他始终并不是单纯对某一思想倾向加以标举，而是在辩证中统观文艺的性质与价值。

命赋予艺术是不可能也不应当的。①

在此我们可以很清晰地看到朱光潜对鲁迅的文学观和文学历程的分析和态度，也能明晰为什么当初朱光潜遭遇鲁迅责难时未及时回应，1935年的社会政治背景虽然是朱光潜必须考虑的因素，但在我看来这一点在崇尚自由独立人格的朱光潜那里并不是最主要的，我们应该从以上朱光潜的理性分析中挖掘其深层原因。在朱光潜看来，他与鲁迅之间的分歧是在文艺的自律与他律这一根本属性上的差异，要辩倒对方无异于对文学观念的"起底"，鲁迅以改造国民性为初衷和坚持的文学功用论是其弃医从文的动力，也就无可动摇。那时那景，已经不是通过笔战论辩能够解决的，与其说朱光潜对形势和鲁迅的基本文学立场有理性的认识，不如说他对文艺的自律与他律性质的清醒认识，进而认为对此加以辩驳是没有必要的。

朱光潜坚持文艺的独立自主性，不仅是纠文学的政治工具论之弊，也对流行文学中"陈腐""虚伪""油滑"等弊病加以批评。② 朱光潜所批判的既有形式的浮靡，也有文学游戏论的价值指向，而此两点恰恰是19世纪唯美主义艺术思潮所具有的显著特征。可见，虽然朱光潜致力于文艺审美本质的挖掘，但并没有走向"为艺术而艺术"的极端。一方面，中国现代纯艺术思潮是对中国自古以来"文以载道"文学传统的反动；另一方面则在于它的深层意蕴和时代回应，即对现代文学中低级趣味的流行文学加以批判。后者贯穿了20世纪40年代朱光潜文艺批评的始终，他指出："有一些本来与文学无缘的人们打着文学的招牌，作种种不文学的企图，把已经混乱的局面弄得更混乱。他们制造出来的大半不是印出来供报销而没有人看的空洞闲墨，就是有人看而危害健康的刺激剂和麻醉剂。一般低级趣味

---

① 转引自宛小平《小传》，《欣慨交心——朱光潜》，时代出版传媒股份有限公司、安徽文艺出版社2009年版。

② 朱光潜：《流行文学三弊》，《战国策》1940年第7期。

的刊物对于现代青年所注射的毒汁流祸之烈恐怕甚于鸦片烟。"① 朱光潜把此类文学流弊看作须以割除的"不很顺利的环境",代之以"纯文学"。结合朱光潜在这一问题上的"破"与"立",我们可知这"纯文学"所指向的,不是尊崇艺术性的审美主义所能囊括,在其趣味上追求的是淳厚雅正,这也是京派文学所主张的。

那么,朱光潜所探寻的健康文艺之路如何通达呢?他借助自身中西合璧的美学思想,首先从文艺主体视角规定文艺的自由本义,即对"艺术家的胸襟"的界定:在有限的世界中追求无限(做自由人),"在创造时,我们依然是上帝,所以创造的快慰是人生最大的快慰"。②

上已述及,朱光潜所意谓的纯艺术并非20世纪西方形式主义所主张的材料符号自我指涉系统,在他看来,"艺术之为艺术,并不在所用的材料如何,而在取生糙的自然在情感与想象的火炉里熔炼一番,再雕琢成一种超自然的意象世界……我们就应把它当作内容形式不可分的有机体看待"。③ 正是坚持艺术的"有机体"论,艺术才能在自身审美呈现中介入社会人生的宏大场景,既能"入乎其内"又可"出乎其外",以此实现现实主体的自由诉求。

二 朱光潜艺术自律倾向的辩证特征

当然,虽然20世纪三四十年代中的朱光潜美学带有浓厚的克罗齐主义的影子,但在艺术的自律与他律的问题上是辩证的。朱光潜进一步区别了审美经验与艺术经验的不同,认为作为审美经验的直觉只是艺术经验的一

---

① 朱光潜:《〈文学杂志〉复刊卷头语》(1947年6月),《朱光潜全集》第9卷,安徽教育出版社1996年版,第241页。
② 朱光潜:《朱光潜全集》第9卷,安徽教育出版社1996年版,第157页。
③ 朱光潜:《文学上的低级趣味(上):关于作品内容》,《谈文学》,漓江出版社2011年版,第17—18页。

部分而非全部内容；艺术活动并非纯粹的，而是内含理性和道德因素。他以克罗齐为靶子进行了一系列的追问：

> 一切现象都有前因后果，美感经验绝不是例外。美感经验只能算是艺术活动中的一部分。形式派美学把"美感经验"和"艺术活动"看成同义，于是拿全副精神注在美感经验本身，既不问它如何可以成立（因），也不问它影响如何（果）。它否认艺术有关名理的思考和知识，作者在行文运思、修改锤炼时所用的活动是否为艺术的呢？它否认艺术有关联想，想象和了解离开联想如何进行呢？它否认艺术有关意志，大艺术家艰苦卓绝、百折不挠地效忠于艺术，是凭借何种心理活动呢？它否认艺术有关道德和艺术生活，大艺术家的平生遭际和他们对于人生的了解和信仰是否影响他们的作品呢？它否认艺术有关物理的事实，媒介的不同是否能影响到作品？油画、石雕和象牙雕是否无分别呢？这些问题都是克罗齐和一般形式派美学家所忽视的。①

所以，朱光潜认为，"美感的人"同时也是"科学的人"和"伦理的人"。从这个意义上，艺术与道德不可分；而就审美机制或美感经验本身而言，"我们赞成形式派美学的结论，否认美感与道德观有关系"。② 在这里，朱光潜并非意指一种或此或彼的中庸之道；而艺术与道德的关系问题是最能体现朱光潜在艺术自律问题上的辩证态度，朱光潜主张文艺是有道德意义的，但他反对文艺中的道德教条，正所谓"有道德影响而无道德目的"，"有道德目的是指作者是有意宣传一种主义，拿文艺来做工具。有道德影响是指读者读过一种艺术作品之后在气质或思想方面发生较好的变化"。③ 他进一步说明道："凡是第一流作品大半都没有道德目的而有道德

---

① 朱光潜：《文艺心理学》，安徽教育出版社1996年版，第162页。
② 朱光潜：《朱光潜全集》第1卷，安徽教育出版社1996年版，第315页。
③ 朱光潜：《文艺心理学》，安徽教育出版社1996年版，第120页。

影响，荷马史诗、希腊悲剧以及中国第一流的抒情诗都可以为证。"① 即是说，艺术的独立自足并不等于"为艺术而艺术"，而是防止艺术沦为工具性的地位，艺术本身所内涵的社会化特征，则是以艺术自身的方式表达出来。长时期受西方美学浸染的朱光潜，认为文艺是可以形成良好的道德品质，在其心理机制上表现为"伸展同情，扩充想象，增加对人情物理的深广真确的认识"。② 很显然，这一道德教化功用的思想来源于亚里士多德的悲剧"净化"说。这样一来，无论是在"文以载道"观念根深蒂固的中国美学史中，还是在内忧外患的社会环境中，朱光潜以西方美学理论为资源所建立的艺术自律思想，是中国现代美学中最具学理性的理论建树，也为中国现代美学知识论的架构奠定了基础。

再来看朱光潜于1987年《文艺心理学》再版时补充的注释："讨论文艺与道德的关系的七、八两章，是在北洋军阀和国民党专制时代写的，其中道德实际上就是指'政治'。"③ 这一补充对我们今天观照《文艺心理学》以至整个朱光潜美学都有非常重要的启示意义。因为《文艺心理学》通常被看作朱光潜美学原理的体系性建构，至少可以体现他在中华人民共和国成立以前的美学观点；而实际上，美感经验分析和"文艺与道德"关系的基础问题研讨，却是朱光潜在中国现代文艺思潮自律与他律（政治工具论）观念的激烈交锋中作出的学理思考，更是美学思辨意义上的时代应答。正如余虹所言，"朱氏之举至少在学理上终结了这两种极端的思路，召唤着一种更为细致、更为学理化的文艺之思，虽然激进的革命淹没了这一召唤"。④ 可以说，现代文艺史中这一道难得的思辨之光从时代之需出发，也终结于时代，这不禁使人唏嘘。

---

① 朱光潜：《文艺心理学》，安徽教育出版社1996年版，第121页。
② 朱光潜：《文艺心理学》，安徽教育出版社1996年版，第121页。
③ 朱光潜：《朱光潜全集》第1卷，安徽教育出版社1987年版，第325页。
④ 余虹：《革命·审美·解构——20世纪中国文学理论的现代性与后现代性》，广西师范大学出版社2001年版，第164页。

有趣之处在于，曾经标举艺术纯粹性的闻一多，在抗战的大环境下其文学观念发生了根本性转变，他对当时的文学状况有过这样的诊断："这是一个需要鼓手的时代，让我们期待着更多的'时代的鼓手'出现。至于琴师，乃是第二步的需要，而且目前我们有的是绝妙的琴师。"① 并以其兄弟闻家泗的艺术公园论为题提出了甚为激进的"公园也要架大炮"的革命工具论。在这里，闻一多陷入了非此即彼的思维模式，而不像朱光潜那样将文学的革命力量置于文学自身的审美机制中。

因此，现代纯艺术思潮特别是朱光潜的文艺倾向并不是绝对意义上的艺术自律，与西方19世纪"为艺术而艺术"的唯美主义者不同，② 与同时期的英美新批评的形式本体论者也不同。学界把这种复杂性理解为一种矛盾，在我看来这正是达致文艺自身规律的一种辩证。朱光潜认为"为道德（政治）而艺术"（或言"文以载道"）与"为艺术而艺术"都是不健全的文艺观，而人生与艺术的理想契合状态是文化兴旺的重要标志。我们认为，朱光潜在文艺本质问题上的辩证思维，源于其美学建构的科学精神，从这一点来说，朱光潜的文艺观念在其学理性上是超越当时的文学论争的。

三　朱光潜艺术自律倾向的价值诉求

后来朱光潜在反思自己的思想理论基础时曾说："在悠久的中国文化优良传统里，我所特别爱好而且给我影响最深的书籍，不外《庄子》《陶渊明诗集》和《世说新语》这三部书以及和它们有些类似的书籍。"在此

---

① 闻一多：《时代的鼓手——读田间的诗》，孙党伯、袁謇正主编：《闻一多全集》第3卷，湖北人民出版社1993年版，第404页。
② 就一点来说，胡有清先生的概括甚为精当："由于中国和西方具有不同的思想文化传统包括文学传统，由于现代中国与西方受到不同的现实社会环境的制约，中国的纯艺术论者尽管受到西方唯美主义的许多影响，但几乎没有完全肯定过西方的唯美主义。"（参见胡有清《中国现代的纯艺术文论与其西方渊源》，《文艺研究》1997年第5期。）

基础上,"我逐渐形成了所谓'魏晋人'的人格理想。根据这个理想,一个人是应该'超然物表'、'恬淡自守'、'清虚无为',独享静观与玄想乐趣的"。① 我们知道,魏晋的时代精神是老庄之道作为主体支撑的;而老子之"涤除玄鉴",庄子之"心斋""坐忘",都是中国审美经验(或言审美心胸)层面追求主体虚静无为的自主状态,与康德鉴赏判断中的"无利害"之规定相契合。朱光潜从人格理想和人生境界的高度汲取魏晋精神,实际上也从审美经验层面筑实了艺术自律观念的主体基础。

清静无为是老庄得道的前提,就是朱光潜所言的"看戏人"的态度。在中国现代社会环境下,这种"无为"似乎不合时宜,更是一种"奢侈",这也是纯艺术思潮与主张积极介入社会的革命文学争论的焦点所在。此时的朱光潜并不是一种"躲进小楼成一统"的消极遁世,而是有深层的话语逻辑基础。他直言现在谈美"正因为时机实在是太紧迫了"。他进一步解释无功利的美在时代困境中的担当:"我坚信中国社会闹得如此之糟,不完全是制度的问题,是大半由于人心太坏。"② 这种"坏"就表现在人们为利益所左右,而追求超功利的审美则可以把人们从利害关系的实用世界中解放出来。在此,朱光潜的"看戏"与周作人"自己的园地"中"隐居"和林语堂的"幽默"式"旁观"不同,在无功利审美中寄予了强烈的价值论诉求,即用于改造人心,使社会变得更好。他甚至反对一种纯然旁观者,这从他对论语派刊物《天地人》的批评中也可看出,他在给编辑的信中这样写道:"你们编辑的刊物和《晚明小品》之类的书籍也就在隔壁,虽然是封面装潢比较来得精致一些。我回头听到未来大难的神号鬼哭,猛然深深地觉到我们的文学和我们的时代环境间的离奇的隔阂。"③ 改造人心

---

① 朱光潜:《我的文艺思想的反动性》,《文艺报》1956 年第 12 期。
② 朱光潜:《谈美开场话》,《朱光潜美学文集》第 1 卷,上海文艺出版社 1982 年版,第 445—446 页。
③ 朱光潜:《论小品文——一封公开信——给〈天地人〉编辑者徐先生》,《天地人》第 1 期(1936 年 3 月)。

就是要实现人生的艺术化,说得更直白一点便是,心中装得美的事物多一些,也就没有丑与恶的存在空间了。在《谈美》中,朱光潜把人生比作文学,"完美的生活都有上品文章所应有的美点"。① 在此,朱光潜不免触碰到事关美之合法性的根本性难题:美善之分。老子美学作为中国美学史的起点正在于将"美"与"善"区分开来,"天下皆知美之为美,斯恶已;皆知善之为善,斯不善已"。② 在康德哲学中,美与善的区隔是美之独立性的首要规定。然而,这只是问题的一个方面;另一方面,美与善之间又是不可截然分开的。孔子倡导文艺的美善统一标准:"尽善尽美";康德在形而上学层面没有止步于判断力之独立性的论证,而是以此为基础寻求美与道德的关联。这些理论语境均构成了朱光潜解决美善纠葛之困局的出发点,他一方面坚守美的独立自在性,认为美的价值是"内在的",而善的价值则是"外在的";另一方面,他又认为"善就是一种美,恶就是一种丑",甚至认同"无所为而为的玩索"是"至高的善"。③ 之所以如此,在于"无所为而为"正是艺术的自由本义,而自由本身就是最高的善。自由之义用以规定艺术主体,也就赋意于人生之中,这样一来,朱光潜在20世纪三四十年代所主张的纯艺术主张和艺术自律倾向,虽立足艺术,但绝非止于艺术,而是通达社会人生的宏大主题,即倡导"人生的艺术化"。

还是要回到朱光潜对"文以载道"传统的态度。他认为,"'文以载道'说经过许多文人的滥用,现出一种浅薄俗滥的气味,不免使人'皆掩鼻而过之'。但是我们不要忘记这种俗滥的学说实在反映一种意义很深的事实。就大体说,全部中国文学后面都有中国人看重实用和道德的这个偏向做骨子。这是中国文学的短处所在,也是它的长处所在;短处所在,因为它钳制想象,阻碍纯文学的尽量发展;长处所在,因为它把文学和现实

---

① 朱光潜:《谈美》,安徽教育出版社1997年版,第146页。
② 朱谦之:《老子校释》,中华书局1984年版,第9页。
③ 朱光潜:《谈美》,安徽教育出版社1997年版,第150页。

人生的关系结得非常紧密,所以中国文学比西方文学较浅近、平易、亲切"。① 到这里,我们似乎不能再将朱光潜于现代文艺思潮中的思想主张仅仅描述为自律倾向了,而是从艺术出发,以审美的方式观照社会与人生,也正是如此,他眼中的"文以载道",其"道"不再是某一政治派别的思想主张,而是承载着人生自由、社会美好的价值诉求。也正是在此一高度上,朱光潜的文艺观念带有强烈的学理辩证色彩。

当然,无论怎样地辩证,在现代中国的复杂语境中,包括朱光潜美学在内的纯艺术思潮显然被看作艺术自律的贵族腔调而被打压,直至湮没在中华人民共和国成立之后"文以载道"的政治新形态之中。在当时的社会环境中,革命的单向度标准粗暴地将纯艺术思潮看作一种革命政治的消极主义,被看作革命文学的对立性存在。其实,"纯艺术派的追求主要是一种艺术追求和态度,也是一种人生追求和态度,并不完全是或不仅仅是政治的追求和态度"。② 当然,之于文学立足点的自律性特征,其存在的合法性只会被讨论却不可能抹杀,因为它是文学之为文学的本质存在,这在 20 世纪 80 年代掀起的文学"向内转"及相关的文学审美本质和形式本体的讨论热潮中即可观得。

如若将朱光潜美学置于 20 世纪文学观念的百年流变中加以观照的话,其学术史意义更加彰显。我们知道,中国近现代文艺传统是在中西文化思想的碰撞中形成的。确切地说,"自梁启超和王国维以来,由西方引入的政治现代性追求和艺术现代性追求双双牵引着文学革命的不同走向,不过直到朱光潜为止,人们对这两种思路并未作深入的学理反思与阐说,更多地只是凭借对西方学说的一知半解,各执一端地追随"。③ 如我们前文多次

---

① 朱光潜:《朱光潜美学文集》第 1 卷,上海文艺出版社 1982 年版,第 102 页。
② 胡有清:《中国现代文学中的纯艺术思潮》,《中国社会科学》1997 年第 3 期。
③ 余虹:《革命·审美·解构——20 世纪中国文学理论的现代性与后现代性》,广西师范大学出版社 2001 年版,第 159 页。

引及的《文艺心理学》，朱光潜的这部初版于 1936 年的著作以美感经验分析为基点，从学理上阐述了文艺独立性思想的基础和呈现特征，进而为现代文艺理论的发展树立了科学建构的典范，这绝非几次热闹的文学论争所能尽括的，也是今天的我们仍要明辨探析 20 世纪三四十年代朱光潜文艺观念自律倾向性的缘由所在：一种基于一定文学现场的理论建构仍是当代文艺美学最需要的。

On the Original Meaning of Freedom and Appeal of Value of Pure Art Thoughts in Modern Chinas
——Taking the Autonomy of Art in Zhu Guangqian's Aesthetics in the 1930s and 1940s as an Example

Han Qingyu

Abstract Zhu Guangqian's concepts of literature and aesthetics are most systematic during pure art thoughts in modern China. This article takes these as a typical example to explore the theoretical basis, ideological context and the original meaning of freedom of the autonomy of art, and researches the dialectic and appeal of value of Zhu Guangqian's basic issues with tracing the source of thoughts and restoring to literary scenes. On the one hand, it systematically presents the construction context and realistic concern of Zhu Guangqian's literary thoughts in the 1930s and 1940s; on the other hand, it highlights the overall characteristics and internal tension of pure art thoughts in modern China, and then provides a reference for constructing aesthetic discourses with more interpretation.

Key Terms Zhu Guangqian; aesthetic experience; the autonomy of art; literature and morality; freedom

Author Han Qingyu, Doctor of Literature, Professor of the Center for Literary Theory and Aesthetics, Shan Dong University, Doctoral supervisor.

走向"文化批评"的美学

——审美人类学的特征、问题与当代发展

曹成竹

摘要 综合中国的现实经验和西方审美人类学的发展,我们应当认识到,当我们试图以"审美"为视角切入当代社会的文化问题时,需要用更加开放的态度扩展"人类学"的关注领域,使审美人类学走出学科地位边缘化和研究对象边缘化的局限,成为兼具实证基础,又有广泛适用性的"文化批评"美学。应当在"文化批评"的启发下,从具体概念范畴层面加强理论建设,在研究对象方面拓宽视野,使理论进一步占据学术主流,使研究更加有效地直面社会现实。

关键词 审美人类学 文化批评 审美制度

作者简介 曹成竹,文学博士,山东大学文艺美学研究中心副教授,山东省签约艺术评论家。

一 审美人类学的理论语境

审美人类学作为一门新兴学科,一方面已经取得了长足的发展,另一方面又面临着挑战和瓶颈。它的优势在于对日常美学的实证研究,这对于解释当前中国的审美现象以及应对美学问题都具有极为重要的启发性。但学术位置的边缘化和研究对象的边缘化,又限制了它的理论活力。因此,在今天这个节点上回顾其兴起的理论语境,思考其理论特征、问题及当代发展方向是尤为必要的，它有助于我们继往开来，以更加清醒自觉的态度推进审美人类学的建设，促使其将自身的理论优势发挥出来，更好地适应中国现实的迫切需要。

审美人类学的兴起，很大程度上源于西方美学在后现代理论语境和全球化背景之下的反思与调整。自鲍姆嘉通确立"美学"这一概念以来，美学便成了西方特有的产物。它既研究人的感性经验的特点及作用，同时又是在与理性主义世界观的对抗中被提上日程的。这种理性与感性的张力在康德美学中发展到了极致，康德一方面试图用理性的方式揭开审美这片领域的神秘面纱，另一方面又始终为其保留了自足自律的神圣空间，共通感、天才、想象力等因素共同构成了审美自由的游戏场所。康德美学的魅力在于，将美学从现实土壤中抽离出来，使其具有了超越现实并且反照现实的优越性，但这种对美的浪漫期许又如同空中楼阁，在解释具体丰富的审美现象和发挥审美能动作用时往往力不从心。归根结底，以康德为代表的浪漫主义美学应看作西方哲学传统与现代化进程相交汇的产物，它既以古希腊以来的形而上世界观和目的论为支撑，又是在主体与客体、理智与情感等二元对立的结构下产生的，其目的则是弥补社会现代发展造成的人类精神世界的分裂。因为西方美学的基础和结构同西方现代世界观并无本质的差别，因此这种对抗注定是悲剧性的，类似于恩格斯所说的"历史的必然要求和这个要求的实际上不可能实现"[①] 之间的矛盾。这里"历史的必然要求"是人的自由和全面发展，而这一要求的"不可能实现"是因为，如果回避从现实关系中理解进而解放个人，反求诸审美自由的幻象，便容易忽视并掩盖审美需求的历史必然性。布尔迪厄对此问题的分析可谓一语中的："纯粹凝视的超然性不能与其面向世界的普遍性情倾向（gener-

---

[①] 中共中央马克思恩格斯列宁斯大林著作编译局编译：《马克思恩格斯选集》第4卷，人民出版社1995年版，第560页。

al disposition）分离开来，而这一普遍性情则是消极的经济依赖的吊诡性产物——一种闲逸的生活——倾向于同经济依赖主动保持距离。"① 可见，超越日常生活的"纯粹美学"的实质是艺术家和美学家阶级趣味的体现，这种趣味预设了对大众的否定和轻视，阻断了沟通与交流，而它本身反而依附于特定的经济秩序，因此兼具反叛和自我奴役的矛盾特征。

尽管浪漫主义美学的问题明显，但仍具有难以抵挡的魅力，西方现代美学正是在对其继承和批判的基础上发展而来的。其中一条线索是重新回归到人及具体的社会现实关系问题上，试图以人的存在为核心理解并重构社会现实。尼采对美的探寻在某种程度上延续了康德美学的精英主义和形而上立场，但他的创见在于超越具体的现代社会现实，从原始艺术和仪式庆典中，从理想的古代社会的审美幻象中寻求美的本质，使自己的美学初步具有了人类学的根基。将美的问题原始化、人类学化的一个最大好处，是能够暂时将西方浪漫主义美学在现实基础方面的断裂和阶级区隔悬置起来，在更为深广的维度中确立审美认同的合法性。此后无论是克罗齐或杜威，还是现象学、存在主义美学乃至精神分析美学，都以不同方式突破了传统美学形而上的思辨模式及纯粹自律的先验理想，开始从具体的层面关注艺术实践和人生问题，并注意到将日常生活作为理解审美主体之所是的出发点。另一条线索则是从人道主义和异化的角度，对现实社会关系展开批判反思，这构成了西方马克思主义美学的主要路径。西方马克思主义美学与浪漫主义美学的不同在于，它在马克思主义理论的指导下开启了一条眼光向下的革命，对于浪漫主义美学所忽视的社会基础问题进行了彻底的审视和批判。但另一方面，西方马克思主义在精神层面又与浪漫主义美学一脉相承，把精英主义传统和审美启蒙理想推向了新的高度。法兰克福学派对大众文化的否定和悲观态

---

① Pierre Bourdieu, *Distinction*: *A Social Critique of the Judgement of Taste*, Cambridge Massachusetts: Harvard University Press, 1984, p. 5.

度,及其对现代艺术的期冀,正是这一倾向的最典型代表。卢卡奇评价法兰克福学派建造了一座"深渊上的豪华大酒店",哈贝马斯认为阿多诺等人走向了极端的美学乌托邦,这些都说明了西方马克思主义美学的问题所在。

相对于西方美学传统而言,现代美学既是一种决裂,又是一种继承发展。它并未完全跨越美学的形而上和精英主义樊篱,但已经开始关注具体的审美经验和文化问题。20世纪60年代以后,文化和审美以空前彻底的方式融入了日常生活之中,大众文化也展示出丰富的向度及可能,从而成为文化领导权争夺的场所。西方美学的格局在后现代理论和全球化视野的冲击下,迎来了更加深刻的反思和变革。如何打破浪漫主义美学和现代美学固有的立场偏见,积极介入大众文化和日常生活中的审美问题,如何突破西方思想的主客对立、形而上和西方中心主义范式,以更加宽广的视野和胸怀面对全球范围内丰富多样的审美现象,这些都为美学的发展革新提出了要求,审美人类学正是在这一大背景下应运而生的。20世纪70年代以来,在美学反思和文化哲学转向的启发下,西方人类学家开始对审美领域投以前所未有的关注。贾克·玛奎的《审美人类学导论》和《美感经验:一位人类学者眼中的视觉艺术》为这门学科做出了开创性贡献。玛奎把审美经验界定为沉思(contemplation)式的无利害的静观,同康德以来的浪漫美学并无太大区别,而他的审美对象形式理论倾向于视觉研究,对于视觉艺术之外的文学、音乐、歌谣、舞蹈等审美对象则缺乏足够的关注。但不论如何,他实证的研究方法和比较的研究视野,都显示出迥异于西方美学传统的思路,为审美人类学奠定了基础。此后,荷兰人类学家范丹姆的《语境中的美:美学的人类学路径》一书,将审美人类学的理论原则概括为"实证基"、"跨文化视野"和"对语境的强调",进一步规范了这门学科的研究立场和方法。范丹姆新近出版的《审美人类学:视野与方法》[①]既是对已有理论的强调和总结,

---

① [荷兰]范丹姆:《审美人类学:视野与方法》,李修建、向丽译,中国文联出版社2015年版。

也是当代审美人类学研究不断扩大交流领域和影响的成果。

二 中国审美人类学的理论特征及问题

西方审美人类学在20世纪90年代初期开始引起中国学界的关注，经过20余年的发展，中国的审美人类学研究已经收获颇丰。关于审美人类学在中国的兴起背景和学理基础等问题，已有学者做出了详细的梳理阐释，如王杰、覃德清、海力波等的《审美人类学的学理基础与实践精神》[①]，冯宪光、傅其林的《审美人类学的形成及其在中国的现状与出路》[②]，等等，在此不再赘述。需要强调的是，中国的审美人类学有几个特征值得我们注意，这些特征既是其中国特色的表现，又是理解其所面临的问题的关键。

第一，从理论资源来看，中国的审美人类学更偏重美学，是应对当代中国美学发展困境和社会现实问题的产物。尼采曾发出感叹，人们从来没有像今天这么多地谈论艺术，同时又从来没有像今天这么少地谈论艺术。这种情况同样适用于当代社会：一方面艺术和审美空前充斥于我们的生活之中，另一方面人们的艺术和审美体验又是肤浅的和碎片化的，大多是感官和娱乐的满足，而缺少理性反思。中国的审美人类学正是以美学的发展困境和社会现实问题为突破口来建构自身的，这意味着其"形而下"倾向超越了浪漫主义美学的精英立场，而其理论的抽象性、思辨性和批判性又都强于一般意义上的人类学。在我看来，以美学视角为重心，以人类学方法为辅助的审美人类学研究，并不意味着其人类学基础的薄弱（虽然相对于正统人类学研究而言，我们不得不承认这一点），相反这恰恰有利于突破传统美学和人类学研究的局限性，并使两者互为补充，在更大程度上发

[①] 参见《文学评论》2002年第4期。
[②] 参见《广西民族学院学报》（哲学社会科学版）2004年第5期。

挥各自的优势。

第二，从理论基础来看，中国的审美人类学在美学方面的一个重要学理依据是马克思主义美学。关于此问题，郑元者、王杰、海力波、向丽、傅其林等学者都做出过分析论证。的确，无论是马克思本人的美学还是西方马克思主义美学，都蕴含着丰富的审美人类学思想，他们的理论中不仅包含人类学的方法和立场，马克思主义美学对日常生活本身的关注以及对审美现代性问题的批判方法，更为审美人类学的理论提升提供了深刻的启发。可以说，将马克思主义美学同审美人类学联结起来，既源于它们之间的内在联系，也是审美人类学发展完善和应对社会现实的需要。此外，马克思主义美学在中国有着独一无二的影响和理论根基，将其作为审美人类学的理论支撑，能够进一步将审美人类学纳入主流学术话语，使其更易于被人们理解和接受。

第三，从理论语境来看，中国的审美人类学既受到世界范围内反西方中心主义美学观的影响，在国内又带有反思以汉族为主导的文艺和美学观的意味。这种双重影响使中国的审美人类学并不像西方一样充满"异国情调"，而是更关注本国少数民族地区的审美艺术活动和文化表达机制，从而带有鲜明的"边缘性"和"相对性"特征，在当代中国的文化结构中，发挥着弱势群体的身份认同和文化抗争作用。此外，中国的审美人类学渴望在充分理解和阐释的基础上有效介入现实，这意味着理论家从美学的"立法者"到"阐释者"的转变①。与20世纪80年代中国美学家为艺术立

---

① 这里我们借用了鲍曼关于知识分子从摩登时代到后现代的身份变化的经典描述。鲍曼认为，面对后现代这一复杂多元的文化语境，知识分子有两种选择，或者拒绝全球化时代的多元性和相对主义，以精英的立法者姿态藐视群氓，继续"注解柏拉图"，然而这是"最不起眼"的做法；另一种选择是成为"阐释者"，接受多元主义和知识分子身份的变化，扮演对社会威望进行权衡的角色，在知识的阐释中达成交往和对话，并得到立法者曾经拥有的利益。鲍曼的"阐释者"近似于托尼·本尼特所提倡的"实践型知识分子"，也就是能够充分利用权力机制和经济资本，以最大限度发挥现实影响力，同时又不乏批判精神和立场的知识分子。鲍曼的知识分子观，可以帮助我们从理论立场的角度理解审美人类学在中国的兴起和发展。

法、为社会立法的豪情和优势地位相比，90年代以来的艺术和审美实践越来越多地听命于市场，听命于大众需求，精英式批评的影响力日渐式微。面对这一事实，中国的审美人类学尝试以更加理性和实证的态度面对研究对象，并使美学走出学术圈，在与政府、机构、企业和市场的交往与对话中发挥自身的影响。这种"阐释者"的角色并不是顺应趋势的无奈之举，而是美学面对新理论语境的一种积极主动的选择。

以上这些特征，使中国的审美人类学与其他美学流派以及西方审美人类学都有着鲜明的区别，但我们当前存在的问题也在一定程度上与之有关。首先是学科地位的边缘化问题。在梳理回顾中国当代美学发展史的众多论著中，我们较少看到论及审美人类学的部分，也较少有关于审美人类学的争鸣和热点话题，这说明在美学领域，审美人类学研究还并未得到学界的足够重视，它并未真正进入当代中国美学的主流话语之中。此外，相对于文学人类学、艺术人类学、民俗学等学科而言，审美人类学的研究对象和研究方法都尚未成熟定型，而审美人类学者在田野调查和民族志研究方面的欠缺，更使其同严格意义上的人类学研究区别开来。因此，审美人类学的跨学科优势又容易使其陷入迷失或错位。归根结底，学科地位的边缘化应当从学科理论建设方面寻找原因，也就是说，审美人类学自身理论话语的影响力还不够。因此当前的理论重点便不再是关于学科的总体论证和梳理，而应该进入更加具体的理论建设层面，从审美人类学的核心概念范畴入手，用关键词的阐释和运用来充实和扩大审美人类学的影响。审美人类学目前已经有了一些相对成熟的关键概念，如审美习俗、审美制度、地方性审美经验等，这些概念既体现了美学理论与实证研究的结合，又具有可阐释的理论深度并具备一定的原创性，应该作为审美人类学理论建设的基点和重点。只有在理论层面有确凿的推进和概念依托，审美人类学才能够不断扩大影响，逐渐脱离美学和人类学的边缘和交叉地带，迎来自身的独立与成熟。

当前审美人类学发展的另外一个问题，是研究对象的边缘化。前面提到审美人类学研究的一个中国特色，便是以少数民族地区的艺术审美活动和文化表达机制为对象。这是其人类学属性的必然要求——既保证了研究的实证，又是在跨文化的视野下对文化审美多样性的尊重与发掘。这一立场无疑是积极的，但研究对象的边缘化也限制了审美人类学的理论有效性和活力。无论是以少数民族为研究对象还是人类学的方法，对于非少数民族地区的美学和文艺学研究者而言，都有着现实和学科方面的操作难度。更重要的是，在全球化时代和大众文化的席卷下，少数民族文化与汉族文化之间早已不是简单分明的二元对立，而是体现出融合与共谋的趋势。这可以理解为主导文化对于边缘文化的霸权或者侵蚀，但又源于主导文化对自身需要的满足或缺陷的弥补，更源于边缘文化渴望发展和融入现代社会的主动诉求。正如雷蒙德·威廉斯的文化理论所言，在"主导—残余—新兴"的文化结构中，任何一种文化如果想维持存在并且发展进步，都不可能对其他文化采取完全的排斥态度，它们之间构成了一个相互作用的张力场。在此意义上，少数民族文化的个性是重要的，其边缘地位也是值得同情和反思的，但它更重要的启发在于其跨文化、跨语境的可能。因为正是在跨文化和跨语境中，审美差异得以表达，审美交流和认同得以实现，审美同意识形态的矛盾关系得以暴露，主导文化的支配和边缘文化的抵抗才得以共生。这个充满矛盾和魅力的领域无论在中国的边远地区还是内陆地区都广泛存在着，其在内陆地区的存在更是一种文化符号式的，而非原生态意义上的。这种跨文化和跨语境的"符号化审美"有着诸多重要意义和问题，因此也尤为值得关注。审美人类学已经在这方面有了一些重要的研究成果，例如对南宁国际民歌艺术节的研究、对黑衣壮民歌的研究等，但还应该进一步放宽视野，突破地域界限，发掘并关注内陆地区和主流文化中的审美人类学对象和问题，如地方博物馆和艺术馆陈列、群体文化记忆、城市移民、影视作品中的地方资源、地方性文化和风俗传统的美学特征等，使其跨文化的、比较的视野真正走出对象边缘化的束缚，在更广阔的地域和视野中发挥理论活力。

三 走向"文化批评"的美学

当代中国文化和审美的关键特征，仍然是现代性问题。具体说来，其表达方式并不是对现代化本身的敌视或否弃，走入类似西方现代艺术的精英主义和个人主义的区隔之中，而是普通大众的日常生活与审美诉求之间的断裂或者距离。这种断裂和距离不仅表现在少数民族文化对汉族文化的吸引，还表现在乡村文化对城市文化、自然文化对工业文化、怀旧文化对摩登文化、传统文化对当代文化之间的吸引。这些文化问题与中国的文艺传统、历史进程和地域城市特色等元素纠缠在一起，并以审美的方式呈现出来，构成了当代中国民族审美经验的"星丛化"表达。作为从日常生活方式切入美学问题的比较性研究，审美人类学可以而且应当对这些美学现象加以关注。总的来说，审美人类学从人类学角度进入美学问题，无论是其理论基石还是最终指向，都应该是文化问题，进一步来说，也就是对"文化中的审美"和"审美的文化机制"的探究。这既是审美人类学不能脱离的原则，又是一种总体的和相对宽泛的思路。只有在坚持原则和开阔视野相结合的基础上，中国的审美人类学才能取得更好的发展。

在此我们不妨将西方审美人类学的发展经验作为参照。可以说，无论是经典美学还是经典人类学，都有着西方特有的思维定式，而审美人类学则是以这种思维定式的僭越者的身份发展成熟起来的。今天的西方审美人类学家虽然也大量使用人类学材料，但他们的研究已经不再突出人类学对象的地域性和特殊性，而是通过各种琐碎的和语境中的审美现象，论证审美差异背后的普遍性：审美能力是人类的一种高级本能，它潜在于日常生活的方方面面而不仅仅倚赖于艺术，它有利于人类的生存和进化。例如，迪萨纳亚克便试图证明："艺术行为是普遍的和必须的，它是每个人在生物学意义上被赋予的倾向，而并非这一问题的其他解释者，包括绝大多数生物学家迄今所设想的那样，是边缘性的副现象。"[1] 范·丹姆（范丹姆）同样支持进化论美学的观点。在新近的一篇文章中[2]，他再次强调了自己的审美人类学观念，即重新思考"人类学"的最初含义——并不是正统学科意义上的异文化研究或民族志研究，而是对"人的本质"的整体性、综合性研究，它包括解剖学、生理学、社会文化行为以及人的精神等方面。随着知识的积累和笛卡儿式的现代世界观，逐渐导致了人类学的学科分工，"人"也就成为被分离研究的对象。范·丹姆（范丹姆）指出，因为"审美"在人类生活中的重要作用，使其能够将各方面重新联系起来，因此对"审美"的人类学研究实际上是对人的综合性研究。但是西方美学走向了形而上，走向了艺术哲学，而非对"审美的人"的关注。因此他不仅提倡重新回归对"审美的人"的整体性研究，而且主张回归日常美学，即生活领域的审美现象和审美经验。这一观念无疑极大地拓展了审美人类学的研究思路和领域。

综合中国的现实经验和西方审美人类学的发展，我们应当认识到，当我们试图以"审美"为视角切入当代社会的文化问题时，需要用更加开放的态度扩展"人类学"的关注领域，使审美人类学走出学科地位边缘化和研究对象边缘化的局限，成为兼具实证基础，又有广泛适用性的"文化批评"美学。一方面，审美人类学并不仅仅是为了研究小型社会、少数民族或异文化的审美个性而存在，还力求在审美差异性和语境化的背后找出规律和启示；同时对于非少数民族地区和对象而言，审美人类学同样具有存

---

[1] ［美］埃伦·迪萨纳亚克：《审美的人》，户晓辉译，商务印书馆2005年版，第33页。
[2] 参见［荷兰］范丹姆《日常生活美学：人类学的视角和方法》，李修建译，《民族艺术》2015年第4期。

在的合理性。另一方面,审美人类学应当深入日常生活——不仅是异民族异文化的生活,同样可以是现代城市中特定群体的日常生活。正如马尔库斯所指出的那样:"人类学并不等于盲目搜集奇风异俗,而是为了文化的自我反省,为了培养'文化的富饶性'。在现代社会,社会之间的相互依存和不同文化之间的彼此认识程度都已经提高了。在这种情况下,要实现这样的目标,我们就需要新的写作风格。在人类学中,这样的探究有赖于将我们的注意力从对异文化的描述这种单纯兴趣转移到一种更加富于平衡感的文化观念上来。文化批评(cultural critique),就是借助其他文化的现实来嘲讽与暴露我们自身文化的本质,其目的在于获得对文化整体的充分认识。"① 马尔库斯尝试为人类学开辟宽广的道路,以"文化批评"为目的,使人类学得以更有效地与当下生活结合起来,这与审美人类学在精神层面是最为契合的。他从更贴近城市文化和日常生活的文化研究理论中寻求启发,例如,威廉斯的"情感结构"便被他看作是带有人类学民族志意味的批评概念,因为它"把受到充分描述的日常生活经验与大体系和意识形态的微妙表达联结起来"。② 的确,这一概念既源于"可认知共同体"(knowable community,即可以在具体语境中做实证考察的小群体)稳定而自觉的生活经验,同时又受到一个更大世界(例如晚期资本主义社会现实或意识形态)的刺激而不断发展变化。"情感结构"是一个联结文本内部世界与外部世界、作者个人经验与社会集体经验、琐碎日常生活与宏大历史语境的关键媒介,它在文学艺术中的浮现,实际上是特定群体应对社会变迁的反应与记录。类似的文化批评观念和概念,都可以被审美人类学借鉴。在"文化批评"的启发下,审美人类学不仅应当以更加开放的态度关

---

① [美]乔治·马尔库斯、[美]·米开尔·费彻尔:《作为文化批评的人类学》,王铭铭、蓝达居译,生活·读书·新知三联书店1998年版,第11页。
② [美]乔治·马尔库斯、[美]·米开尔·费彻尔:《作为文化批评的人类学》,王铭铭、蓝达居译,生活·读书·新知三联书店1998年版,第114页。

注文化问题和日常生活，而且同样不能忽视对文艺现象的研究和批评。特别是在当代中国，文学、影视、音乐等文艺形态已经消弭了精英与大众的界限，并且在人们的日常美学之中发挥着重要的作用。因此以实证研究为基础，以文化批评为理念的对于当代文艺现象和文本的研究、阐释乃至批评，同样是审美人类学应当介入的领域。

以上分析启示我们，中国的审美人类学应当在理论建设和研究实践方面有新的转变，在"文化批评"的启发下，从具体概念范畴层面加强理论建设，在研究对象方面拓宽视野，使理论进一步占据学术主流，使研究更加有效地直面社会现实。而理论和实践两方面的发展实际上是相互促进的。前文提到的已经相对成熟的理论关键词，都具有灵活的适用性和丰富的内涵，可以用于更加广泛的研究对象。例如"审美制度"[①] 这一概念便是如此。它兼顾审美自律和他律的双重维度，特别是"制度"一词更将研究视野从美学推进到其背后更为宽广的文化语境，既便于我们理解小型社会中独特的文艺和审美现象，又可以对都市文化、大众文化中的审美和艺术问题做出实证的、整体的研究。因此中国审美人类学的发展不妨从理论范畴入手，以更加自由宽广的视野，切入各种文化和美学现象之中，在理论与实践的结合中对于当代中国的美学和现实问题做出切中肯綮的分析解答。

Toward "Cultural Critique" Aesthetics
——Characteristics, Problems and Contemporary Development of Aesthetic Anthropologys

Cao Chengzhu

Abstract Based on China's practical experience and the development of western aesthetic

---

[①] 关于"审美制度"这一概念及相关理论，可参见向丽《审美制度问题研究》，中国社会科学出版社 2010 年版。

anthropology, we should realize that when we try to focus on the cultural issues of contemporary society from the perspective of "aesthetics", we need to expand the focus of "anthropology" with a more open attitude, so that aesthetic anthropology can get out of the limitation of the marginalization of the subject status and the marginalization of the research object, and become a "cultural critique" aesthetics with empirical foundation and wide applicability. Inspired by "cultural critique", we should strengthen theoretical construction from the level of specific conceptual categories, broaden our horizons in terms of research objects, and make the research face the social reality more effectively.

Key Words Aesthetic anthropology; cultural critique; aesthetic institution

Author Cao Chengzhu, Doctor of Literature, Associate Professor of Center for Literary Theory and Aesthetics, Shan Dong University, contracted art critic of Shandong Province.

生态美学

Ecoaesthetics

生态审美学与审美理论知识的有效增长[*]

程相占

摘要 以1735年与1972年两个年份为时间坐标,可以将整个美学史划分为前现代、现代与后现代三个历史阶段。生态审美学属于后现代美学,是对于现代美学的批判超越。生态美学研究的学术信念是追求审美理论知识的有效增长,创造能够超越现代美学的新型审美理论知识。基于这种学术信念,构建生态审美学的最佳途径就是批判并超越以康德美学为代表的现代美学,在准确把握康德美学原义的基础上对之进行生态阐释和重构,也就是站在当代生态哲学的高度,根据康德《判断力批判》的理论思路,言康德所应言而未言。这样的学术研究方式既可以回答现代美学为什么是非生态的,而生态审美学为什么是生态的,从而推动审美理论知识的有效增长。

关键词 生态审美学 生态实在论 康德审美理论 生态阐释 生态重构

作者简介 程相占,山东大学文艺美学研究中心教授、博士生导师,教育部长江学者特聘教授。

任何学术研究的目的都是创新,即创造新知识。但是,真正的创新绝不是在"自圆其说"的意义上,提出所谓的"新意"甚至故意做"翻案"文章,而是在原有的知识基础上,进行有理有据的补充、完善与发展,切

---

[*] 本文系作者主持的国家社科基金重点项目"生态审美的基本要点与生态审美教育研究"(13AZW004)结项成果的"导论",该成果的名称为《生态审美学——康德审美理论的生态诠释与重构》。

实地推进相关知识的有效增长。换言之，我在"知识的有效增长"这个意义上所理解的学术研究的目的和学术创新的内涵，其衡量标准可以简单地归结为如下一个疑问句：相对于此前已有的知识，我们究竟创造了什么样的新知识？对于学术创新的上述理解，隐含着通常所说的"学术规范"：对于某个学科的过去、现状与未来有着基本掌握，以学术史的基本知识作为标准，来衡量自己所做的研究是在做无效劳动，还是在切实地推进该学科之知识的有效增长？本研究的目标是构建自成一体、独树一帜的生态审美学（即生态美学）。因此，在写作过程中，我时时刻刻都不忘扪心自问：相对于此前早已汗牛充栋的美学论著，特别是康德美学，我到底提供了什么样的新知识？

汉语学术界通常所说的"美学"，对应的是英语术语"aesthetics"，该词的准确汉译应该是"审美学"。我们这里之所以称其为"生态审美学"而不是"生态美学"，一是为了正名，即恢复 aesthetics 作为"审美学"的本义；二是为了表明，汉语学术界通常所说的"生态美学"，其研究对象是"生态审美"。也就是说，这里的标题"生态审美学"，完全可以理解为"关于生态审美的学说"，笼统地称之为"生态美学导论"也无不可。根据"知识的有效增长"这一学术信念，本研究将尽力推进审美理论知识的有效增长，特别是弥补此前美学理论（主要是康德美学）的明显欠缺。在具体的行文当中，则根据语境之不同而分别采用"美学"、"审美学"或"审美理论"三种不同的措辞。这种学术信念体现在研究思路和方法上，就是本研究副标题"康德审美理论的生态诠释与重构"所表明的学术旨趣：我们致力于将国际学术界通常所说的"康德美学"还原为"康德审美理论"，首先将之放在康德先验哲学的整体框架中进行历史还原，进而从生态学、生态哲学或生态智慧的角度对之进行反思、批判、诠释与重构，从而构建出独树一帜的生态审美学。因此，本研究也可以通俗地称为一部"基于康德哲学的生态美学"。

那么，构建当代生态审美学，为什么要采取这种研究思路和研究方法呢？这是我们在正式探讨之前必须首先回答的问题。

一 美学史的三个阶段

人类社会已经从远古进入了21世纪。在对人类社会发展历史进行宏观划分的时候，国际学术界一般采用"一分为三"的方式，即以"现代"为基点，将之划分为"前现代"、"现代"与"后现代"三个大的历史阶段或时期。具体到美学学科而言，我们同样将人类美学史一分为三，只不过其时间坐标与社会学略有不同。本研究的时间坐标是两个年份：一个是1735年，这是德国哲学家鲍姆加滕（又译鲍姆嘉滕）正式提出"审美学"（亦称"感性学"）的年份，鲍姆嘉滕因此被称为"美学之父";[①] 另外一个则是1972年，这是美国生态批评专家约瑟夫·米克发表《走向生态美学》的年份。

国内学者对于鲍姆嘉滕并不陌生，但对于约瑟夫·米克（Joseph W. Meeker）的了解不多，所以这里简单介绍一下。根据我的研究，这位学者是国际范围内最早以"生态美学"作为标题发表论著的作者。1972年，这位学者的论文《走向生态美学》发表于《加拿大小说杂志》，两年后又收入其《存活的喜剧——文学生态学研究》一书，成为该书的第六章，标题修改为"生态美学"。米克的立论从反思西方理论美学史入手。他提出，从柏拉图开始，西方美学一直为"艺术对自然"的重大争论所主导，审美理论传统上强调艺术创造与自然创造的分离，假定艺术人类灵魂"高级的"或"精神化"的产品，不应该混同于"低级的"或"动物性的"生物世界。在米克看来，无论将艺术视为"非自然的"产品或人类精神超越自

---

① 参见程相占《朱光潜的鲍姆嘉滕美学观研究之批判反思》，《学术月刊》2015年第1期。

然的结果,都歪曲了自然与艺术之间的关系。达尔文的进化论揭示了生物进化过程,表明传统人类中心的思想夸大了人类的精神性而低估了其生物复杂性。从19世纪开始,哲学家们重新考察生物与人类之间的关系,"试图根据生物学知识重新评价审美理论"。在这种研究思路引导下,米克依次研究了人类美丑观的本源,认为审美理论要想更成功地界定"美",就应该"借鉴当代生物学家和生态学家已经形成的自然与自然过程的观念"。简言之,在达尔文生物进化论的基础上注重人类的生物性,根据当代生物学知识、生态学知识来反思并重构审美理论,这就是米克所说的"生态美学"的思想基础和理论内涵。正是因为米克的这些论述,我将他称为"生态美学之父"。[①] 非常巧合的是,1972年发生了一件历史大事:该年6月在斯德哥尔摩召开了联合国人类环境会议,会议通过了著名的《人类环境宣言》(通称《斯德哥尔摩宣言》),宣布了与会国和国际组织关于与环境保护的7点共同看法,公布了26项指导人类环境保护的原则。这是人类历史上第一个保护环境的全球性宣言,对激励和引导全世界人民奋起保护环境起到了积极的作用,标志着人类开始进入生态文明建设的新时代,具有重大历史意义。

根据上述理解,本研究以1735年和1972年为历史坐标点,以"现代"和"现代性"作为关键词,将整个人类美学史划分为"前现代美学"(轴心时代—1735年)、"现代美学"(1735—1972年)与"后现代美学"(1972年以来)三个阶段。我们所要构建的生态审美学无疑属于"后现代美学",这里的"后"字不仅是时间意义上的"之后",而且是"后来居上"意义上的"超越"之意,其学术立意和目标是:针对20世纪60年代以来全球范围内日趋加剧的生态危机,反思与批判造成生态危机的思想文化根源,特别是其现代美学根源,针对现代美学的非生态乃至反生态取向,构建能够回应生态危机、拯救生态危机的生态审美学。

[①] 参见程相占《论环境美学与生态美学的联系与区别》,《学术研究》2013年第1期。

二 康德与现代美学的根本缺陷

要完成这样的学术目标，我们必须清楚地回答：现代美学的理论缺陷何在？生态美学如何批判、弥补并超越现代美学？换言之，相对于现代美学而言，生态美学到底提供了什么样的新知识、新理论而推动了审美理论知识的有效增长？这个问题还可以表述为：生态美学如何促成了美学的生态转型？也就是，如何将现代的"非生态的"美学，转化为后现代的"生态的"美学？这就意味着我们的任务是双重的：既要反思和批判以康德为代表的现代美学为何是"非生态的"（non-ecological）乃至"反生态的"（anti-ecological），又要说明我们所构建的美学理论为何是"生态的"（ecological）。

我们认为，现代性方案本身的缺陷是生态危机的思想文化根源，生态危机就是现代性缺陷的具体体现。康德哲学最为集中地体现了现代性方案，康德的审美理论（即通常所说的"康德美学"）代表着现代美学的最高峰；这就意味着，现代性方案及其美学理论的缺陷，也就最为集中体现在康德这里。从生态意识出发对康德审美理论进行反思、批判、诠释与重构，就顺理成章地成为构建生态审美学的合理路径。我们的副标题"康德审美理论的生态诠释与重构"明确地表明了这一点。

概括说来，从生态学及其催生的生态意识来看，康德审美理论的缺陷主要表现在如下几个方面。

第一，康德以其"先验观念论"（transcendental idealism）作为哲学基础来讨论审美问题，其审美理论某种程度上是对于其先验哲学的调整与完善。这种哲学固然有其丰富的理论贡献，但是，它也在某种程度上忽视了"经验实在论"（empirical realism）问题，[①] 进而导致了后果严重的"怀疑

---

① "先验观念论"与"经验实在论"是康德《纯粹理性批判》中一对极其重要的概念，这里无法详细讨论。

主义",即对于客观世界之客观实在性的怀疑——康德哲学无论多么博大精深,其根本缺陷也是毋庸置疑的:它无法解释自然事物的客观实在性,因而导致现代哲学遗忘自然,为"改造自然、征服自然"这样的现代思维方式与社会实践留下了口实。与此不同,我们相信由生态学科学所揭示的客观世界是客观存在的,生态系统及其构成要素都是毋庸置疑的客观实在之物,如何认识与理解这些客观事物的客观性质是哲学和科学的基本任务——这就是我们初步提出并论证的新型哲学观"生态实在论"(ecological realism)的基本信念与基本内容[1],也是我们所要探索的生态审美学的哲学基础。简言之,生态实在论迥异于康德那种过度注重"主体性"而忽视"客体性"的"先验观念论",甚至与之针锋相对。因此,我们探索的生态审美学,也就可以简单地概括为"以生态实在论作为哲学基础的新型审美学"。我们认为,只有在新的哲学基础上构建美学,才能实现审美理论的真正创新。

第二,康德局限于其先验哲学的基本框架与基本思路,从其"先验主体性"观念出发,从未认真探讨并回答人类先验主体及其各种能力的最终来源,仅仅注重客体的表象而忽视客体本身的存在,其美学所论述的主要是一套遗忘"事物自身"或曰"自在之物"的"表象美学"。我们则站在进化论的立场上,将康德的"先验人类学"改造为"进化人类学",认为人类各种所谓的"先验能力",最终无非都是生态系统长期进化的结果;[2]人类的生态意识,归根结底是生态系统的"自我意识"。简言之,与康德的"表象美学"截然不同,我们所探讨的生态审美学是一种关切事物自身

---

[1] 参见程相占《生态美学的八种立场及其生态实在论整合》,《社会科学辑刊》2019年第1期。
[2] 我们所关注的焦点是地球生态系统,它无疑是整个宇宙生态系统的一个极其微小的甚至微不足道的部分,但是,由于它是人类最切近的生存家园,所以必然是生态审美学的关注焦点。因此,我们从关心人类可持续生存这个思想主题出发,坚持"生存家园"意义上的"地球中心说"。

或曰自在之物的美学，其核心问题是一个康德式的"如何可能"问题：客观存在于生态系统中的自然事物，如其本然地显现其自身如何可能？这个问题背后隐含着对于自然事物本然状态的高度尊重和真挚热爱。我们认为，人类的审美活动是事物自身得以显现的一种方式，但是，审美方式有是否适当之分，甚至有对错、正误之分——错误的审美方式与审美活动，经常遮蔽乃至戕害事物自身；正确的审美欣赏方式，应该是让事物如其本然地显现其自身的那种审美方式，亦即我们重点探讨的区别于"现代审美"的"生态审美"——我们将生态审美出现之前的审美统称"现代审美"，其主要内容是以康德为代表的现代审美。为了表明审美判断是一种必然包含着"应该"在内的价值判断或曰规范性判断，我们特别提出并论证了生态审美学的关键词"审美应该"（aesthetic ought）。

第三，由于深受自柏拉图以来的理性主义哲学传统的影响，康德对于感官的感受能力[①]极度不信任，其审美理论尽管提出了区别于"理解力"[②]与"想象力"的第三种能力"审美判断力"[③]，但是，他在对于审美判断力或鉴赏力的具体讨论中，主要围绕着想象力、理解力与理性能力等三种先验认知能力而展开：首先，他将想象力与理解力的"自由游戏"视为"审美"的核心，用二者的"自由游戏"来分析"美"；其次，他用想象力与理性能力的关系来分析"崇高"。这就是说，康德的审美理论，最终只不过是关于如下四种先验能力的关系学说：想象力、理解力、审美判断力（鉴赏力）、理性能力。根据康德哲学的基本思路，这些能力的基本性质有两个，一是"先验的"，二是"理性的"。这就意味着，康德的审美判断力学说最终只能是一种"理性学"，而不是鲍姆嘉滕意义上的"感性学"；康德之所以在其第一批判《纯粹理性批判》中点名批判鲍姆嘉滕及

---

① 即英文的 sensibility，以下简称"感受力"。
② 即英文的 understanding，通常称为"知性"。
③ 即英文的 aesthetic judgment，其核心为 taste，即"鉴赏力"。

其"感性学",深层原因正在这里。完全可以肯定地说,国际学术界(包括中国学术界)通常所说的"康德美学"(Kant's Aesthetics),完全不是鲍姆嘉滕"审美学"意义上的"感性学",而是以人类心灵先验具有的"审美判断力"之"判断"为核心的"判断学",其实质是一种"理性学"。康德明确指出"判断先于愉悦",明确提出这个论断是"理解鉴赏力批判的关键"。[①] 因此,无论他的审美理论讨论了多少关于"感受"或"情感"的内容,其主旨都不是美学意义上的"情感学";国内学术界往往根据康德哲学"知—情—意"这个"一分为三"的整体哲学框架,简单地认为康德的第三批判是研究"情"的"情感学",实在是对于康德的莫大误解。在我们看来,康德哲学的整体框架是"知—感—意",离开了这个基本框架,康德的审美理论就无从谈起。

第四,含混不清的论述所导致的巨大误解。康德将《判断力批判》一书划分为两个部分,第一部分为"审美判断力批判",第二部分为"目的论判断力批判"。非常遗憾的是,康德没有清楚而明确地交代两个部分之间的内在关系,以致其身后的接受者通常将该书划分为两部分,即"美学"与"目的论",这不但是中国学者的通常做法,也是国际学术界的普遍做法。比如,美国著名康德研究专家金斯伯格最近为《斯坦福哲学百科全书》所写的条目就是"康德的美学与目的论",其中讨论到这两个部分之间的关系;[②] 更加遗憾的是,对于后世产生巨大影响的所谓的"康德美学",正是剥离了"目的论"的第一部分,即"审美判断力批判"。中国有些注重"康德美学"的学者,甚至认为"目的论"是一个"大尾巴"。

[①] Immanuel Kant, *Critique of the Power of Judgment*, edited by Paul Guyer, translated by Paul Guyer, Eric Matthews, Cambridge, UK; New York: Cambridge University Press, 2000, p. 102,中译本参见[德]康德《判断力批判》,邓晓芒译,杨祖陶校,人民出版社2002年版,第52页。

[②] 参见 Ginsborg, Hannah, "Kant's Aesthetics and Teleology", *The Stanford Encyclopedia of Philosophy* (Fall 2014 Edition), Edward N. Zalta (ed.), URL = 〈http://plato.stanford.edu/archives/fall2014/entries/kant-aesthetics/〉。

比如，国内著名康德美学专家曹俊峰先生曾经这样论述道：康德"本来只想搞审美能力的批判，与目的论没有多大关系。那么，后来为什么又加一个目的论的大尾巴呢？"①在我看来，这些都是对于《判断力批判》的莫大误解。

我认为，《判断力批判》的理论主题是"目的论"，该书最初的书名应该是《鉴赏力批判：目的论》，通常所谓的"康德美学"亦即全书的第一部分"审美判断力批判"，应该被准确地称为"目的论框架中的审美判断力批判"——抛开了"目的论"而去研究所谓的"康德美学"，无异于买椟还珠。我这样说有着确切的根据。1787年，也就是《判断力批判》正式出版的前三年，康德在写给好友莱因霍尔德（K. L. Reinhold）的信中说道，哲学有三个部分，每个部分都有自己的先天原则，这三个部分是"理论哲学、目的论、实践哲学"，其中，"目的论被认为是最缺乏先天根据的"②。众所周知，康德这里所说的"理论哲学"对应的是其第一批判《纯粹理性批判》，"实践哲学"对应的是其第二批判《实践理性批判》；后世所谓的第三批判，正是他这里所说的"目的论"，其工作就是要为目的论寻找"先天根据"。出人意料的是，康德在正式出版这本书的时候却没有采用"目的论"作为书名，而是将书名确定为《判断力批判》。这就为后世的误解留下了极大的空间，以至于有些学者一度认为这本书并非深思熟虑的系统性成果，而是由许多片段拼凑而成的急就章——我们现在看到的《判断力批判》，正是由91节和3个注释组成的，因此可以视为94个片段的组合体。但是，这本书的思想主题还是非常清楚的，那就是第83、84两节所揭示的，"作为一个目的论系统的自然"，有着一个"最终

---

① 曹俊峰：《康德美学引论》，天津教育出版社2012年版，第116页。
② Kant, *Philosophical Correspondence*, 1755-1999, Edited and translated by Arnulf Zweig, Chicago: The University of Chicago Press, 1967, pp. 127-128. 中译本参见［德］康德《康德书信百封》，李秋零编译，上海人民出版社1992年版，第110页。

目的",而这个最终目的,就是"作为本体看的人",亦即"作为道德主体的人"。① 简言之,第三批判实际上是从目的论的角度对于自然和人的重新思考:自然是一个有机的目的论系统,这是对于牛顿机械论自然观的批判超越;而具有道德理性的人是这个系统的最后目的,这则是对于"人是什么?"这个问题的最终回答。众所周知,康德在《逻辑学讲义》(Lectures on Logic)中首先提出了三个问题:我能知道什么?我应该做什么?我可以希望什么?但是,康德又提出,所有这些问题,归根结底还是要回归到第四个问题上来,这个问题就是:人是什么?② 因此,《判断力批判》可以视为康德对于这个问题的回答。

我认为,只有牢牢把握了《判断力批判》这本书的"人是自然的最终目的"这个性质与主题,才有可能准确理解康德的审美理论。这个要点,正好可以用来说明如下两个问题:第一,康德身后的接受者,也就是现代美学的主要构建者,主导倾向都是抛开"目的论"而专注于所谓的"康德美学",这正好从一个侧面反映了现代美学的痼疾,我国学术界基本上都是这样做的,比如,李泽厚先生就将《判断力批判》明确划分为"美学与目的论"两部分,③ 而这正是我们所要批判超越的地方;第二,我们的研究继机械论、目的论之后,将采用生态学视野来构建生态审美学,康德的目的论将被作为非常富有启发意义的理论资源整合进来——它启示我们,生态系统所孕育的人类,应该像当代生态伦理学家罗尔斯顿所倡导的那样,承担起"对于生态系统的各种责任"。④ 我们认为,从牛顿开

---

① 参见[德]康德《判断力批判》,邓晓芒译,杨祖陶校,人民出版社2002年版,第285、291、292页。

② 参见[德]康德《逻辑学讲义》"导言",许景行译,商务印书馆1991年版,第15页。

③ 参见李泽厚《批判哲学的批判》(修订第六版)第十章"美学与目的论",生活·读书·新知三联书店2007年版,第382—443页。

④ 参见 Holmes Rolston, "Duties to Ecosystems", in J. Baird Callicott, ed., *Companion to A Sand County Almanac: Interpretive and Critical Essays*, Madison: University of Wisconsin Press, 1987, pp. 246–274。

始，人类思维范式的演进依次为物理学（机械论）、生物学（目的论—有机论）、生态学（有机论—系统论），康德的《判断力批判》试图协调前两者，我们则直接站在生态学的立场上借鉴、批判、吸收并努力超越前两者。①

三 感性与审美学

我们上面提到，康德哲学自始至终贬低"感受力"及其内容，即感性。这种哲学立场，使康德哲学付出了如下两个沉重的理论代价：首先，无法合理地汇通其第一批判的"先验感性论"与第三批判的"感受"学说；② 其次，无法恰当地解释康德本人在《判断力批判》中所举的审美实例，即对于一朵玫瑰花的审美欣赏。我们不妨试想：如果不运用眼睛的视力去观看玫瑰花的感性形态，玫瑰花何以可能成为激发人类情感的审美对象？这无疑是一个最为基本的审美事实。在这个例子中，"运用眼睛的视力去观看玫瑰花的感性形态"这句话，至少包括了如下三方面的"感性"内涵：第一，感官（即眼睛），这是与康德时代流行的"内在感官"相对的"外在感官"或曰"身体感官"；第二，观看，即发挥视力的功能去感受，正因为这样，"观看"这个行为可以理解为眼睛这种感官所具备的"感受力"的正常运用；第三，玫瑰花的"感性形态"，诸如其形状、色泽、气味等凡是能够为人类五种感官所把握的属性，此即审美理论中所说的"审美属性"（aesthetic properties）。简言之，运用感官的感受能力去把

---

① 对于上述思维范式演讲的描述，参见 Ulanowicz, Robert E., *A Third Window: Natural Life beyond Newton and Darwin*, West Conschohocken: Templeton Foundation Press, 2009。

② 这里说的"感受"即英文的 feeling，通常被翻译为"情感"或"感情"。这种错误的翻译导致了一系列严重的理论后果，国内学术界对于康德的无数误解无不根源于此，我们将对此进行较多分析，以期正本清源。

· 117 ·

握事物的感性形态及其意义，就是我们所理解的"审美"的基本含义。但是，康德不这么看：他不但轻视主体的感官及其感受能力，而且轻视客观事物的感性形态——他重视的仅仅是心灵及其先验能力，以及先验能力在人的心灵中构成的表象。

我们的研究则致力于恢复"审美学"作为鲍姆嘉滕意义上的"感性学"的本义，借助知觉现象学的理论重新描述审美的时间性过程及其核心要素，以"知觉"而不是"感觉"为起点，重新界定康德审美理论的第一关键词"审美"，借鉴中国古代哲学特别是王阳明心学的"感应"学说，对"审美"做出如下新的界定：审美是身处特定环境之中的个体运用其感官的知觉能力，促使其生命体验与所遇对象的知觉属性发生"感应—感通"关系，进而激发情感活动的生命现象。我们认为，人类无时无刻不身处特定的环境之中，其审美活动是其身心各种能力与环境之间的感应互动，可以简称为"审美互动"。借鉴康德对于各种"力"的探讨，我们所讨论的"力"主要包括如下各种：身体感官的感受力，心灵的各种先验能力诸如审美判断力、理解力、想象力、理性能力等。我们在强调身体之"感受力"之重要性的同时，还借鉴阳明心学而提出"感应力"——前者是康德所贬低的，后者则是康德所忽略的。单纯从"力"这个角度来说，康德美学的根本缺陷就有如下两点：第一，贬低感受力——这是人类最基本、最根本的一种能力；第二，不解感应力——这是人类与其生存环境之间发生互动关系的基石，也是人类审美活动的根本特征。我们将借助感应力的引入，将康德所认定的人与世界之间的"主客体认知"关系，改进为人类与世间万物之间的"感应—感通"关系。与此同时，我们将适当引入与"感应—感通"相关的两个中国哲学概念"境界"和"功夫"，从而将代表前现代美学的中国美学有机地整合到生态美学构建之中。

从上述审美的定义可以看到，我们的理论框架是一个"一分为三"的三元模式："身—心—境"。① 本研究的中心目标就是在这个"三元模式"的引导下，重新诠释并重构康德美学，重新解释人类的审美活动，重点探讨生态审美活动的各种因素及其相互关系。我们之所以将本研究称为"生态审美学"，深层原因在于这个"身—心—境"三元理论模式完全符合生态学的经典定义。经典生态学的研究对象是有机体与其环境之间的互动关系，包含着"有机体—环境"这种二元模式。人类无疑也是一种有机体，但是，人类与其他有机体的根本区别在于，人类具有康德所说的"心灵"（mind）；借用刘勰《文心雕龙》中的话来说，人类是"有心之器"，也就是"身—心合一"的特殊有机体。所以，我们把人类有机体解析为"身—心"二元，从而在经典生态学定义的基础上构成了"身—心—境"三元理论模式。根据这个理论模式，康德哲学中的"心灵"，就应该改写为"嵌入环境之中的具身的心灵"（embodied mind embedded in the environment）——人类的心灵不是与环境无关的独立实体，更不是能够脱离身体的可以不朽的灵魂；心灵在环境之中的"嵌入性"（embededness）和"具身性"（embodiedness）是康德哲学所忽视的两个重要方面，生态审美学将适当进行探讨。

简言之，本研究的探索就是以对于"审美"的这个新界定为基点和理论主线，探讨这个"审美新定义"的生态内涵及其相关术语，主要包括：生态审美、审美关切性、审美普遍性、审美应该、审美适当性、审美破坏力、审美目的性、审美必然性等。这些术语都是本研究的"标识性"概念，是我们的理论创新的具体体现；我们要探讨的主要问题还包括：从依附美到生态审美、崇高与生态审美、自然全好②、生态艺术如何可能、审

---

① 参见程相占《生态美学：生态学与美学的合法联结——兼答伯林特先生》，《探索与争鸣》2016年第12期。我在这篇文章中尝试着参照生态学研究范式而提出"身—心—境"三元合一的新型研究模式，这一模式贯通了环境美学、身体美学与生态美学，三种美学最终统一为坚持"人—环境系统性"这个基本框架的生态美学。

② "自然全好"是加拿大环境美学家卡尔森提出的一个理论命题，国内通常翻译为"自然全美"。我曾经对此进行了详细辨析。参见程相占《雾霾天气的生态美学思考——兼论"自然的自然化"命题与生生美学的要义》，《中州学刊》2015年第1期。

美尊重与全球生态共同体、成为生态审美者如何可能等。

了解康德美学的人可以看出，上面这个术语清单并非无中生有，而是参照康德《判断力批判》一书的基本思路和核心问题拟定出来的。我们不妨重温一下康德哲学的基本问题及其审美理论的问题清单。

无论康德哲学多么复杂，其提问的基本句式只有一个："×××如何可能？"这也就是追问某个问题或学科之所以得以成立的深层根据，或曰可能性的条件。比如，康德在其第一批判《纯粹理性批判》中提出，纯粹理性的真正问题是：先天综合判断如何可能？围绕这个核心问题，康德进一步提出了如下四个问题：纯粹数学如何可能？纯粹自然科学如何可能？作为自然倾向的形而上学如何可能？作为科学的形而上学如何可能？[1] 依照这种哲学思路去阅读康德的《判断力批判》，我们完全可以采用"×××如何可能"的句式，依据原书的顺序，依次将全书91节中的主要部分，概括提炼为如下五个问题（问题后面的数字为原书的小节序号）：

1. 鉴赏力的判断是"审美的"如何可能？（§1）
2. "这是美的"这个审美判断如何可能？（§2 – §22）
3. "这是崇高的"这个审美判断如何可能？（§23 – §29）
4. "这是艺术的"这个审美判断如何可能？（§43 – §54）
5. "自然是有目的的"这个目的论判断如何可能？（§61 – §91）

我们这里所说的"康德审美理论的生态重构"，首先是对于《判断力批判》核心问题的上述重构。这五个"×××如何可能"句子表明，我们的学术策略非常明确：尽量避免名词，尽可能使用形容词。之所以采取这样的策略，是因为汉语美学的根本缺陷之一是，通常将名词"美"（beauty）与形

---

[1] 参见 Kant, Immanuel, Critique of Pure Reason, translated and edited by Paul Guyer and Allen W. Wood, New York: Cambridge University Press, 1998, p.147。中译本参见［德］康德《纯粹理性批判》，邓晓芒译，杨祖陶校，人民出版社2004年版，第15—16页。

容词"美的"（beautiful）混用。表面上来看，导致这种混用的直接原因是，汉语词语不像德语或英语那样，"词性"可以清楚地从"词形"上直观地显示出来。比如，在"玫瑰花之美"一句话中，"美"无疑是名词，它对应的英语单词是 beauty，但在"玫瑰花很美"这句话中，"美"则是形容词，它所对应的英语单词是 beautiful——两个汉语词语完全没有词形的变化，而两个英文单词的变化则清清楚楚。这在无形中导致汉语美学的思维混乱和表达混乱，以及由此造成大量的理论混乱——这些混乱甚至在某种程度上导致了汉语美学错误的美学观，还有大量失当的康德美学研究和翻译。

正是按照这种学术研究思路，我们在这里特别提出：我们以"审美"作为修饰语所构建的一系列关键词，比如"审美关切性"等，其意义通常是"审美意义上的关切性"。也就是说，用来修饰中心词的"审美"是一个形容词，其准确的表述应该是"审美的"（aesthetic）；每当用它来修饰一个中心词的时候，我们所理解的意义都是"审美意义上的"，或者"从审美角度来看的"。这种意义上的形容词往往接近副词，即 aesthetic 的副词形态 aesthetically，表示一种看问题的方式或角度，这是因为，形容词一般用来描述事物的性质、形状、状态等，而由形容词转化而来的副词，则往往描述一种行为方式。我甚至认为，从词语的词性角度来看，汉语美学的一大缺陷是：使用名词过多，往往将形容词混同为名词，很少甚至不会使用副词"审美地"。我们认为，所谓的审美范畴最终无非是词语，而词语之词性的恰当运用，则隐含着恰当的思维方式。我们将对"审美词性学"进行初步探索，从而发掘美学理论研究所应该遵循的适当思维方式。

四　从康德美学走向生态审美学：本研究的理论框架与主要内容

本研究的基本思路是将康德的"先验人类学"改造为"进化人类学"，

从而实现从以康德为代表的现代美学向生态美学的转型；具体论述顺序，则依次对应着康德《判断力批判》一书的原来顺序。

第一章"天人鸿沟及其审美跨越"对应于《判断力批判》的"导论"。在我看来，康德的《判断力批判》的思想主题，就是如何跨越该书"导言"当中提出的"鸿沟"，也就是自然领域与自由领域之间的严重断裂，这在某种意义上可以概括为"天人分二"。康德美学的思想主题，就是直面"天人分二"这个巨大"鸿沟"而探索解决途径，其解决途径就是通过"审美判断力"而跨越这个鸿沟——这可以简单地称为"审美跨越"。康德提出，自然与人类的认知能力之间有一种"适合性"；判断力的先天原理"自然的有目的性"，某种程度上就体现为自然"适合"人类的认知能力，以便人类能够从自然事物那里认知、感受或领悟"自然的有目的性"，自然与人类因此而"合一"。这就意味着，《判断力批判》的思想主题就是"天人合一"。如果说第三批判是康德哲学大厦之"拱顶"的话，那么，以三大批判为代表的康德哲学的基本倾向，就是从"天人分二"最终走向了"天人合一"。生态美学的思想主题是解决人类与自然之间的严重冲突，试图通过生态审美的方式而使自然与人类达到共生、共益的和谐统一状态，这在某种程度上可以视为对于康德美学思想主题的当代回应。

第二章"审美的含义及其生态重构"对应于《判断力批判》正文第1节"鉴赏力的判断是审美的"。一般论著都将这一节视为康德著名的"四个契机"的一部分，但在我看来，这种习以为常的解读其实是经不起严格推敲的。我认为，这一节的主要目的和功能是说明"审美"这个关键词的含义，从而明确揭示"审美判断力"的性质、内涵及其与鉴赏力的关系。它表明"审美学"的第一关键词是"审美"，绝不是与"美学"具有字面联系的"美"。康德在"主客二元"这个基本框架中对于"审美"的说明是比较准确的，因为它初步揭示了"审美"不同于一般"认知"的性质或特性。但是，康德的"审美"概念的局限也是非常明显的。本章试图从生态学的基本视野出发,首先将"审美"理解为人类这种有机体与其环境之间的有意识的互动,然后从跨物种视野出发,借鉴中国古代的"感应"与"通物"思想,提出一种为康德所忽视的人类能力即"感通能力"。人类运用这种能力的时候,就可以在某种程度上打破物我之间的壁垒,与天地万物进行互动性的交流和沟通,万物由此获得其"能动者"(agent)的身份,从而可能如其本然地显现其自身,生态审美得以实现。

第三章"审美关切与事物自身的显现"对应的是《判断力批判》的第一个契机(§2-§5),其核心内容即通常所谓的"无利害性"或"无功利性"(disinterestedness)。此章首先根据康德文本的原意,第一次将这个关键词重译为"无关切性",然后讨论康德这一观念背后隐含的理论缺陷,进一步将之改造为生态美学的关键词"审美关切"。本章的学术目的是批判和矫正德国现象学家盖格尔提出的一个论断:"美学科学是少数几个不关心其对象之实际实在的学说中的一个。"[①] 我认为,盖格尔的这个论断符合西方现代美学的基本倾向,它尤其鲜明地体现在康德美学之中。此章的主要任务就是发掘导致康德美学出现这种倾向的哲学根源,并从生态立场分析其错误实质,从而论证生态审美学的标识性概念"审美关切",进而探讨事物自身得以显现的各种条件。我们借鉴康德所说的"范导性原理"这种哲学观念,将"事物自身的显现"这个理论命题视为一条范导性原理来看待。我们并不绝对肯定向人类显现的就一定是事物自身,但是我们认为,人类应该尽最大努力,让所显现的事物最大限度上接近其自身,即自在之物。

第四章"审美普遍性与审美正确性"对应的是《判断力批判》"美的分析"的第二契机(§6-§9),是对于审美普遍性及其根据的探讨,这

[①] Geiger, Moritz, *The Significance of Art: A Phenomenological Approach to Aesthetics*, translted by Klaus Berger, Washington, DC: University Press of America, 1986, p.16. 中译本参见〔德〕莫里茨·盖格尔《艺术的意味》,艾彦译,译林出版社2014年版,第20页。

部分内容甚至被美国学者盖伊视为"康德整个论述的真正起点"。① 康德在这一部分当中主要提出了两个关键的理论命题。第一个是，任何人做出鉴赏力的判断的时候，他所发出的都是"普遍声音"。这个命题隐含着"人与人之间的协议"（interpersonal agreement），② 其实质也就是现象学所说的"主体间性"问题。第二个是，我们之所以对于美会产生愉悦，是因为我们的想象力与理解力之间的"自由游戏"。它所隐含的推论是，因为人类认知能力具有共同的性质，这种自由游戏可以以同样的方式出现在每个人那里，鉴赏力的判断所发出的普遍声音由此得以保证。康德提出的上述根据，初步揭示了康德论述中的"代人类共同体立言"观念。也就是说，每个做出审美判断的人，都不是在自言自语或自我表达，而是在代表人类共同体立言。这就意味着，真正的审美判断，必然、必须也应该是代表全人类的"普遍声音"。只有做到了这一点，才是"正确的"审美判断。由此，康德从侧面涉及了一个重要的审美理论术语，我们将之提炼为"审美正确性"。这个术语所隐含的审美观念无疑具有极强的生态美学意蕴，本章将对此进行阐发。康德在第二契机中固然做出了重要的理论贡献，但也更加明确地暴露了其审美理论的根本缺陷，这主要体现为两个方面。第一，康德完全忽视了客体（即对象）的客观属性，仅仅从主体一极来立论。我们认为，客观事物存在着客观属性，这些客观属性具有客观普遍性，这才是审美普遍性的最终根据。第二，康德尽管提到了"感官的鉴赏力"这个理论命题，但从其主导理论倾向来说，他继续轻视、贬低、不信任感官及其感受；他所说的"愉悦感"或"自由感"，仅仅是与"外部感官"相对应的"内在感官"之"内在感觉"，其最终根源只能是人类心灵。我们认为，

---

① Editor's introduction, in Immanuel Kant, *Critique of the Power of Judgment*, edited by Paul Guyer, translated by Paul Guyer, Eric Matthews, Cambridge, UK; New York: Cambridge University Press, 2000, p. xxviii.

② Editor's introduction, in Immanuel Kant, *Critique of the Power of Judgment*, p. xxviii.

人类身体及其感官（即"外部感官"）是生态系统在漫长的演化过程中赋予人类这个物种适应其环境的特性，其生理机制和功能都具有一定的客观普遍性，这是审美普遍性的第二个根据。简言之，本章将从客体的客观属性、主体的身体感官以及主体的先验能力等三方面探讨审美普遍性与审美正确性的根据，从而更全面地探讨康德所表达的"代人类立言"这个理论命题的生态审美意义。

第五章"内在目的与生态审美"集中研究"自然的有目的性"及其审美呈现（或表象）问题，这是《判断力批判》导论的主体内容，同时也在该书第一部分"审美判断力批判"中有着较多体现，而比较集中体现这个命题的则是"美的分析"的第三契机（§10－§17）。这是著名的四个契机中篇幅最长、内容最复杂、理解难度最大的部分，从第三批判全书的思想主题来说，也是四个契机中最为重要的一个。此章首先厘清康德文本的理论思路，讨论"有目的性的形式"这个命题在审美地呈现事物这种活动中的作用，其实质也就是探讨理性目的在鉴赏力的判断中所起的作用及其发挥作用的方式；然后，此章试图将康德的"形式的有目的性"发展并引申为"内在的有目的性"，用以回应当代生态伦理学中的"内在价值"学说，最后从"内在目的"这个角度，去重新诠释康德的"依附美"概念，发掘其所蕴含的"生态审美"意蕴。本章提出，只有承认自然事物的自然目的或内在目的，才能彻底打破传统美学中的人类中心主义。

第六章"审美应该与自然魅力"对应的是"美的分析论"的第四契机（§18－§22），其核心内容是探讨康德的"应该"话语及其生态审美学意义。《判断力批判》的"导言"中提到，自由领域"应该"影响自然领域；第四契机则提出，在鉴赏力的判断中，我们有权利"要求"其他人同意我们的判断，每个人都"应该"按照我们的方式做出同样的判断。康德将"应该"的根据概括为"共通感"，即人们共同具有的感受规范的感受力，其深层含义在于，人类的感知（知觉）带有强烈的规范性，包含着明确的规范（或标准）。也就是说，康德从侧面提出，人类的感知中包含着规范，人类"应该"以符合规范的方式去感知——这就是我们这里概括的关键词"审美应该"的基本含义，将之称为"审美正确性"或"审美规范性"也无不可。从生态审美学的角度来说，我们的鉴赏力"应该"有利于做出如下判断，即有利于生物共同体的稳定、完整与美丽；或者说，带着生态规范去感受天地万物，这正是生态审美的关键之所在。生态理性要求我们人类形成一致的感知方式，人类应该一致地运用感官去感知，这正是生态审美教育的深层根据。在此基础上，我们面对自然的时候，所欣赏的将不再是康德强调的自然事物的"美的形式"，而是被康德排斥的"魅力"：由生态系统赋予的、由事物的内在目的所决定的神奇的吸引力；与之相关的审美判断句将不再是"自然是美的"，而是"自然是充满魅力的"或"自然是神奇的"。我们将这种思想概括为"自然魅力"这个概念，并将之视为生态审美学的一个标志性关键词。

第七章"崇高与自然全好"对应的是《判断力批判》的第二卷"崇高的分析论"，它围绕两个问题而展开，第一个是崇高理论在第三批判中的位置，第二个是崇高理论的生态审美意义。就第一个问题而言，需要我们明确地解释审美判断力与鉴赏力二者之间的联系与区别。康德在第三批判正文的开头部分，就采用注释的方式将鉴赏力界定为"判断美的能力"，这就表明它无法判断崇高。那么，判断崇高的又是什么能力呢？康德对此并没有明确回答，根据第三批判一书的整体结构我们可以推论，狭义的审美判断力就是鉴赏力，也就是判断美的能力；广义的审美判断力则是包括鉴赏力在内的更加强大的审美能力，它不仅能够判断美，而且能够判断崇高，其关键则是理性观念的引入。因此，康德关于崇高的审美理论实质上是一种不同于"感性学"的"理性学"，这种学说对于生态审美学的启发在于，理性观念在审美活动中发挥着重要作用。一旦我们将康德的理性观念改进为生态理性观念，崇高审美便顺理成章地走向了生态审美。此章认为，只需要将康德意义上的理性观念扩大为生态观念，以生态观念为引导来进行审美欣赏，就会顺理成章地得出"自然全好"的结论来：康德提到的火山、海啸等被称为"自然灾害"的现象，也同样具有肯定性审美特性和审美价值。针对中国当代自然美学的"自然的人化"及其"美不自美，因人而彰"观念，此章针锋相对地倡导"自然的自然化"，并将基于这一命题的生态审美学之理论要义概括为如下四句话：美者自美，因人而显；生态审美，生生不息。

康德在"崇高的分析"的后半部分，用了整整12节的篇幅（§43－§54）来讨论艺术及其相关问题。第八章"艺术：代自然立言"并不试图全面地研究康德的艺术理论，而是旨在从中合理地引申出生态的艺术美学。此章认为，康德对于"艺术—天才—自然"三者关系的看法，与清代画家石涛的"代山川立言"说非常类似，可以被阐释为"生态艺术美学"——艺术的根本功能不是表达艺术家的思想情感，而是"代自然立言"，因为创造艺术的"天才"正是自然的产物，即自然的一部分，整个自然因而可以通过天才来为之"代言"。因此，生态艺术美学的最终落脚点就是"如何代自然立言"。康德提出，艺术可以通过各种技巧，将自然之中那些"丑的"事物"美地"呈现出来，从而侧面涉及"丑"的问题。此章认为，判断某物是丑的，同样是在做审美判断；此章仿照康德"美的分析"的四个契机，依次提出"丑的分析"的四个契机，并将之改造为"生态审美判断"的四个契机。康德在讨论构成天才的心灵能力时，明确地将观念区分为"感性观念"（通常翻译为"审美观念"）与"理性观念"两类；如何将后者用感性形态呈现出来，就成了艺术创作的重大问题。此章认为，生态艺术就是用感性形态表达或呈现理性的生态观念，康德的理论思路可以为我们提供很多启迪，其要义即"生态理性观念的感性表达"。

第九章"从先验观念论到生态实在论"对应的是《判断力批判》第二章"审美判断力的辩证论"。这一部分的第55—57节提出了鉴赏力的二律背反及其解决途径，第58节则明确提出了"自然及艺术的有目的性观念论"并将之作为审美判断力的唯一原则。此后的两节特别是第60节，则是整个"审美判断力批判"的总结。我认为，以康德为代表的现代美学之所以是"非生态的"，原因在于其哲学基础主要是观念论，也就是康德的先验观念论及其后学所发展出来的变种，统称为"德国观念论"（Germany idealism）。众所周知，观念论主要关注观念问题，其对立面实在论所关注的实在问题通常被遮蔽——而生态审美学所要拯救的生态危机却是实在世界的实在问题。有鉴于此，为了超越康德的审美理论，我们必须从他的先验观念论走向实在论，我将这种实在论称为"生态实在论"，也就是基于生态学科学的实在论——生态科学所揭示的现象和事实都是真实的、实在的，其真实性都是确定的。为了实现这一学术目标，此章依次讨论了如下一系列问题：（1）康德先验观念论的理论内涵；（2）康德先验观念论对于其审美理论的影响与制约；（3）康德对于实在论与观念论之关系的论述以及从先验观念论走向生态实在论的理论契机；（4）立足于生态实在论，整合当今国际范围内生态美学的八种立场。

Ecoaesthetics and the Effective Growth of Aesthetic Theoretical Knowledges

Cheng Xiangzhan

Abstract Taking 1735 and 1972 as the temporal marks, the whole history of aesthetics might be divided into the following three historical stages, the pre-modern, the modern and the post-modern. As post-modern aesthetics, Ecoaestheitcs aims at criticizing and transcending modern aesthetics. The scholarly belief of ecoaesthetics research is in the effective growth of aesthetic theoretical knowledge, which means to create new type of aesthetic theoretical knowledge to transcend modern aesthetics. Based on this kind of scholarly belief, the best way of constructing ecoaesthetics is criticizing and transcending modern aesthetics represented by Kant's aesthetics. Only by adopting this way of academic research, can we answer the following two questions at the same time: why modern aesthetics is nor-ecological and why ecoaesthetics is ecological.

Key Words ecoaesthetics; Kant's aesthetic theory; ecological interpretation; ecological reconstruction

Author Cheng Xiangzhan, professor and doctoral supervisor of Center for Theory of Literature and Aesthetics, Shandong University, is a Cheung Kong scholar of the Ministry of Education.

生态美学理论建构的若干基础问题[*]

胡友峰

摘要 在生态美学中国话语体系建构中，我们需要厘清若干基本问题。生态世界观的形成与发展问题涉及生态美学的学理基础，生态美学是以生态世界观为哲学基础而建构起来的；生态美学的渊源问题涉及生态美学的起源和学科归属，通过对生态美学渊源的追溯我们可以看到生态美学在学科基础方面在于处理生态学和美学的关系；生态学作为科学，美学作为人文学科，两者结合如何形成合法性问题也是生态美学理论建构需要解决的一个核心问题；生态整体作为一个大的生态圈，无法通过认知加以把握，通过审美的方式则可以把握这种生态整体性，生态整体性的审美思维模式与中国的古典的"空无"思维形成一种会通。

关键词 生态世界观 生态美学渊源 生态美学合法性 生态整体论

作者简介 胡友峰，山东大学文艺美学研究中心教授、博导。

从1987年鲍昌主编的《文学艺术新术语》词典将"文艺生态学"作为新的术语纳入他所编撰的这部词典算起，中国学术界萌生的与"生态美学"相关的研究已经超过了三十年的历史。凑巧的是，在1988年，美国韩裔学者科欧·贾科苏（Jusuck Kou）就发表了以"生态美学"为标题的论文。由此，生态美学作为一种崭新的美学形态，已经成为世界美学话语

---

[*] 本文系国家社科基金重大招标项目"生态美学的中国话语形态研究"（18ZDA024）阶段性成果。

形态中的一个重要的组成部分。生态美学在中国的发展也经历了引进介绍期、理论建设期和生态美学中国话语体系初建三个时期①。2007年,国家从发展战略的高度将"生态文明"列入基本国策,并提出建设美丽中国的战略构想,生态美学作为生态文明的一个重要组成部分已经成为我们正在进行的事业。学界认为:"生态美学研究迎来新机遇"②。生态美学的蓬勃发展已经成为当今美学研究的一道亮丽的风景线,建构生态美学的中国话语体系时机已经成熟。要建设生态美学的中国话语体系,我们就需要对中西生态美学的理论资源进行梳理,我们要以西方生态美学的发展为参照,弄清楚西方生态美学生成的理论语境、理论资源和内在困境,在此基础上对生态美学的核心概念、范畴和命题进行清理,从中获得启示,为建构生态美学的中国话语体系服务。

通过对西方生态美学理论资源及其问题的清理,我们发现,在当前的生态美学研究中,有以下四个核心问题值得认真地研究,这四个问题是生态美学理论建构的基础性问题:(1)生态世界观的形成与发展问题;(2)生态美学的渊源问题;(3)生态美学的合法性问题;(4)生态整体论问题。

一 生态世界观的形成与发展问题

生态美学的产生与西方生态世界观的形成密切相关。世界观是人们对世界整体的一种看法,"对世界整体的看法构成了对这个世界中具体事物看法的基础",世界观直接影响到对这个世界中具体事物的看法,具体事

---

① 有关中国当代生态美学的发展历程,我在《中国当代生态美学研究的回顾与反思》一文中有着非常详细的描述,参见《中州学刊》2018年第11期。
② 《中国社会科学报》2018年12月7日以此为题目发表述评,认为新时代发展生态文明,建设美丽中国,为我国生态美学研究提供了新的机遇与广阔前景。

物之间是相互联系的,还是分割断裂的,都与世界观问题密不可分,世界观是一整套严整的逻辑体系,"世界的整体性质具体精致化为一套严整的理论"①,生态美学是在生态世界观影响下发生和发展起来的。20 世纪以来,由于地球生态环境遭到破坏,西方的一些学者把生态问题提升到世界观的角度来思考,从而建构了一种生态型的世界观,这种世界观把世界看作一个系统的整体,这个系统具有有机性和系统性特点,单个生命只有在这个系统中才能够获得有效性。在生态世界观的发生发展过程中,德国学者恩斯特·海克尔生态学概念的提出、欧美国家的浅层生态运动、挪威学者阿伦·奈斯深层生态学理论、美国学者蒂莫西·莫顿(Timothy Morton)黑暗生态学观点的提出对生态美学理论建构影响较大。

德国的博物学家恩斯特·海克尔首先提出了"生态学"这一术语,1869 年 1 月海克尔在耶拿大学哲学系所做的演讲中对"生态学"进行了界定:"我们通过'生态学'一词来指涉这样一种学问:它涉及自然经济学的全部知识体系,包括动物及其有机环境之间的全部关联,即整个自然经济系统中动植物之间友好的与敌对的、直接的与间接的关联。一言以蔽之,生态学是一种研究达尔文进化论中作为生命体生存条件的复杂关联的学问。"② 这句话就已经说明生态学是对生命有机体的研究,是一种对系统的整体性的有机生命体的研究,海克尔所提出的"生态学"概念,为生态美学的发展做了理论上和术语上的准备。它意味着西方世界观从之前的物质本体转向生命本体,西方哲学从之前关注物质实体转向关注生命问题。

20 世纪 50 年代以来,随着发达资本主义国家科技的飞速发展,人类对自然的干预和控制也越来越严重。能源消费、环境污染、资源枯竭等生

---

① 张法:《中西美学与文化精神》,北京大学出版社 1994 年版,第 12 页。
② Stauffer, Robert C., Haeckel Darwin, and Ecology, *The Quarterly Review of Biology*, 32 (1957: 2), pp. 138 – 144. 转引自曾繁仁《生态美学基本问题研究》,人民出版社 2015 年版,第 4 页。

生态美学
Ecoaesthetics

态环境问题日益严重，成为社会发展的"公害"。美国作家莱切尔·卡逊《寂静的春天》、德内拉·梅多斯《增长的极限》对工业文明对生态环境的破坏所造成的后果进行了描述和批判，特别是《寂静的春天》的出版使得美国颁布了一部环境保护的法律。针对环境污染和资源消耗，发达资本主义国家制定了一系列法律法规来保护生态环境，它们的目标是"反对污染和资源消耗，其中心目标是保护发达国家人民的健康和财富"[①]。这是一种浅层的生态运动，它将人类的利益放在首位，在不侵害人类利益的情况下改善人与自然之间的关系，这是一种典型的"人类中心主义"行为。

1967年，怀特（Lynn White Jr）发表了《我们生态危机的历史根源》一文，将西方生态危机的根源归结为西方历史及其文化的原因，古希腊哲学的科学理性精神及其中世纪基督教哲学是生态危机的历史根源，从此开启了生态研究的人文向度。阿伦·奈斯于1973年在《探索》杂志上发表《浅生态学运动和深层长远的生态运动：一个概要》一文，提出"深生态学"的重要概念。所谓"深生态学"，相对应的则是"浅生态学"，阿伦·奈斯在文中明确区分了浅生态学运动和深生态学运动。浅层生态学是一种环境保护政策，而深层生态学则在于提升人类的"生态智慧"，人类"生态智慧"在不同的时代有着不同的要求，因而深生态学运动则是一项未竟的事业，奈斯分析后认为"深层生态学"具有以下七个主要特点。（1）反对人处在环境中心，支持人与环境的和谐共生。（2）生物圈平等原则。生态圈生物包括人在内都是平等的。（3）多样性和共生原则。多样性增强了生存的潜力，增加了新生活方式的机会，使生命形式丰富多彩。（4）反等级态度。等级制度约束了自我实现的潜力。（5）反对污染和资源消耗。深生态运动要担负起伦理责任，旗帜鲜明地反对环境污染和资源消

---

① Arne, Naess, "The Shallow and the Deep, Long-Range Ecology Movement: A Summary", *Inquiry*, 16 (1973: 1), pp. 95–100.

· 133 ·

耗。(6) 复杂却不混乱。生物圈中的有机体，其生活方式和相互作用，呈现出高度复杂性，因此要把它看作一个庞大的系统来考虑。(7) 区域自治和分散化。区域自治的加强有助于减少能源消耗，而减少决策层级链的环节则有助于加强区域自治。深生态学重视生态环境保护中的区域自我管理以及物质和精神上的自我满足。

阿伦·奈斯强调深层生态学运动的规范和趋势不是通过逻辑推演或归纳法从生态学中派生出来的，而是要确定一套生态原则的行为规范。他认为生态运动应该是生态哲学的，而不是生态学的，生态学是一种科学，而生态哲学则是一种人文学科，生态的危机科学是无法解决的，只能付诸"生态智慧"的生态哲学方法。阿伦·奈斯认为在生态主义（浅层生态运动）的名义下，很多偏离深层运动的做法都得到了支持，一个是片面强调污染和资源消耗，另一个是忽略了欠发达国家和发达国家之间的巨大差异而倾向于一种模糊的全球策略，但实际上地区差异则会在很大程度上决定未来几年的政策。[1]

深层生态学是对浅层生态学人类中心主义的反驳，特别是对生态知识的超越。这里的"深"，指的是将人类意识中的深层"生态智慧"发掘出来，培养出具有生态意识的生态公民，从而达成人的自我实现的价值。奈斯认为，自我须经历"本我——社会自我——生态自我"三个阶段，在生态自我阶段人与自然之间实现和谐共生的关系。这实际上也是一种自然的"人化"，它不是通过物质实践——劳动来追求自然的人化，而是通过对人类意识的生态改造来追求人对自然的干预，最终实现人与自然的共生共荣，这是一种现象学—存在主义阐释路径。这种阐释路径从自然生态、社会生态层面走向了精神生态层面的把握。要解决当今日益突出的生态危

---

[1] Arne, Naess, "The Shallow and the Deep, Long-Range Ecology Movement, A Summary", *Inquiry*, 16 (1973: 1), pp. 95 – 100.

机，深层生态学给出的答案是塑造具有"生态意识"的人，这是一种典型的人文主义的阐释方式，相对于浅层生态学的"人类利益"，深层生态学突出了"人的生态精神"的培养和陶冶，但是两者之间的共同之处就在于把"人"作为生态世界观的核心，两者的基本思路还是将自然"人化"。

美国学者蒂莫西·莫顿（Timothy Morton）认为，真正的深层生态学应该是他所称为的"黑暗生态学"。在《祛魅自然生态学——重思环境美学》一书组成的三篇文章中，莫顿认为，环境思维的主要障碍是自然本身的形象。生态作家提出了一种新的"生态"世界观，但他们对保护自然世界的热情使他们远离了崇敬的"自然"，这个问题是我们身处其中的生态灾难的征兆。他提出了一个看似矛盾的问题：要有一个恰当的生态观，我们必须彻底放弃对自然的看法，恢复自然的本真样态。全书最重要的部分是第三章"祛魅自然生态学的假想"，莫顿提出了一种全新的生态批评形式："黑暗生态学"（Dark Ecology）[1]。在黑暗生态学看来，生态学要祛除人类加载在自然身上的无穷意义，要恢复自然的本真样态，自然不应该是作为人的一种审美幻想存在，而应该有自己的本真存在，黑暗生态学采用的祛魅自然的方法，将人类加载在自然身上的各种"魅"去掉，恢复自然本真，这在一定程度上延续了环境美学家齐藤百合子、加德罗维奇和巴德的"以自然的方式欣赏自然"的自然欣赏模式，但是"黑暗生态学"肯定"怪诞"作为自然的本真样态，认为"自然的秽物"是自然世界的真实存有，自然并不是人类审视自身的"镜子"，不是"他者"，而具有自己的本性。莫顿批判"深层生态学"作为"生态智慧"（ecosophy）具有人本化的倾向，提倡"无自然的生态学"（ecology without nature）和"无环境主义的生态学"（ecology without environmentalism）。黑暗生态学彻底地反思了

---

[1] Morton, Timothy, *Ecology without Nature: Rethinking Environmental Aesthetics*, Cambridge: Harvard University Press, 2009, p. 181.

环境美学的"人"对自然的介入,强调保持自然的本真和神秘性,要保持自然的本真样态,就必须消除人类加载给自然的意义和对自然本身的人工改造,强调要使自然"去中心化"和背景化,让自然远离人类的想象,如此自然才能成为"真正生态的"。

从生态学概念的提出,到浅层生态学,再到深层生态学,最后到黑暗生态学,生态世界观发生了巨大的转移,这种转移的最大的特点就是人的因素逐渐退却,而自然的因素在逐步上升,在浅层生态学中,人类利益居于中心地位,在深层生态学中,培养具有"生态意识"的公民成为其思考的重心,这两者具有内在的一致性,就是将"人"放在生态学的核心位置,而在黑暗生态学看来,要以"自然"为中心,承认自然的"污秽",要使自然去"人"化,自然才能是真正"生态"的。西方生态世界观从"人"转移到"物",意味着承认人不再是万物的中心,而是万物平等,自然与人一样具有生命的价值与权利。生态世界观的转变对生态美学的理论建构意义重大,生态美学建构的理论依据从科学的生态学转向人文的"生态智慧",再走向按照自然的方式建构生态美学,这是生态美学理论建构的内在逻辑理路。在不同生态世界观的指引下会形成不同的生态美学建构方式。以生态学为基础,建构了科学型的生态美学(比如卡尔松的科学认知主义的生态美学);以"人化"的深层生态学为基础,建立了生态存在论的生态美学(比如曾繁仁教授的生态美学自觉追求生态观、人文观和审美观的统一),蒂莫西·莫顿的黑暗生态学肯定自然的"怪诞"因素,保持自然的神秘性,这与西方当代环境美学中"以自然的方式欣赏自然"是一脉相承的。

二 生态美学溯源

上面分析了生态世界观的形成与发展,它是生态美学得以产生的哲学基础，那么，生态美学又是如何产生的呢？国内从事生态美学理论研究的学者认为，生态美学是中国的首创，国外没有生态美学相关的理论著述。汝信和曾繁仁先生就认为生态美学是我国学术界的首创，生态美学研究在国际上是一个空白，生态美学的理论建构无论是从理论意义还是实践意义来说都是巨大的[1]。这其实是由于语言的隔阂而造成的一种误解。事实上，从国际范围内来看，在标题中首次出现"生态美学"（ecological aesthetics）的文献是美国学者米克发表于1972年的《走向生态美学》一文[2]。这篇论文是米克出版的著作《生存的喜剧——文学生态学研究》中的第六章，题目就是"走向生态美学"。在文章中米克首先回顾了理论美学的历史，认为"艺术和自然"的论争一直主导着这段历史，美学理论在传统上就强调艺术创作和自然创造的分离。艺术被看作人类灵魂"更高级的"或"精神化的"产品，不能和生物学中"低等的"或"动物"的世界相混同。无论把艺术看作非自然的，还是声称在艺术中看到人类精神对自然的超越，这两种观点都扭曲了自然和艺术的关系。米克认为达尔文的进化论使人们对生物进程有了进一步审视，并意识到人类中心论高估了人类精神性的同时低估了生物复杂性，动植物和人类的关系比之前想象得更紧密。因此有哲学家尝试从生物学知识的角度重新评估美学理论并产生美学概念的修正，生态美学的概念就呼之欲出。这一切表明，当艺术形式具有类似生物有机体的结构完整性时，才会表现出色，艺术作品也有自己的骨骼和生理机能，也有决定相应良好状态的内部平衡。米克认为这一思路是卓有成效

---

[1] 曾繁仁在《论我国新时期生态美学的产生与发展》[《陕西师范大学学报》（哲学社会科学版）2009年第2期]、汝信在给曾繁仁先生专著《转型期的中国美学》所写的序言中均提及生态美学是我国的首创。刘成纪在《生态美学的理论危机与再造路径》[《陕西师范大学学报》（哲学社会科学版）2011年第2期]一文中对这种首创说及其中西生态美学的差异进行了论述，认为由于语言的隔阂，西方生态美学先于中国生态美学而产生，但是中国生态美学的理论建构并没有受到西方的影响而呈现出自己独特的创新性。

[2] Meeker, J. W., *The Comedy of Survival: Studies in Literary Ecology*, New York: Charles Scribner's Sons, 1972, p. 119.

的，有助于消除一直以来自然和艺术的错误对立。文中米克引用了古希腊神话中神创造人和动物生命的故事去论证在人类看来，野生动物比人类自身更具审美愉悦性，人类对美丑的概念是建立在自省的基础上的。面对美学中一些长期没有解决的问题如怎样区分美丑，标准又是从何而来等，米克认为美学理论如果在"美"的定义中融入自然的概念，以及借鉴部分当代生物学家和生态学家已经形成的自然和自然过程的概念则会使美学更加有效。米克还提倡打破人文和科学的界限，跨越科学和人文的鸿沟，因为无论是哲学家还是科学家的研究，都在用不同的研究方法去力证人类对视觉形式的审美愉悦取决于对形式生物完整性的感知，有机体的形象在自然或艺术中都是具有视觉美感的。在该文中米克也探讨了生态学和艺术的平衡，认为伟大的艺术作品和生态系统很相似，之所以给人以满足感是因为它提供了一种综合体验，把高度多样化的元素融入了一个平衡的整体。对生态系统来说高度的复杂性和多样性也是维持生态系统整体的必要条件。而从美学价值上说，人类对美的感觉也是日益满足于每一个前进阶段的演进多样性的。米克认为美学和自然的生态概念之间的相似性能使二者互补，且能共同改变一直以来由于过分简单化地看待自然而造成自然美学不被重视的历史。米克从全新的角度把生态学看作调和人文和科学研究成果的一个前所未有的机遇，是一种全新而强大的现实模式，它阐释了人类和自然环境的相互渗透性——人类和自己的作品都是世界生态圈的元素，而自然过程为人类思想和创造提供基本的形式[1]。米克这篇论文信息量极大，他一方面引入了生态学的概念改造美学的传统，将美学从艺术哲学中解救出来，另外通过自然与艺术的对比，将生态美学的研究的核心概念——生物多样性问题提了出来，并将生态美学看作一种跨学科的研究手段。但是

---

[1] Meeker, J. W., *The Comedy of Survival: Studies in Literary Ecology*, New York: Charles Scribner's Sons, 1972, pp. 119 – 131.

生 态 美 学
Ecoaesthetics

值得注意的是,这篇文章发表于1972年,与赫伯恩开环境美学之端的名文《当代美学及其对自然美的忽视》相隔了六年,表面上看米克的文章似乎是一篇有别于环境美学的"生态美学"论文,但是文章中称一些哲学家"试图根据生物学知识重新评审审美理论",并重构审美理论,通过艺术美与自然美的比较来建构其"生态美学"形态,因此,他并没有超出赫伯恩、卡尔松等环境美学的理论框架,因此,加拿大学者卡尔森认为,真正担当"生态美学之父"殊荣的应该是美国生态学家利奥波德。利奥波德在1949年出版了他的代表作《沙乡年鉴》,如果利奥波德是生态美学之父,那么,生态美学的诞生年份需要推演到1949年《沙乡年鉴》的出版。[1] 利奥波德倡导的生态整体思想为生态美学提供了有力的理论支持。利奥波德特别强调"荒野"价值和大地伦理问题。首先,利奥波德认为荒野不仅具有娱乐价值,还具有生态学价值、美学价值和文化价值。荒野是一种只会减少而不能增加的资源,人类要承担起保护荒野原样存在的义务并重新建立人与自然的关系。其次,利奥波德在大地伦理学中探讨了审美与伦理学的关系。他认为人类在对待生态环境时要做"有助于维持生命共同体的完整、稳定和美丽的事情,就是正确的,否则就是错误的","美"成为生命共同体的一个重要特征,人类有伦理责任维护大地之"美"。再次,利奥波德的生态美学扩大了审美对象的范围,认为一切自然环境都可以成为审美对象并提倡审美活动是多种感官的综合参与。最后,利奥波德探讨了审美与生态学、生物学知识的关系,他认为科学知识可以改变和强化人们的感知,但也并不能保证正确地欣赏大地之美,因为人对大地的热爱才是最重要的。除此之外,利奥波德还提出了生态观教育,即教育应该培养公民的生态意识,树立他们的生态整体观念,在欣赏自然的同时,获得生态审

---

[1] Leopold, Aldo, *A Sand County Almanac: with Essays on Conservation*, New York: Oxford University Press, 2001.

美的愉悦感。利奥波德的生态美学在西方产生了深远影响，被评价为"一种新的自然美学，是第一个建立在生态和自然演化史知识上的自然美学"[1]。这种新型的自然美学其实就是生态美学，利奥波德在书中论述了美学与生态学的关系、生态审美问题，以及生态审美教育问题，他本人将自己的美学称为"保护美学"（conservation esthetic）而不是生态美学。但是从精神实质来看，利奥波德的美学具有了生态美学的精髓。利奥波德与米克的共同倾向都是将生态学观念和知识运用到美学之中，其关键问题都是在处理生态学与美学的关系问题，可以视为西方生态美学的渊源。

如果说西方生态美学在建构的初期始终强调生态学知识在美学理论建构中的作用，并没有将环境美学与生态美学严格地区分开来，那么，中国生态美学的理论建设者并没有将生态知识作为一个严格的要素加入生态美学的理论架构之中，中国生态美学家习惯从生态哲学的思维范式出发，从生态哲学直接推演出生态美学。这可能与中国美学的学科归属有很大的关系，美学作为哲学的一个二级学科，从哲学到美学是一个言之成理的演进过程，德国学者汉斯·萨克塞的《生态哲学》（［德］汉斯·萨克塞：《生态哲学》，文韬、佩云译，东方出版社1991年，该书提出的反对"人类中心主义"的观点一直是中国生态美学理论建构的核心观念）和海德格尔的存在论哲学成为中国生态美学理论建设者首要的理论资源，反对人类中心主义的观念、人与自然和谐统一的理念等成为中国生态美学理论建构的核心命题，这与中国生态美学建设者所面临的学术背景有很大的关系，即面对实践美学的"人化自然"的理论难题，从实践的层面上难以解决自然美的难题，而生态美学理论建设者则依从生态哲学（在一定程度上是奈斯的

---

[1] Callicott, John Baird, *Leopold's Land Aesthetics*, Journal of Soil and Water Conservation, 38 (1983), pp. 329–332.

深层生态学观点)"反对人类中心主义"观念出发,阐释了"人与自然和谐共生"的美学理念,这是一种哲学反思层面的生态美学建构范式,与西方从生态知识学出发的建构方式迥然不同。

三 生态美学的合法性问题

前面从词源学和内在精神实质方面追溯了生态美学的渊源,其实真正将生态学知识与美学进行联结的是美籍韩裔学者科欧·贾科苏。他在《生态美学》一文中,分析了传统的以"形式"为核心的景观美学、现象学美学和生态美学之间的区分,认为生态美学的基础是生态设计论和创造论,并提出了生态美学的三条基本原则:包容性统一原则、动态平衡原则和补足性原则,包容性统一就是人与环境之间的相互作用,两者之间形成一个生态场域,生态设计要关注人与环境之间的互动;动态平衡是对传统形式主义以"如画"原则为核心的景观美学的超越,景观美学是一种静态的平衡原则,强调的是一种"静观",而生态美学的动态平衡则强调生态设计及其设计过程的"不对称"、"不平衡","动态平衡原则要求设计师将重心从传统的形式顺序转移到过程的顺序上","动态平衡原则指的是创造过程中产生的质的不对称性和审美形式的不对称性,因此这一原则将西方静态、形式平衡与东方美学的动态、质的平衡结合起来";互补性原则既反映了世界的整体观,即主体和客体,时间和空间的不可分割性,又反映了创造力的整合性,将创造的意识和无意识整合起来,同时也整合了西方的形式美学和东方的否定论美学。[①] 贾科苏的生态美学具有了非常强烈的生态学色彩,但是将生态学这门科学与美学这门人文学科融合起来形成的生态美学有没有合法性呢?

---

① Koh Jusuck, *An Ecological Aesthetic*, Landscape Journal, 7 (1988), pp. 177 – 191.

在这方面,西方学界的生态友好型美学就试图解决这一理论难题。解决方式,简而言之就是试图发掘生态学与美学的内在关联,将生态学的知识作为一种理论语境,通过提高生态审美感受力来建构生态友好型的美学,将生态学知识作为一种语境因素而不是科学知识,从而解决生态美学的合法性问题。

1995 年,美国学者戈比斯特(Paul H. Gobster)发表了《利奥波德的生态美学——整合审美价值与生物多样性价值》[①]一文,试图将审美价值与生态价值联系起来。该文的思路是讨论传统审美偏好制约下的审美价值与包括生物多样性价值在内的生态价值之间的矛盾冲突及其解决途径。作者认为日益增长的公共需求引起非商业价值的扩展,新的林业和生态管理策略应运而生来应对公众对生态多样性的关注,但是在管理多种非商品价值如生物多样性和美学中的潜在冲突几乎没有提及。作者用三个实例来证明非商品价值之间的冲突,从而表达了健康多样化的森林在美学上未必总是令人愉悦的这一矛盾,认为提高生物多样性的实践可能和提升视觉品质或减轻森林砍伐视觉影响的做法相抵触,作者认为要解决这一矛盾,把森林美学的目标更成功地和生态系统的健康和生物多样性相融合,需要森林的管理者开拓自己在森林景观美学方面的思路。在文中,作者论述了影响深远的风景美学和利奥波德的生态美学的本质区别:前者对审美愉悦的追求是初级的,仅仅从欣赏风景中获得而不关乎其生态完整性,而后者的愉悦感是来自景观并知晓它是生态"健康的",是生态整体的一部分。人和景观的互动和结果是生态美学中最重要的部分。作者高度评价了利奥波德的生态美学对解决风景审美和生物多样性价值冲突方面的指导和启示,也提出了自己把生态思想和森林美学的规划、项目发展和管理有机融合的建

---

① Gobster, Paul H., *Aldo Leopold's Ecological Esthetic: Integrating Esthetic and Biodiversity Values*, Journal of Forestry, 93 (1995: 2).

议。这些可能的途径包括了拓展风景长廊项目的概念、把背景因素融入生态管理、展示一种显著经验性的特质、通过生态设计来展示生态美、为理解可持续的森林生态系统实践提供信息、帮助公众更深度地理解和感受生态美等。戈比斯特还强调体验——即人们用心灵和感情去理解、欣赏并最终有目的地落实在环境上，是生态美学的核心要素，也是使用和接受可持续森林生态系统管理的关键因素。在这篇文章中，"生态美"虽然被提出，但对它的进一步论证还没有体现。

两位美学学者于 2001 年合编了一本论文集《森林与景观——将生态学、可持续性与美学联结起来》[①]，该论文集的作者来自加拿大、美国和英国。书中除了回顾利奥波德提出的生态美学的发展状况和日后的发展前景外，主要认为生物多样性、生态系统平衡与生态美景、大众的审美偏好之间的矛盾并非像想象中一样不可协调。如果能更加全面地解读审美在景观规划，在构想、衡量及解决相关问题方面表现出来的内容，或许能为处理审美和可持续性生态价值之间的已知冲突提供一个新思路。首先作者认为应该避免非此即彼的二元结构，在更为宽泛和多元价值框架内减少审美和可持续性的矛盾和冲突，这需要考虑到这些多元价值观各自的合理性，发掘它们各自有利的因素，并将它们整合到一起实现人与自然可持续发展的共同目标。作者呼吁通过增加对话和沟通，并避开个人偏好的美学评价方法，真正从生态美学的角度客观处理森林景观方面的问题。该书同时认为，森林资源管理必须既考虑林木采伐管理计划的各种审美后果，又考虑公众对于森林生态系统管理的可持续之感知。文中作者认为联结可持续性生态价值和美学是机遇与挑战并存的，这或可引领可持续的森林管理模式在美学维度上的一次新变革。2007 年，戈比斯特等四位美国学者联合发表了论文《共享的静观——美学与生态学

---

① Sheppard, S. R. J. and H. W. Harshaw, Eds., *Forests and Landscapes*: *Linking Ecology, Sustainability and Aesthetics*, New York: CABI Publishing, 2001.

有什么关系?》[1],这篇文章探讨了美学与生态学的关系以及生态美学的可能性。作者认为美学在理解和影响景观变化方面具有重要作用,美学和生态学之间是对立还是互补的关系将以不同的方式影响景观。从景观的角度考虑,美学和生态学在很多方面存在关联和互动,美学有助于预测景观改变以及其对环境的冲击,比如审美体验能促进景观的改变,景观可感知的审美价值能影响人们对生态质量的关注等。另外,在审美体验与生态功能的分离这个美学和生态学论战的中心问题上,作者提出了可能的解决方法,赞同拓宽景观美学的范围以显示生态进程的合作理念,同时也探讨了在景观审美偏好与生态目标发生冲突时,前者能否从实践和伦理的角度做出改变,以及有利于生态健康的景观能否从满足审美偏好的角度来设计等。作者用景观中人和环境的互动模式来阐明美学和生态学的关系,认为景观模式在人类感知的范围内提供了生态信息,景观感知和知识在审美体验中扮演重要角色。景观的生态学价值在于它能给懂得欣赏生态现象的人以愉悦感等,但是作者没有对从生态学价值的认可衍生出的愉悦感是否是审美体验这一美学和生态学争论的核心问题进行深入讨论。作者还强调了气氛这一因素对人们景观审美体验的影响,气氛会唤起不同类型的体验,因此为不同的景观和情境设定不同类型的审美体验可能是解决美学—生态的一条途径。在本文中作者探索了怎样通过景观计划、景观设计以及景观管理等方面来建立美学和生态学的理想关系,其生态—美学的概念模式因为强调了生态学与美学的关联,这种立场的美学又被称为"生态友好型美学"(Eco-Friendly Aesthetics)。美国学者林托特 2006 年就发表了《走向生态友好型美学》一文。[2] 作者建议环保主义者破除自然界的神话和误解而使个人趋于生态友好,通过真正了解自然、祛除对

---

[1] Paul H. Gobster, Joan I. Nassauer, Terry C. Daniel and Gary Fry, *The Shared Landscape*: *What Does Aesthetics Have to Do With Ecology*? Landscape Ecology, 22 (2007: 7), pp. 959 – 972.

[2] Lintott, Sheila, *Toward Eco-Friendly Aesthetics*, Environmental Ethics, 28 (2006), pp. 57 – 76.

自然的恐惧以及了解基于何种背景，自然才会变得友好，人们可以逐渐审美地欣赏原来似乎不可能欣赏的自然。林托特认为审美吸引力对环保主义者来说是一个极有价值的工具，其潜力是远超科学教育的，因此对生态友好的追求是必须且必要的。对生态友好型美学的研究应该融入共同致力于保护大自然的行动之中。

生态美学的合法性问题，从学科构成上集中反映在生态学和美学的兼容性的问题上。从生态学的视角切入美学，就是生态世界观怎样在美学中实现的问题；从美学视角切入生态学，就是如何在践行生态世界观时，并不排斥隶属于感性范畴的主体的体验性和想象性介入，亦即合乎美学作为感性学的内在规定性和相应的学术规范的问题。简言之，就是如何把理性的生态世界观和感性的审美鉴赏有机融合在一起的问题。因此，就要深化生态美学作为一门美学学科的自身理论的思考，避免出现有"生态"无"美学"的尴尬局面。对此，柏林特认为："生态学的最佳用途是作为一种隐喻来描述环境审美体验的整体主义和语境性特征。"进而指出："当科学知识使我们对我们的环境交往具有更强的感知力时，它就是与审美相关的，而且能够提高我们的欣赏感受。当生态学或其他科学信息通过拓展我们的知觉意识及其敏锐度来提高我们对自然的知性欣赏和赞美时，它所提供的就是具备审美意义的认知价值。"[1] 毫无疑问，在柏林特看来，生态学所提供的生态知识，仅仅在提高人的"审美感受力"上起作用，此种意义上讲，生态学对于生态世界观的建构所起的作用，要通过审美体验才能实现，它只是起到"语境性"的作用，而不是直接起作用。这就有力地规避了，在生态学和美学发生学科交叉时，美学因为生态学的掣肘泛化为科学，从而失去了美学作为感性学的学科规定性问题。

---

[1] ［美］阿诺德·柏林特：《生态美学的几点问题》，李素杰译，《东岳论丛》2016年第4期。

四　关于生态整体论的研究

生态美学得以成立的一个核心问题在于生态整体论世界观的确立，生态整体世界观是一种区别于"实体"本体论的世界观，它把世界看成一个系统的生态整体，这一整体相互联系而不能分割。海德格尔的存在论哲学，生态现象学方法和贝特森的心智生态学等都属于对生态整体论进行研究的学说。

海德格尔所提出的"诗意栖居""天地神人四方游戏说"等成为生态整体论哲学得以建立的思想基础。存在论生态哲学所遵循的主要研究方法是现象学方法。只有从生态现象学与生态存在论哲学的崭新视角才能理解生态美学。海德格尔的现象学方法建立人与自然须臾难离的"此在与世界"在世模式，创建"天地神人"四方游戏的生态世界观，呼唤解决生态危机的"诗意栖居"。梅洛-庞蒂的身体现象学是生态现象学的新发展，梅洛进一步地挖掘了生态现象学的方法，走向学科化的生态现象学。[①]

如果说上面谈及的生态存在论哲学和生态现象学方法还是从世界观的角度来论及生态整体论，并没有论及生态整体审美论的精神实质，那么，格雷戈里·贝特森（Gregory Bateson）的生态整体论则从生态认知的视角解决了生态系统的整体性问题，从而将生态整体论问题落实到了生态领域。贝特森认为，生态恶化的内在威胁是认识论的错误，人类对自然的控制构成生态恶化的根源。生态学作为科学的局限性也恰恰反映在这里，它通过量化方法来控制和管理自然的思想，非但对拯救生态危机于事无补，而且因其控制自然的思想以量化手段的实施，成为生态困境进一步加剧的直接推手。基于此，贝特森从生态学的局限性入手，通过美学的出场，形成与生态学的互补之势，并引入西方现代科学的理论成果"三论"（控制

---

① 曾繁仁教授对生态整体论的分析主要是从海德格尔存在论哲学和现象学方法入手进行的。

论、系统论和信息论），形成了他的递归认识论———一种旨在克服人类与自然的割裂状态的整体主义认识论。递归认识论将人类生态系统看成一个自反性的恒温器（reflexive thermostat），恒温器构成一种关于人类持续生存的递归式模型，向我们昭示了这样一种生存状态：人类生活在一个递归性的世界中，只有在递归性的因果联系下"靠自己生活"（live upon themselves），才能使生存跨越时间的长河而走向持续生存，而在此过程中，生态系统经历或长或短的时间，回到其出发的原点，完成一个递归过程。[1] 递归认识论构成贝特森生态整体论的理论核心，而美学对生态学的介入与修正，构成生态整体论的关键环节。贝特森晚年对生态美学的提出则是其考量生态整体论的直接结果。在贝特森看来，生态学只能解决部分问题，而美学才能洞见生态整体。他提出生态美学的核心就在于解决生态整体性问题，生态美学是自然而然提出的，原因在于，贝特森认为生态学有理论局限性，需要美学对其矫正和平衡，必须用美学和生态学发生学科交叉，在美学与生态学的交叉的界面上，思考所有的问题。生态学知识只能解决局部的生态危机问题，而生态系统的危机只能通过生态美学加以解决。张法通过对贝特森的生态美学研究后认为："生态系统具有两个层面，一个是具体时空中的生态系统，可以用生态学的知识来加以把握，二是与具体时空中的生态系统紧密相连的整个地球乃至宇宙生态系统。"[2] 在具体时空中的生态系统，我们可以通过生态学的知识加以理性的干预，建立一种新型的审美感知模式，即建构一种生态美学范式来解决局部的生态危机问题，但是这种范式还是一种实体型的审美范式，它无法解决整个地球乃至宇宙生态系统的整体性问题，贝特森则认为我们可以通过审美对总体性的

---

[1] Harries-Jones, P., *A Recursive Vision: Ecological Understanding and Gregory Bateson*, Toronto: University of Toronto Press, 1995, p. 80.

[2] 张法：《西方当代美学的全球化面相（1960年以来）》，中国人民大学出版社2017年版，第110页。

一瞥，能够在无意识当中认识到事物的总体。① 张法认为，贝特森的这一观点说明了审美可以把握生态整体，这种把握的方式是通过无意识领域中实现的，"涉及隐喻、诗歌、意象和想象"②，这样，生态整体论才能从世界观的角度落实到审美观的视野。而正是这种生态整体论的审美观，"让西方生态型美学与非西方的美学比如中国古代美学，会通了起来"③，即西方生态美学的整体性思维与中国古代美学的"空无"思维有了会通的可能性，即通过"实"来思维"虚"，在对眼前生态实景的审美欣赏中体悟到宇宙之美、生态圈之美，中国古典美学中的"象外之象""韵外之致"等就构成了贝特森生态整理审美可以比拟的范式。

上面分析了生态美学理论建构中几个重要的理论问题，西方生态美学作为中国生态美学理论建构的"他者"和资源，是生态美学中国话语体系建构的重要坐标系。生态美学中国话语体系建构必须建立在中西生态美学理解与对话的基础之上，生态世界观的形成和发展问题、生态美学的渊源问题、生态美学合法性问题及其生态整体论问题也是生态美学中国话语体系建构中需要解决的重要问题，西方生态美学发展给了解决这些问题的基本思路和参照，如何在借鉴西方生态美学理论原则的基础上建构具有中国特色的生态美学话语体系，是摆在我们每一个美学研究工作者面前的一个理论难题，我也将在《生态美学的中国话语体系建构》一文中予以撰述。

SomeBasic Problems in the Construction of Ecological Aestheticss

Hu Youfeng

Abstract In the construction of Chinese discourse system of ecological aesthetics, we need

---

① 李庆本主编：《国外生态美学读本》，长春出版社2010年版，第176页。
② 李庆本主编：《国外生态美学读本》，长春出版社2010年版，第175页。
③ 张法：《西方当代美学的全球化面相（1960年以来）》，中国人民大学出版社2017年版，第112页。

Ecoaesthetics

to clarify some basic problems. The formation and development of ecological world view involve the academic basis of ecological aesthetics. The origin of ecological aesthetics relates to the subject attribution of ecological aesthetics. By tracing the origin of ecological aesthetics, we can see that ecological aesthetics deals with the relationship between ecology and aesthetics in terms of discipline basis. Ecology as a science and aesthetics as a humanities, how to combine the two to form legitimacy is also a core problem to be solved in the theoretical construction of ecological aesthetics. As a large ecosphere, the ecological whole cannot be grasped by cognition, but the ecological integrity can be grasped by aesthetics, thus forming a connection with the classical Chinese thinking of emptiness.

Key Words Ecological world view; origin of ecological aesthetics; legitimacy of ecological aesthetics; ecological holism

Author Hu Youfeng, Professor and Doctoral Supervisor of Center for Theory of Literature and Aesthetics, Shandong University. He is mainly engaged in teaching and research in literary theory, aesthetics and Chinese modern and contemporary literature, and has made remarkable achievements in the research fields of Kant's aesthetics and the relationship between literature and media.

海德格尔"在世存在"思想及其生态审美意蕴

刘发开

摘要 "在世存在"思想是海德格尔此在分析的核心论题。此在"在世存在"是一个包含着三个环节的整体性生存论结构,而"向死存在"则是此在"在世存在"在时间性维度上的展开。在后期海德格尔那里,此在生存世界的结构为具有动态建构性的天、地、神、人四重整体世界所取代,使得人与天地、自然、世界的关系获得了重新审视和定位,进一步打破了主客对立和人类中心主义的窠臼,蕴含着丰富的生态意蕴,与中国古代生态智慧遥相呼应,为当今时代解决生态危机问题、推动生态文明建设提供了思想资源。

关键词 海德格尔 在世存在 向死存在 四方游戏 生态意蕴

作者简介 刘发开,北京大学外国语学院世界文学研究所博士研究生,主要研究兴趣为生态美学、文艺理论、跨文化研究。

海德格尔的存在论哲学探讨的核心,就是存在者的存在如何从自身出发,如其本然地、不被歪曲地显现或绽现出来。分析海德格尔"在世存在"思想的结构内涵及其蕴含的生态审美意蕴,是理解海德格尔的存在论思想及其当代价值的重要一维。在《存在与时间》一书中,此在被海德格尔置于存在论上的"优先地位",以至于人们对隐含在其中的"人类中心论"立场颇多微词。而在海德格尔看来,"一个'人类中心论的立场'恰恰唯一地竭尽全力去指明：处于'中心'的此在之本质是绽出的，亦即'离心的'（exzentrisch）"①。所谓"此在之本质是绽出的"，意思是说作为此在的存在方式的生存是"绽出之生存"（Ek-sistenz）②。绽出之生存意味着"站出来""出离自身"，而到存在之真理（存在之澄明）中站立。此在之绽出又是先行在"此"的绽出，这个"此"即世界。也就是说，此在作为绽出之生存是从世界（此）中来，到世界（此）中去的生存。在这里，可以看出海德格尔是以某种颇具危险性地站入"中心"（作为"中心"的此在）的姿态来反"中心"（作为"中心"的主体），由此展开了他的生存论分析，即此在"在世存在"、"向死存在"及"四方游戏"的基本结构分析。

一　"在世存在"：此在的整体性生存论结构

"在世存在"是此在"在世界之中存在"（In-der-Welt-Sein，英译 Being-in-the-World）的简称，是海德格尔用连字符将四个德文单词连接成一个具有整体性的概念，对这一概念的阐释和论证是海德格尔《存在与时间》一书中最具启发性之处，也是海德格尔此在分析的核心问题。在海德格尔看来，"'在世界之中存在'源始地、始终地是一整体结构"。③ 这个"在世"的概念整体"总是已经"先行设立，是此在的先天机制。用海德格尔的话来说，此在的存在就是一种"先行于自身的已经在（世）的存在就是寓于（世内照面的存在者）的存在"。④ 理解海德格尔"在世存在"

---

① [德]海德格尔：《路标》，孙周兴译，商务印书馆2001年版，第189页。
② [德]海德格尔：《路标》，孙周兴译，商务印书馆2001年版，第380页。
③ [德]海德格尔：《存在与时间（修订译本）》，陈嘉映、王庆节译，生活·读书·新知三联书店2006年版，第209页。
④ [德]海德格尔：《存在与时间（修订译本）》，陈嘉映、王庆节译，生活·读书·新知三联书店2006年版，第222页。

的整体性生存论结构,须从以下三个构成环节来把握,尽管这三个环节原本不具有可分性:1. 何谓在世界之中的"世界";2. "谁"在世界之中;3. "在之中"本身意味着什么?对于环节 2 的问题,我们已经知晓这个"谁"正是此在本身,因为此在"向来已经"是在世的,此在之绽出是一种先行在世的绽出。此在之所以是一种"在世界之中存在",是因为只要它作为此在而存在,它的本质机制就包含于"在世界之中存在"中。由环节 2 连接出的环节 1 和环节 3,由于"在之中"又只能站出并同时站到"世界"中去,所以环节 3 又与环节 1 相连接,从而构成一个彼此相连的整一性概念。我们不妨先澄清环节 1 中的"世界"概念,进而通过环节 2 将环节 3 的"在之中"的意味揭示出来。

对于"在世界之中存在"的"世界",我们显然不能将之理解为一个外在于人的物理空间。实际上,它被作为"现象"描述出来的意义结构。"根本上是现象学的世界概念构成了从胡塞尔到海德格尔的桥梁。"① 现象学的现象描述方式是显现的,且"世界"概念与世界之内的存在者(包括物、自然物和各类价值物等)根本不相关联。也就是说,尽管存在者就在世界之内,却不能把"世界"看作存在者之规定。对世界之内的存在者,无论是从存在者层次上加以描述,还是从存在论上加以阐释,都无法触及世界现象的边际。"世界"在这里并不指一个作为各种存在者之和的共同世界,不是指此在被抛入其中并在其中与世内存在者打交道的日常世界,也不指加上了我们对现成之物总和的表象的想象框架的主观世界,而是指一般"世界之为世界"。"世界之为世界"是一个存在论概念,它构成一个生存论的环节,因为"在世"是此在的生存论规定,而"世界"是此在本身的一种性质。在海德格尔看来,笛卡儿哲学由于将"世界"解释为"广

---

① [德]克劳斯·黑尔德:《世界现象学》,倪梁康等译,生活·读书·新知三联书店 2003 年版,第 97 页。

延物"（res extensa）而走到了世界存在论的极端。笛卡儿的"广延物"是空间性的，未回到更本源的世界之为世界的"世界性"，遂成为二元论思想的开端。

唯有回到世界才能理解空间，而在"在世界之中存在"这一规定中，"'世界'根本就不意味着一个存在者，也不意味着任何一个存在者领域，而是意味着存在之敞开状态。"[1](P412)我们已经指出，作为此在的存在方式的生存是"绽出之生存"。人（此在）站出到存在之敞开状态之中，存在本身就作为这种敞开状态而存在。"'世界'乃是存在之澄明，人从其被抛的本质而来置身于这种澄明中。"① 当然，作为存在之澄明的"世界"也不是单纯一成不变的沉寂状态，也就是说，它绝不是摆在我们面前可供我们打量的对象。相反，"世界"是活生生的、动态化的，它像七彩的光束一样不断变化、重组、分散、聚集，又时时刻刻照耀着世内存在者，使其得以显现并获得意义。

就以上通过对环节1中"世界"概念的阐述，我们同时也已经明确了环节2的那个"谁"，即作为此在的人在世界之中，并参与了世界意义整体的建构。接下来该对环节3，即这个"在之中"进行一番阐释了。对于这个"在之中"（In-sein），海德格尔运用现象学与生存论的方法进行了全新的阐释。在他看来，这个"在之中"不是通常意义上的一个现成物在另一个现成物之中，这仍然是一种形而上学的认识论方法。就其源始意义而论，"之中"（In）根本不是指一个现成物在另一个现成物中的空间包含关系，而是包含着"居住"（wohmen）、"逗留"（sich aufhalten）等含义。而"存在"（sein）的第一格"bin"（我是）又联系于"bei"（寓于），因此"我是"或"我在"就是指："我居住于世界，我把世界作为如此这般之所依寓之、逗留之"。而"存在"就意味着："居

---

① ［德］海德格尔：《路标》，孙周兴译，商务印书馆2001年版，第412页。

而寓于……","同……相熟悉"。① 因此,作为一个生存论范畴的"在之中"意思就是"同……相亲熟"(Vertrautseins-mit)。在此意义上的"在之中"就反拨了形而上学的主体—客体相分离的认识方法,因为此在与世界是原始统一的、亲密无间的一体,此在原初地就同世界相"亲熟","居而寓于"世界,"依寓于"世界而存在。这实际上挑明了人与自然环境亲密无间、融为一体的原始生态关系。

由此可见,此在生存作为一个整体现象,是由三层结构构成的:一是"先行存在",即此在先行于自身而存在的"生存"(即"筹划",意指此在作为一种"可能之在"总是不断超越自身);二是"已然在世",即此在"总是已经"在世界之中的"真实性"(也即"被抛性",作为此在必然性的先天机制);三是"共存于世",即此在与其他存在者(包括他人)共同"在世",或者说此在"寓于世内存在者与他人共在"的"沉沦"状态(现实性,日常此在的存在方式)。这三层结构构成了作为整体性的海德格尔"在世存在"的基本结构。换言之,存在者先天地就处在与天地万物的原始关联和往返交流中,这种与天地万物先天的、本源的、相融相契的共存关系,不以任何意志为转移,也不依赖任何认识而存在。这实际上揭示出,人并不是把世界作为认识对象来认识、把握、筹划、算计,而是把"在世存在"作为此在的一种原初的生存方式。不论是"先行存在",还是"已然在世",抑或"共存于世",都在揭示这一点:"在世存在"并非时序上的先后关系,不是说人首先存在,此外再与世界发生另外一层的关系;也非空间上的包含关系,不是如同在一间大屋子里似的在世界之中存在;又非时空上的跳脱关系,即不是说人有时处在世界之中,有时又能够脱离于万物、独立于世界之外;而是人先天地、原本地就已经生存于世

---

① [德] 海德格尔:《存在与时间(修订译本)》,陈嘉映、王庆节译,生活·读书·新知三联书店 2006 年版,第 63—64 页。

界之中了,并且这种在世存在的敞开状态无所不在,它是人的本性,是人生存于世的本然处身状态。

二 "向死存在":此在"在世存在"的边缘境域

基于此在"在世存在"的基本结构分析,海德格尔同时还引入了时间性的思考维度,通过在时间性维度下对此在进行分析,以达到从时间来理解存在的目的。这也就是《存在与时间》中从此在存在的意义(时间性)到一般存在的意义(时间)的前期基础存在论思路。从时间性的维度上来看,此在存在于世的终结,就是死亡。正是由于与死亡有某种关系,确切地说,正是此在先行进入死亡的"向死存在",它才能赢获其"操心"的"整全",如此这般的此在的生存也才能成为一个整体现象。

对此在在世的现象分析已经揭示出,此在生存是一个在世存在的整体现象。这一整体结构又可统称为"操心"(Sorge,或译作"忧心""烦"等)的整体结构。问题是,此在又如何具有"操心"的整体结构呢?也就是说,"操心"如何才能获得并成为它的"整全"(Ganzheit)呢?这便涉及了"向死存在"(Sein zum Tode,英译 Being toward Death)的问题。从时间性的维度上来看,此在存在于世的终结,就是死亡。正是由于与死亡有某种关系,确切地说,正是此在先行进入死亡而存在,它才能获得其"操心"的"整全",如此这般的此在也才能成为一个整体。这样一来,死亡现象作为此在的终结,并不是简单的停止生活,生命最后时刻的到来,或与生存无关的毁灭或结束——而总是别的某种东西,确切地说,它不是某种东西(不是"什么",即不是某个对象),甚至也不是死去的过程,而是朝向死亡而存在。"对于此在,死亡并不是达到它存在的终点,而是在它存在的任何时刻接近终结。死亡不是一个时刻，而是一种存在方式，此在一旦存在，便肩负这一方式……"。① 因此，死亡之于此在，并不意味着此在到了尽头，到了它存在的终点，而是意味着这一在者处于为终结而存在的方式中。

死亡是此在的一种存在方式，并且，死亡是一种"可能性"——在这种可能性中，此在必须亲自把它担负下来，它是不可让与且无法替代的。任何人无法替我去死（它是我不可剥夺的财产），也没有人能从他人那里取走他的死。在死亡中，显示出此在存在的"向来我属性"，即唯有自我会死去，且唯一会死去的是自我的这一"必死性"。"生就是死，而死亦是一种生。"对荷尔德林《希腊》诗中的这个诗句，海德格尔阐释道："由于死的到来，死便消失了。终有一死的人去赴那生中之死。在死中，终有一死的人成为不死的。"② 透过这一令人颇为费解的阐释，我们可以捕捉到一种死的差异性：一种死与生相对，是生的终止、结束，而与此同时，另一种死则在这前一种死中刚刚起步——它是不死的。这一过程既不可能，又制造着可能性。"死作为此在的终结乃是此在最本己的、无所关联的、确知的，而作为其本身则是不确定的、不可逾越的可能性。"③ 在此意义上，死亡作为一种可能性就具有了其完整的概念：它是最本己又无所关联的、确定又最不确定的、不可超越且最不可能的可能性。

如此一来，作为此在之终结的死亡就是一种永远开放的可能性。在这种开放性的可能性中，此在所具有的"操心"才以"向死存在"的方式获得了整全。然而，在日常的"向死存在"状态下，此在作为沉沦的存在却在死前不断逃逸着死亡。"此在只要生存着，它就确实是在走向死，但却是以逃逸、衰退的方式走向死的。人们置身于万物之中，并且从日常生活

---

① ［法］艾玛纽埃尔·勒维纳斯：《上帝·死亡和时间》，余中先译，生活·读书·新知三联书店1997年版，第45页。
② ［德］海德格尔：《荷尔德林诗的阐释》，孙周兴译，商务印书馆2000年版，第203页。
③ ［德］海德格尔：《存在与时间（修订译本）》，陈嘉映、王庆节译，生活·读书·新知三联书店2006年版，第297页。

的万物出发来解释自身,以逃避死亡。"① 日常沉沦着的此在在死之前对死亡的逃逸和闪避被海德格尔称为一种"非本真的"向死存在。实际上,此在经常把自己保持在一种非本真状态的向死存在中,以尽可能减少死亡之可能性的显示。但这种非本真状态是以本真状态为基础的。海德格尔正是从日常存在出发,围绕着"非本真"与"本真"的关系把分析推向对"畏""良知""决心"等此在的在世状态,以探求此在如何向死亡存在而获得其"整全"的方式。

"畏"(Angst)是此在的一种根本性的情绪。与"怕"(Furcht)根本不同,"畏"不针对任何具体对象,而是面向作为绝对超越者的存在(即"无")。畏揭示着无。而这个"无""既不是一个对象,也根本不是一个存在者。……无乃是一种可能性,它使存在者作为这样一个存在者得以为人的此在敞开出来。"② 此在正是基于"畏"而被嵌入"无"的状态而完成自身的超越。在这种不甘沉沦的自身超越中,此在被一种"良知"(Gewissen)的呼声召唤而回到最本己的存在。此时,"决心"(Entschlossenheit)就作为此在的一种本真在世状态,以大无畏的精神应和着"良知"的呼声,"先行进入死亡"而去赢获其"整全"。

经过对此在"向死存在"的一番分析,我们从中不难看出作为此在的一种生存现象的"死亡",以及此在在面对这种死亡时的态度所具有的意义。"海氏强调个体的有限生存应当责无旁贷地担当起自己的存在,并且无畏地直面自身的有限,这是有其积极意义的。"③ 这一积极意义在于,一方面它使有限性的此在"责无旁贷地担当起自己的存在",以一种"向死而生"的边缘境域提升生命的质量,从而超越非本真的生存状态而进入本

---

① [法]艾玛纽埃尔·勒维纳斯:《上帝·死亡和时间》,余中先译,生活·读书·新知三联书店1997年版,第49—50页。
② [德]海德格尔:《路标》,孙周兴译,商务印书馆2001年版,第133页。
③ 孙周兴:《说不可说之神秘——海德格尔后期思想研究》,三联书店上海分店1994年版,第39页。

真的在世生存状态，在不断自我完善中获得此在自身的"整全"。另一方面，这一意义还在于，此在只有担负起对他人、对周围存在者的责任，终结所意味着的死亡才是最本真的死亡。换言之，他人之死对我来说并不是无关紧要的，"我正是对他人之死负有责任，以至于我也投入到死亡之中"。① 由此引申开来，我对我生存于其中的生态自然环境也是如此。一种对自然之神秘所应有的"畏"的心态，一种发自心底的"良知"的呼声和责任意识，一种先行进入死亡、从死亡出发而生存的"决心"，不正是一种生态意识和生态思维方式的体现吗？确切地说，这种思维方式即一种整全性的思维方式，探求此在如何向死亡存在而获得其"整全"的过程，也就是这一思维方式的生态意蕴所展现的过程。

三 "四方游戏"：动态建构的"世界"意义整体

对于"世界"的整体意义，海德格尔在后期所作的《艺术作品的本源》中进一步阐明："世界世界化，它比我们自认为十分亲近的可把握和可觉知的东西更具存在特性。"② "世界世界化"（Welt weltet）是海德格尔的一个独特表述，其意在挑明"世界"作为一个意义整体的动态建构性。海氏后期提出的"天、地、神、人"四方游戏的著名隐喻，即是对这一"世界"意义整体的启示。

在1950年6月所做的《物》这篇演讲中，海德格尔最早从关于物及物化的讨论中引出了天地人神四方世界游戏说。在海德格尔看来，传统形而上学与现代科学将物设立为对象的表象思维方式是对物的掠夺，在这种

---

① ［法］艾玛纽埃尔·勒维纳斯：《上帝、死亡和时间》，余中先译，生活·读书·新知三联书店1997年版，第44页。
② ［德］海德格尔：《林中路（修订本）》，孙周兴译，上海译文出版社2008年版，第26页。

思维方式统治之下，物之物性不但未得彰显，反而被遮蔽和遗忘了。那么，何为"物之物性"呢？早在20世纪30年代的《艺术作品的本源》这篇演讲中，海德格尔对艺术作品的物性因素做了探讨。在那里，他着重批判了三种传统与流俗的物观念，企图通过物之物因素经由器具之器具因素的中介而通达作品之作品因素。但这一道路显然受阻，因为从物到作品并不能揭示艺术作品的本源与艺术的本质。而到了50年代，海德格尔从存在之运作方式，即Logos（聚集）的意义上重新思考了物。诚如有学者所指出的，"从30年代对传统'物'观念的批判到50年代对作为聚集方式的'物化'所作的诗意运思，这之间有一个思想的演进、深化的过程"。①

在《物》这篇文章中，海德格尔以我们常见之物"壶"为例，指出"壶的本质乃是那种使纯一的四重整体入于一种逗留的有所馈赠的纯粹聚集。壶成其本质为一物。壶乃是作为一物的壶。但物如何成其本质呢？物物化。物化聚集"。在"物化"之际，天空、大地、诸神与作为终有一死者的人这四方从它们自身而来统一到四重整体的纯一性之中。这四方中的每一方都与其他各方相互游戏。"天、地、神、人之纯一性的居有着的映射游戏，我们称为世界（Welt）。"② 世界的映射游戏又被海德格尔形象地称为"居有之圆舞"（der Reigen des Ereignens）③。这个世界游戏中的"世界"与前期此在"在世"、人可与世界划一的"世界"有所不同，在这个"世界游戏"中，天、地、神、人四方聚集为一体。

在这一四方整体结构中，大地（die Erde）承担一切，承受筑造，使我们人类得以居住；同时，它滋养着果实和花朵，蕴藏着水流和岩石，庇

---

① 孙周兴：《说不可说之神秘——海德格尔后期思想研究》，三联书店上海分店1994年版，第232页。
② ［德］海德格尔：《演讲与论文集》，孙周兴译，生活·读书·新知三联书店2005年版，第188页。
③ ［德］海德格尔：《演讲与论文集》，孙周兴译，生活·读书·新知三联书店2005年版，第189页。

护着植物和动物。但大地并不是孤立的大地,当我们说到大地时,我们已经思及了作为整体的其他三方,即它是天空下的大地,服从诸神的命令,并且由人在其上来筑造和围护。天空(der Himmel)是太阳之苍穹,也是望朔月行之处。人在大地上居住,他抬头仰望时看到的正是天空。天空是神的居所,这一"抬头"就包含了对诸神的期待、对超越的向往。诸神(die Göttlichen)即暗示着神性使者。从对神性隐而不显的支配作用中,神显现而成其本质。正是神性之维使处于大地之上的人抬头仰望天空,进而张开了天空与大地之间的无限生存空间。"神乃人之尺度,人之为人必与神同在,必以神性尺度度量自身与万物,并由此获得生存的根基,真正与天地万物同在,属于天地人神的世界家园。"① 人以此神性尺度度量自身与万物,才能获得生存的根基并真正与天地万物同在。而人类作为"世界"各方中的一方,被称作终有一死者或有死者(die Sterblichen),这是因为与一般只是消亡的动物相比,人能够赴死。"赴死(Sterben)意味着:有能力作为死亡的死亡。"② 也就是说,人作为有死者并不意味着人被死亡侵袭,而是人有能力赴死,人的存在就是承担起自己的死亡,唯有承担起自己的死亡,人才作为人而存在。人的居住、人的生存就是"向死而在",在向死而在、向死而生中人筑造着自己的一生。所以只要人在大地上,在天空下,在诸神面前持留,人就"不断地赴死"。由此也可见,作为有死者的人是不能离开也离不开天、地与诸神的,这四者原初地成为一体而彼此不可分离。

由此可见,海德格尔的"世界"概念有一个前后变化发展的过程:在早期的《存在与时间》中,"世界"指的是人存在于其中的那个世界,即人的生存世界;后来他把这个概念加以丰富并纳入了历史维度,将民族发

---

① 余虹:《诗人何为?海子及荷尔德林》,《芙蓉》1992年第6期。
② [德]海德格尔:《演讲与论文集》,孙周兴译,生活·读书·新知三联书店2005年版,第187页。

展的历史在内的生存世界包括其中；而到了后期，海氏更是把这个生存世界的结构概括为"天、地、神、人"的四重整体世界。世界又通过世界化而成其本质，但世界之世界化又是无法通过某个他者来说明或论证的，因为这种说明和论证还停留在形而上学的表象思维方式上，而"当人们把统一的四方仅仅表象为个别的现实之物，即可以相互论证和说明的现实之物，这时候，统一的四方在它们的本质中早就被扼杀了"。① 这四方相互依偎、达乎一体，构成一个柔和的"圆舞"式的世界游戏。这一世界游戏以及游戏中的各方又是由语言所聚集和指示的。"但是，四元却是一语言的世界，如果它是被语言所指示的话。"② 正是语言使人作为天地人神这四方中的一方而居住成为可能。这里的语言指的是在原初意义上的自然语言。在自然语言中，自然而然的物"物化"，自然而然的世界"世界化"，如此这般的情景才构成了浑然一体的和谐的"世界游戏"，人也才能在其中（大地之上、天空之下、诸神面前）找到诗意栖居的家园。

四 "在世存在"思想的生态审美意蕴

自苏格拉底确立了理性的至高无上地位之后，西方传统哲学与诗学便出现了理性与感性的争执、主体与客体的对立，感性在主流哲学与诗学中往往被贬抑，而理性则受到高度尊崇。与此路向不同的是，海德格尔以其对存在问题的独特追思，以其中贯穿的解释学的现象学方法的运用力图实现对主客分离的超越，从而超越主体中心论和逻格斯中心主义。

---

① ［德］海德格尔：《演讲与论文集》，孙周兴译，生活·读书·新知三联书店 2005 年版，第 188 页。
② 张贤根：《存在·真理·语言——海德格尔美学思想研究》，武汉大学出版社 2004 年版，第 245 页。

在前期的《存在与时间》中，海德格尔关于此在的生存论分析，虽然赋予此在在领悟存在上所具有的十分触目的"优先地位"，但正如他所声称的那样，"关于存在之为存在的问题处于主体—客体关系之外"①，是一种"离弃了主体性的思想"，并且"一切人类学和作为主体的人的主体性都被遗弃了——《存在与时间》就已经做到了这一点"②。作为海德格尔思想中的最具启发性之处，"在世存在"模式强调在世界之中的存在者原生地依赖于将世界整个囊括其中的意蕴的指引关联。而对"在世存在"与"向死存在"整体结构与具体环节分析，则旨在消弭此在在世界中的主体的优先性，并以"在之中"思维（整体性思维）和整全性思维，实现从实体性的认识论思维模式向关系性的存在论思维方式的转变，这其中已然包含了与形而上学认识论不同的生态思维方式。首先，"世界"不是作为现成物的存在者，不是一个摆在我们面前可供我们打量的对象，而是一种具有动态建构性的意义整体。这便是一种非对象性的思维方式和方法。其次，"此在"在世界之中，此在"向来已经"是在世的，此在之绽出是一种先行在世的绽出，这一点也已经打破了主体形而上学主客分离、人与自然对立的知识论世界图式。再次，作为此在的一种存在机制的"在之中"，进一步挑明了此在不是与物质实体（客体）相对立的思维实体（主体），而是与"世界"打成一片、与世界相"亲熟"、浑然一体地"依寓于"世界的此在，这实则是一种整体性的关系性思维方法，是从实体性的认识论思维模式向关系性的存在论思维方式的重大转变。

而到了后期，海德格尔将作为此在的人纳入"天、地、神、人"四重整体（das Geviert）结构中，大地、天空、诸神和终有一死的人这四方从自身而来，出于统一的四重整体的纯一性而共属一体。人并不居于具有决

---

① ［德］海德格尔：《尼采（下）》，孙周兴译，商务印书馆2002年版，第826页。
② ［德］海德格尔：《路标》，孙周兴译，商务印书馆2001年版，第400页。

定其他主体的中心地位，人只是四重整体中的一重，四方游戏中的一方。并且，人不是自然界的主宰，人是自然的看护者：人不仅生活于自然之中，而且具有守护天、地、人、神四方的职责。这里的守护或看护并非主宰或主导，而是一种各安其位、各尽其责的相对平等关系。在拯救大地、接受天空、期待诸神和护送终有一死者的过程中，人的栖居发生为对天、地、人、神四重整体的四重保护。这一思想进一步打破了人类中心主义的窠臼，使得人与天、人与自然、人与世界的关系获得了重新审视和定位，并对科技理性的无限膨胀和现代科学中对象性思维方式的盛行进行了深刻反思，渗透其中的非对象性思维、平等性思维、整体性思维等思维方式蕴含着浓郁的生态审美意蕴。

海德格尔的"在世存在"思想还可与儒家、道家思想相互参照。如儒家《易·系辞下》云："有天道焉，有人道焉，有地道焉。兼三才而两之，故六。六者非它也，三才之道也。"这里的"三才之道"既是高扬人道之道，将人放到与天、地并举的突出位置，又是注重人与自然休戚与共、和谐发展之道，天、地、人并非各行其道，通过法天正己、尊时守位、知常明变，人道可与天道、地道会通，达到与天地合一、与自然和谐的境界。《礼记·中庸》亦提出"中也者，天下之大本也。和也者，天下之达道也。致中和，天地位焉，万物育焉"的思想，认为达至"中和"之境，天地便各得其位，万物自然发育。而在道家那里，人与世界的先天关联则得到更深入的探究。庄子将先天不与天地相分离的"圣人"视为"天人合一"的集中体现，将其在世界中本真的生存方式喻为"圣人将游于物之所得遁而皆存"（《庄子·大宗师》），而圣人无限开放以至于与万物冥然合一的心境则是"乘天地之正，而御六气之辩，以游无穷者"（《庄子·逍遥游》），达到了与天地六气融为一体的本真生存境地。庄子还提出"藏天下于天下"的思想，与"藏舟于壑""藏山于泽"这种人为地藏小物于大物之中相比，"藏天下于天下"则把天下万物藏于天下万物之中，让天下万物自然而然地存在，庄子认为这才是"恒物之大情"（《庄子·大宗师》），才是与道合一的本然状态。

可见，中国先秦的儒家，尤其是道家，在探寻道的问题上已经与海德格尔探寻存在的问题走在了相似或相近的"林中小路"上，"曲径通幽处，禅房花木深"，前者比后者踽踽独行的足迹竟早了两千多年。他们都试图把人的认识从对象性思维、心物对立、沉陷于现成存在者的思维模式中摆脱出来，去探寻更为本源的东西，让人回归到其赖以生存的根基之处。这既是本性的回归，因为人天生就在世界之中存在，人与自然万物是天然的一体，也是认识的超越，即超越心物对立、主客对立，以非对象性思维、整全性思维观照万物和世界。海德格尔做出这番关于"在世存在"之思考的同时，还于20世纪30年代发出了"拯救地球（大地）"的号召。尽管当时并未引起太多认同，但20世纪后半叶以来，随着全球性的生态危机日益加剧，生态问题日益成为现代社会威胁人类生存和发展的主要问题，海德格尔的思想也成为当代生态美学的重要理论来源之一，海氏本人甚至被冠以"具有生态观的形而上学理论家"，"生态哲学家"等称号。我们不妨把海德格尔视为早期中国智慧在两千多年后的异域回响，这种回响和共鸣反而有助于我们在比较与互鉴中，为当今时代解决生态危机问题、推动生态文明建设提供宝贵的思想资源。

Heidegger's existentialist structure of "Being-in-the-World" and its ecological implications

Liu Fakai

Abstract The thought of "Being-in-the-World" is the core of Heidegger's analysis. This is a holistic existentialist structure with three links in existence, and "Being toward Death" is the development of "Being-in-the-World" in the temporal dimension. In Heidegger's later period, the structure of the living world was replaced by the dynamic and constructive "Sky, Earth, Divinity and Human" quadriplex world, which made the relationship between man and heaven, man and nature, man and the world re-examined and re-positioned, further breaking the stereotype of anthropocentrism and containing non-objectivity. The rich ecological implications of thinking, relational thinking and holistic thinking provide ideological resources for solving ecological crisis in the present era.

Key Words Heidegger; Being-in-the-World; Being toward Death; Quartet Game; ecological implication

Author Liu Fakai, a Ph. D. candidate in Institute of World Literature, College of Foreign Language of Peking University. His main research interests are ecological aesthetics, literary theory and cross-cultural studies.

编者按：2018—2019 年第一学期，山东大学文艺美学研究中心 2017 级硕士研究生学习了专业英语课程"西方生态美学研究"，课程作业为 4000 字左右的英语论文。为了展示研究生的学习状况和科研水平，我们邀请三位同学将其作业翻译成汉语，组成"西方生态美学研究"专题在本刊发表。我们将继续邀请同学们翻译他们的专业英语作业，将在适当的时候陆续推出，敬请大家关注，敬请对我们的同学提出指导意见。

科学知识在生态审美欣赏中的作用和限度

李鹿鸣

作者简介 李鹿鸣，山东大学文艺美学研究中心 2017 级硕士研究生。

与以往的美学相比，生态美学的研究对象不是审美对象而是审美方式，它研究的是生态意识如何在审美活动中发挥作用，其中一种发挥作用的方式是将科学知识，特别是生态学知识引入审美欣赏中。卡尔松并非严格意义上的生态美学家，但他提出了科学认知主义，并认为"与欣赏自然相关的知识是由自然史、自然科学，特别是地质学、生物学和生态学提供的"[1]。程相占则指出生态学知识对于生态审美欣赏相当重要："生态审美必须借助自然科学知识、特别是生态学知识来引起好奇心和联想，进而激

---

[1] Allen Carlson, "Aesthetic Appreciation of Nature and Environmentalism", *Royal Institute of Philosophy Supplement*, 69 (2011), pp. 137–155.

发想象和情感；没有基本的生态知识就无法进行生态审美。"① 而林托特认为科学知识能纠正非生态友好的审美判断："为了使我们的审美趣味更加生态友好，最好的方法就是将科学知识与改变审美趣味相结合。"② 审美欣赏是否涉及科学知识是生态美学和非生态美学的重要区别之一，但拥有科学知识未必就能进行审美欣赏，因此它是一个必要条件而非充分条件。很多论文已经论述了科学知识参与审美欣赏的合法性，本文将进一步论述其在生态审美欣赏中发挥怎样的作用以及它的限度。

一　可感知领域：审美欣赏发生的领域

现代美学之父鲍姆嘉滕将美学定义为感性学，即"作为自由艺术的理论、低级认识论、美的思维的艺术和与理性类似的思维的艺术"③。根据他的定义，审美活动可以理解为"诸多生命活动中的一种，其工作性定义为：处于特定环境中的生命个体综合运用包括身体在内的五种感官，从感性客体感受意味、体验意义、启悟价值理念的人类活动。美学即审美活动理论"④。这个定义要点有三：第一，审美活动的主体是具体的个人而非抽象的群体；第二，获得审美体验的方式是通过感官感知审美对象；第三，从审美活动中获得的意义和价值基于感官体验又不限于感官体验。审美活动的定义表明审美欣赏发生在一个与理智的领域相互区别又相互联系的领域，同时审美欣赏会影响客观世界，虽然这种影响人类未必能直接感知到。在此我们可借鉴戈比斯特在《共享景观：美学与生态学有何关系？》

---

①　程相占：《论生态审美的四个要点》，《天津社会科学》2013 年第 5 期。
②　Sheila Lintott, "Toward Eco-Friendly Aesthetics", *Environmental Ethics*, 28 (2006), pp. 57–76.
③　[德] 鲍姆嘉滕：《美学》，简明、王旭晓译，文化艺术出版社 1987 年版，第 13 页。
④　程相占：《身体美学与日常生活中的审美活动——从舒斯特曼的"身体美学"谈起》，《文艺争鸣》2010 年第 9 期。

("The Shared Landscape: what does aesthetics have to do with ecology?")中提出的人类与环境在景观中相互作用的模式。

戈比斯特受现象学影响，认为人类只能从可感知到的环境现象中感知到审美体验，在可感知领域（perceptible realm）之外发挥作用的环境现象难以唤起人们的关注与行动。不过戈比斯特没有将实在悬搁起来，他认为审美体验与行为之间的关系是互动的，人类在获得审美体验的同时也会产生影响景观的行为，而这些行为的影响远远超出了可感知的领域这一范围。戈比斯特提出这一模型是为了说明"美学如何影响生态进程，以及它们为生态系统提供服务的能力"[①]，但它也可用于解释科学的限度。知识和认知过程能改变感知，很多人已经论证了由认识到生态价值而产生的愉悦是一种审美愉悦。然而对于这种改变能达到何种程度，我们应当保持审慎的态度。

首先，科学知识不能替代感官体验，只有科学知识也无法产生审美欣赏。一个人看到用以说明蒲公英的颜色和形状如何使她的眼睛感到愉悦的实验数据，看到证明蒲公英具有重要的生态意义的研究，都不是审美体验。其次，生态系统中的一些事物无法成为人类的审美对象。即使我们知道光谱的存在也无法欣赏紫外线，即使我们知道超声波的存在也听不到它。尽管从生态的角度来说，我们可以认识到"森林生态系统中更精微、更具体验性、更富于变化的特性，这些特性被认为具有高度的生态整体性"[②]，但科学知识不能无限扩张可感知领域的范围。再次，不是所有可被感知的对象都能靠科学知识让人产生积极的审美体验。戈比斯特引用利奥波德的名言"当一个事物有助于保护生物共同体的和谐、稳定和美丽的时候，它就是正确的，当它走向反面时，就是错误的"[③]时，他旨在说明

[①] Paul H. Gobster, "The Shared Landscape: what does aesthetics have to do with ecology?", Landscape Ecology, 22 (2007), pp. 959–997.

[②] Paul H. Gobster, "Aldo Leopold's Ecological Esthetic: Integrating Esthetic and Biodiversity Values", Journal of Forestry, 93 (1995), pp. 6–10.

[③] [美]奥尔多·利奥波德:《沙乡年鉴》，侯文蕙译，吉林人民出版社1997年版，第213页。

"生态美学中的愉悦源自于知道这个景观以及它在生态上是'合适的'"①。然而利奥波德的话只是为评价生物共同体提供伦理依据,尽管他提到了"美丽"一词。戈比斯特混淆了审美问题与伦理问题:一个事物有助于保护生物共同体的和谐、稳定和美丽的时候,意味着它是正确的,但不意味着它必须令人感到审美愉悦。知道腐尸对生态系统有积极意义是一回事,它让人感到恶心是另一回事。秃鹫不知道腐尸的生态学意义,但腐尸能给它带来审美愉悦;我们能认识腐尸的生态学意义,但我们的生理结构决定了我们无法感到愉悦。人类的审美体验以人类为尺度,而科学成果是相对客观、独立于感知的存在,能用理智认识其意义的事物未必能用感官感知到,也未必能被感官接受。一言以蔽之,人类的感知是有限的,即使拥有科学知识,我们也不可能彻底扭转我们的体验,科学只能在一定限度内扩展我们的接受度。

承认我们无法从一切事物中获得愉悦并不可耻,我们也没必要否认这一事实,不过科学的作用也是不容忽视的。正如戈比斯特所言:"生态整体性和人类的福祉依赖于这些涵盖了环境尺度的所有范围的要素和相互关系。"② 科学知识能丰富我们的生态审美欣赏,而且没有科学知识,我们就意识不到那些发生在可感知领域内的非生态审美欣赏会对自然产生不可估量的影响。

二 审美可供性

20 世纪 70 年代,美国心理学家詹姆斯·吉布森(James Gibson)提出

---

① Paul H. Gobster, "Aldo Leopold's Ecological Esthetic: Integrating Esthetic and Biodiversity Values", *Journal of Forestry*, 93 (1995), pp. 6–10.
② Paul H. Gobster, "The Shared Landscape: what does aesthetics have to do with ecology?", *Landscape Ecology*, 22 (2007), pp. 959–997.

了可供性（affordance）理论，可供性是"与观察者相关的特性，既不是物理的也不是现象的"[1]。感知环境就是感知环境所提供的东西，因此可供性"超越了主客二元对立，有助于我们理解二元对立思维的不足。它既是关于环境的事实，也是关于行为的事实，它既是物理的，也是心理的，但两者又都不是。可供性同时指向了环境和观察者"[2]。吉布森以此解释感知现象，但他认为可供性与主体的愉悦与否无关："某些物质给一种动物提供营养，给一些动物提供毒性，对于另一些动物是中性的。如前所述，这些事实和提供愉悦或不愉悦不同，因为这些体验不必然和生物学效应相关。"[3] 不过当我们将美学和可供性理论相结合时，可以做出适当类比。在《论生态美学的美学观与研究对象》中，程相占提出了"审美可供性"的概念，认为这是一种事物呈现给审美能力的客观属性。依据类比，我们可以认为审美可供性也有生物学基础，而且它在可感知领域发挥作用，有些事物呈现出的审美可供性令人愉悦，有些则不能。而审美可供性的概念有助于我们理解利奥波德所说的"美丽"。

在《像山一样思考》（"Thinking like a Mountain"）中，利奥波德呼吁人们从自然的视角思考问题。像山一样思考就是客观、整体的思考，如果说美存在于持有者的心灵中，那么生物共同体的美就存在于自然的心灵中。因此一切审美属性都是一种潜在的可能，它向自然敞开，一切事物对自然而言在审美上都是积极的。不过人类可以尝试像山一样思考，但人类毕竟不能成为山，"可供性通常对一个物种中的生物是有效的"[4]，我们应

---

[1] James J. Gibson, *The Ecological Approach to Visual Perception*, New York: Psychological Press, 1986, p. 143.

[2] James J. Gibson, *The Ecological Approach to Visual Perception*, New York: Psychological Press, 1986, p. 129.

[3] James J. Gibson, *The Ecological Approach to Visual Perception*, New York: Psychological Press, 1986, p. 141.

[4] James J. Gibson, *The Ecological Approach to Visual Perception*, New York: Psychological Press, 1986, p. 141.

当承认不是所有的审美属性都向人类敞开。

因此审美可供性存在物种和个体差异,这可以解释为什么有些人可以从大多数人不能获得审美愉悦的事物中获得愉悦。当沈复在《浮生六记》中见"夏蚊成雷,私拟作群鹤舞于空中"时,他能"怡然称快",贝尔德·克里考特(J. Baird Callicott)在沼泽饱受蚊虫叮咬,但还是觉得"总能在某种程度上带来审美上的满足",而大多数人即使明白蚊虫在生态系统中具有不可替代的作用,仍然无法喜爱它们。那么这就带来一个问题:我们必须转变我们的审美偏好,与他们保持一致吗?答案可以说是也可以说不是。沈复和克里考特能从蚊子身上获得审美愉悦,他们的生态意识可能比其他人更强,但这不意味着每个人都必须产生和他们一样的审美体验,尽管通过科学教育,普通人可以正确认识蚊子。

总而言之,利奥波德的"美丽"可以理解为自然视角中的审美可供性。生态系统为自然中的一切提供审美可供性,人类可以运用审美能力获得审美体验,但人类受生理结构的限制,且存在个体差异,无法对自然界中的一切产生积极的审美体验。不过审美可供性的概念也暗示了无法使人类产生审美愉悦的事物有可能令生态系统中的其他成员感到愉悦,而学习科学知识能使人理解这一点。这也正是为什么生态美学强调科学的重要性,并认为每个人都要扩展其感知的边界,以科学知识丰富其感受。

三 科学知识作为生态审美欣赏中的规范

在《判断力批判》中,康德讨论了"鉴赏的二律背反":

正题。鉴赏判断不是建立在概念之上的:因为否则对它就可以进行争辩了(即可以通过证明来决断)。

反题。鉴赏判断是建立在概念之上的;因为否则尽管这种判断有差异，也就连对此进行争执都不可能了（即不可能要求他人必然赞同这一判断）。①

这个二律背反涉及两个问题。第一，鉴赏判断是否基于概念。虽然康德认为鉴赏判断不包含概念，但他又认为包含概念的依附的美的范围远比不包含概念的自由美广阔，后者只包括花朵、糊墙纸的卷叶饰、无标题幻想曲等有限的对象。人的美、艺术美都是依附的美，而且美的理想都是依附的美，这在一定程度上说明概念难以同审美欣赏分离。第二，是否存在鉴赏的标准。康德一方面以先验共通感为标准，另一方面他又无法否认"趣味无争辩"的合理性，这就引发了一系列问题：所有人都具有普遍的趣味是否可能？一个人是否应该改变其趣味，趋近于更好的趣味？拥有更好的趣味就更好吗？特德·柯亨（Ted Cohen）的回答是我们无须改变以前的审美偏好："在一个人欣赏音乐、文学或绘画的过程中，存在一个非常普遍的经验那就是当一个人从以前不能打动他的东西中获得快乐时，与之相伴的结果是几乎不可避免地失去了从现在看来比较低级的东西中曾经获得的愉悦。"② 但在欣赏自然这个问题上，不恰当的审美偏好会造成严重的生态危害，解决环境危机的办法之一就是在科学的引导下改变审美趣味。

那么科学知识在规范审美欣赏的过程中发挥了怎样的作用呢？在回答这个问题之前要明确两点。第一，将非科学的知识从审美体验中排除是不可能的。我们的体验不可能是纯粹审美的或纯粹科学的，如果不存在没有知识的审美欣赏，那么也不存在只包含科学知识的审美欣赏。第二，将非科学的知识从生态审美欣赏中排除也是不必要的。尽管玛西亚·伊顿认为《小鹿斑比》的存在使得我们"几乎不可能在看到一头鹿时仅仅把它当作

---

① [德] 康德：《判断力批判》，邓晓芒译，杨祖陶校，人民出版社2002年版，第184—185页。
② Ted Cohen, "The Philosophy of Taste", *The Blackwell Guide to Aesthetics*, Eds. by Malden Peter Kivy, MA Blackwell Publishing Ltd., 2004, pp. 167–173.

鹿本身,更难做到的是恰当地对鹿在生态系统中逐渐发挥主导作用做出回应",但她只是想说审美欣赏"必须以扎实的生态学知识为基础,由它进行调节,受其指引,以它来丰富其内涵"。在此我们还可以月亮为例。我们欣赏月亮时会想到中国古代描写月亮的诗歌,但天文学知识表明月球表面布满陨石坑,并不皎洁明亮。这些关于月亮的文学知识与对月亮的科学解释没有关系,但我们无须摒弃它们。首先,如果没有天文望远镜,我们无法欣赏月球上的陨石坑,此时这些科学知识只能作为背景而存在。其次,即使能看到陨石坑,我们也没必要抛弃那些诗歌。只要我们能意识到在生态审美欣赏中,科学应当作为规范而存在,那么科学知识与文学知识之间的反差其实能使我们的审美体验更丰富。因此科学知识像最大公约数一样,确保了最低限度的审美普遍性。生态美学作为规范美学赋予科学知识在审美欣赏中的优先地位,一切由非科学的知识引发的联想与想象都不能损害这一地位。只要审美欣赏是生态的,它就要包含科学知识,应当摒弃的是与科学知识相悖的知识。

结　语

指出科学知识在生态审美欣赏中有其限度不是否定其意义,而是为了审慎地发展生态美学。问题不在于如何将生态系统中的一切都解释为在审美上是积极的,而是研究者为何想这样解释它们。本文认为这种思想背后有个相同的内在逻辑,即"如果一个事物是美的,我们就对它负有责任"。尽管如罗尔斯顿者做出了修正,他认为如果"美学自己越来越发现是建立在自然历史的基础上的,由人类把它们放置在这样的风景中"[①],那么美学

---

① [美]霍尔姆斯·罗尔斯顿Ⅲ:《从美到责任:自然美学和环境伦理学》,[美]阿诺德·伯林特主编:《环境与艺术:环境美学的多维视角》,刘悦笛等译,重庆出版社2007年版,第169页。

可以成为环境伦理学的充分基础。如果我们拥有科学知识，那么自然界于我们而言在审美上就是积极的，我们就有责任保护它们。然而正是这种思路令很多人批评生态美学过于关注科学认知，忽略感知体验。那么罗尔斯顿等为何要将自然界中的"丑"转化成"美"呢？因为他们担心人们会被自己的好恶影响，只会保护那些能引起审美愉悦的事物，对无法引起审美愉悦的漠不关心，他们想借助科学说明保护无法令人愉悦的事物具有合理性。但真正的责任是无差别的保护与关怀，一个事物是否令人愉悦不应左右我们对它的态度。利奥波德曾说："我不能想象，在没有对土地的热爱、尊敬和赞美，以及高度认识它的价值的情况下，能有一种对土地的伦理关系。"① 科学为审美欣赏提供了规范，而伦理学则是维护这一规范的保证。基于科学知识的伦理学能确保一个人进行恰当的审美判断，成为有鉴赏力的人，也唯有这样的伦理学能对审美判断做出具有普遍性的规定。人类是生态系统的一分子，我们有责任保护它，我们能做的事有很多，其中之一即向生态审美偏好趋近。

生态美学的意义在于告诉人们审美体验与个人的审美愉悦相关，但它不仅仅是愉悦与否的问题。科学知识在生态审美欣赏中的作用是建立一个最低限度的规范，它不能确保我们能在欣赏自然时获得审美愉悦。在与科学知识不冲突的前提下，趣味无争辩。我们无须害怕承认不是所有事物都令人愉悦，而应认识到那些令自己不愉悦的东西具有重要的生态学意义，它们具有的审美可供性可能让其他人或其他物种感到愉悦，这一点科学可以帮助我们做到。

---

① ［美］奥尔多·利奥波德：《沙乡年鉴》，侯文蕙译，吉林人民出版社 1997 年版，第 212 页。

生态审美如何可能
——论生态审美的困难和实现条件

李若愚

作者简介 李若愚，山东大学文艺美学研究中心 2017 级硕士研究生。

生态审美是生态美学的关键词之一，它既是学科合法性的基础，又是批判传统审美观的理论武器。作为一门横跨生态学和美学的学科，生态美学的现实合法性在于应对全球生态危机，即探讨"实践的"如何是"生态的"，其理论合法性在于批判传统审美观以建立生态审美观，即探讨"审美的"如何是"生态的"。本文探讨的问题是生态审美如何可能，如何通过生态要素来改造传统审美活动，即探讨"生态的"在"实践的"和"审美的"之间的介入条件。

"生态审美如何可能"这一问题已有学者进行过探讨。周维山通过讨论"生态的"如何是"审美的"来论证生态审美的可能性，评析了生态知识型、生态价值型和生态体验型三种结合生态学与美学的努力，最后得出结论："生态审美只有建立在实践的基础上，才是具体的，也才是可能的"[①]。但是确定了实践基础，并不意味生态审美就是必然和现实的，周维

---

① 周维山：《生态审美如何可能——中国当代生态美学的理论困境探析》，《文艺理论与批评》2015 年第 3 期。

山对该问题的讨论着眼点在生态审美的可能性,我的着眼点在"如何",即生态审美在实践中具体实现的条件。程相占在《论生态审美的四个要点》(以下简称《要点》)中总结了四个要点:审美交融模式、生态意识、生态知识、生态价值标准。以审美交融模式作为前提,后三者层层递进,深化生态审美。但问题在于上述步骤仅仅是传统审美观转向生态审美观的理论步骤,并非现实的实践步骤,即程相占只是在强调生态审美中要点的重要性。本文将继续探讨生态意识、生态知识和生态体验的表征在实践中的困难和实现条件。

一 生态意识

生态意识作为生态审美的要点,根据观念的来源,有三种类型:消极的、积极的和虚假的。针对不同的生态意识,必须采取不同的手段才能将"生态的"转化为"审美的"。

消极的生态意识指人类在实践活动中意识到破坏自然的罪行,产生了同情心,由此意识到保护生态系统的重要性。与之相关的是利奥波德的大地美学,利奥波德意识到荒野的价值,主张扩大共同体的界限,将土壤、水、动植物都包括在"大地"之中,提出一种"要把人类在共同体中以征服者的面目出现的角色,变成这个共同体中的平等的一员和公民"[①] 的土地伦理。该生态意识源于利奥波德在狩猎过程中,看到了母狼在保护小狼崽子时不屈的目光,意识到这一破坏的罪行;在保护驯鹿的运动中,看到了森林被驯鹿无情地破坏和践踏,意识到维持生态系统平衡的重要性。所以利奥波德的出发点是生态保护的环境伦理学,在此基础上通过生态意识的介入提出一种生态审美的可能性。他提出一种奠基在伦理基础上的审美

---

① [美]奥尔多·利奥波德:《沙乡年鉴》,侯文蕙译,吉林人民出版社1997年版,第194页。

观:"一件事情,只有当它有利于保持生命共同体的完整、稳定和美的时候,它才是正确的。否则,它就是错误的。"① 我们需要指出这种消极的生态意识在生态审美中的地位是基础性的,但不是充分的,在阐述生态审美的具体内涵时显示出不足之处:以环境伦理为基础的美学缺乏对审美经验的阐释话语;以生态系统为整体的美学易忽视个体的生存境况和感性经验。

积极的生态意识是指人类在大自然的栖居中找到存在的意义,从欣赏自然的审美的人直接成为尊重自然的道德的人。与之相关的美学资源是梭罗的《瓦尔登湖》,梭罗崇尚简朴生活,热爱自然风光,他居住在瓦尔登湖旁的小木屋,对一草一木观察入微,在自然之中诗意地栖居着,逐渐获得了生活的意义和人生的价值。比如他写道:"整个夏天我干的就是这么一件奇妙的劳动——拾掇这一块大地的表面,让这片以前只生长委陵菜、黑莓、狗尾草之类,生长甜蜜的野果和悦目的花朵的地面上,现在来生长豆子。我对豆子会有些什么了解,或者豆子对我会有些什么了解?"② 看似平常的描写中却蕴藏着生态思想,种豆子的活动首先是无功利的,他没有考虑土地收成的经济效益,其次是脱离认识活动的,梭罗并不对豆子有任何了解,甚至不是狭义的审美活动,因为这片土地之前就已经有悦目的花朵。这是一种生态审美活动,是一种天人合一的生命意趣。所以积极的与消极的生态意识不同之处在于后者有强烈的生态危机意识,目的在建立一种环境伦理观,而前者则在生态存在的环境中直接产生,其目的在诗意地栖居于自然中。

虚假的生态意识是指在脱离自然的都市中产生的一种对乡村的想象性怀旧。其特点是没有植根于具体的自然实践活动,是通过拟像和媒介想象出来的自然,所以是虚假的生态意识。在现代都市生活中存在着大量"生

---

① Aldo Leopold, *A Sand County Almanac: with Essays on Conservation*, New York: Oxford University Press, 2001, p.202.

② [美]梭罗:《瓦尔登湖》,许崇信、林本椿译,译林出版社2017年版,第111页。

态幻象",为我们提供着虚假的生态意识。鲍德里亚有着著名的"海湾战争没有发生过"的论断,在生态领域,我们也可以说生态审美没有发生过,因为我们所谓的生态意识实际是由广告商和地方旅游业建构起来的,以刺激我们到景区消费、拍照,是以生态旅游的名义包装起来的商品,此时人们的愉悦感实际上是一种低级的欲望满足。正如雷蒙·威廉斯在《乡村与城市》中考察的,我们关于农村的静谧的田园生活只是想象,自然和乡村并非美好天堂,也存在着苦难,只是一种与城市不同的生活方式。所以我们关于自然和乡村的美好想象只是在城市中受挫而寄予希望的乌托邦,任何在这种虚假的生态意识刺激下的实践活动都是盲目和非生态的。

二 生态知识

生态知识作为生态审美的要点,起激发想象和情感的作用,以卡尔松的生态知识型美学为理论代表。但毕竟认知不等于审美,生态知识的基础作用仍需接受常识的质疑。

第一点质疑是生态知识不构成生态审美的充分条件,理由是认识活动不等于审美活动。该反驳的合理之处在生态知识确实能够丰富人类对自然的生态认知,但生态认知并不能直接转化为生态审美活动,所以生态知识不是生态审美的充分条件。早在康德就已提出审美不同于认识,"为了区分某种东西是不是美的,我们不是通过知性把表象与客体相联系以达成知识,而是通过想象力把表象与主体及其愉快或者不快的情感相联系。因此,鉴赏判断不是知识判断,因而不是逻辑的,而是审美的,人们把它理解为这样的东西,它的规定根据只能是主观的"。[①] 但这不意味着知识只作

---

① [德]康德:《判断力批判》,《康德著作全集》第5卷,李秋零,中国人民大学出版社2007年版,第210页。

用于人的认识活动,也不意味着生态知识不是生态审美的必要条件。因为审美活动需要借助相关知识,问题在于生态知识在生态审美中所起的作用。该反驳的不合理之处在简单地将知识归于认知活动,没有意识到知识在审美活动中的基础性作用,根据康德的分析,审美活动虽是人的感性活动,却需要调动人的知性和想象力,"鉴赏判断必须建立在想象力以其自由而知性以其合法则性相互激活的一种纯然感觉之上。"① 根据经验,我们很难想象不了解艺术史就能对西方艺术作品进行独到的点评,也很难想象不了解孔雀的习性就能让它开屏,所以生态知识是生态审美活动的"前欣赏"阶段。

第二点质疑是生态知识会损害一般的审美活动,理由是生态学属于自然科学,而自然科学对自然的解释相对于神话的解释是一个祛魅的过程,会祛除审美传统中的审美意趣。比如对月球的探索发现就破坏了中国古代诗歌中将月作为白玉盘、明镜的审美意象。程相占认为这种现象是合理但不合情的,建立生态审美必然要经历话语转型和范畴转换,那么忍痛割爱似乎在所难免,但这一思路似乎导致"生态的"并非"审美的"。② 我认为困难在于如何从生态知识和生态审美之间找到恰当的结合点,不但要吸收"生态的"知识,更要培养"审美的"意趣。从功用和效果来说,生态知识同时作用于认知和审美,生态审美需要生态知识作为基础,并不意味着生态审美的目的是认识,而是需要生态知识刺激人们的生态审美感受,培养人们生态的审美趣味。从生态知识的量来说,对生态知识的掌握不在于数量而在于整体,只需比较庄子和现代生物学家的生态知识储备便可看到生态知识并不以数量取胜。其数量决定生态审美距离,生态审美观照需要与对象保持距离,过多的生态知识会缩短审美距离,将对象完全放置在

---

① 李秋零:《康德著作全集》第5卷,《判断力批判》,中国人民大学出版社2007年版,第299页。

② 程相占:《论生态审美的四个要点》,《天津社会科学》2013年第5期。

认知领域中，而过少则会放大审美距离，只能通过想象力来把握对象。所以生态知识和生态审美的结合应着重培养人类关于生态美的想象力。

第三点是质疑生态知识作为生态审美的基础，根据康德的审美理念理论，审美理念作为想象力的一种表象，"它诱发诸多的思考，却毕竟没有任何一个确定的思想，亦即概念能够与它相适合，因而没有任何语言能够完全达到它并使它可以理解"。[①] 关于美的理念是超出认知范围的，是认识能力所不能把握的，所以生态审美理念超出了生态知识的范围。该反驳造成了巨大的难题，但问题在于这一预设颠倒了基础和目的。生态知识是生态审美的基础，而生态审美的目的是描绘生态美的理想，而生态美的理想又塑造道德的人，"在人的形象上，理想就在于道德的表达，没有道德，对象就不会普遍地而且为此积极地让人喜欢"。[②] 于是这样一个生态美的理想的实现直接通往自由王国中的目的论自然，根据康德的自然概念，分为三个层次：与认识能力相关的现象界自然，与形而上学相关的物自体自然，与审美能力相关的目的论自然，目的论自然作为桥梁联结现象界自然和物自体自然。与之相应，生态美学作为桥梁联结生态学和生态伦理学。所以生态审美的基础是生态知识，生态审美的目的则是提供一个生态审美理念，为生态伦理学奠定一个美的理念的基础。

三 生态审美体验的表征

生态审美的最后一个要点是生态价值准则，即建构生态中心主义的审美观。其难点在于如何建构，事物总是呈现在我们意识中的现象，而我们

[①] 李秋零：《康德著作全集》第5卷，《判断力批判》，中国人民大学出版社2007年版，第327页。

[②] 李秋零：《康德著作全集》第5卷，《判断力批判》，中国人民大学出版社2007年版，第244页。

的意识具有意向性，意识向客体投射，世界是意识通过意向性活动而构成的，世界总是被人类的意识活动把握到的具有人类先验主体色彩的世界，在这样一个前提下，建构生态中心主义的审美观如何可能，我们如何从各种生物的立场出发去认识和把握世界呢？其关键点在于提供一种生态的审美体验的表征方式，一方面要将生态审美作为一种审美活动，重视个体在实践中获得的审美经验的特殊性，另一方面要将"生态的"作为个体的特殊审美经验的普遍诉求，而其要点在于提供一种联结特殊性和普遍性的生态审美体验的表征方式。

审美体验是个体的具体经验，生态审美体验则是个体在审美活动中体验到与自然相和谐的审美感受，所以要拓宽生态审美经验的合理外延。这种体验并不必然直接来自对自然的审美欣赏，对艺术的审美欣赏也可以引起人的生态审美体验感受，比如"子在齐闻韶，三月不知肉味，曰：'不图为乐之至于斯也'"。[①] 孔子所指的乐是一种与礼相对应的对人的内在教化，"不图"意味着孔子也没有意料到艺术对人的内在教化可以达到与自然相和谐的生态境界，表现出他的惊讶。而康德则没有重视艺术的生态教化作用，他认为"自然美对艺术美的这种优势，即前者虽然在形式上甚至会被后者胜过，却独自就唤起一种直接的兴趣，是与一切培养过自己的道德情感的人那净化了的和彻底的思维方式协调一致的"[②]。所以他认为一个喜爱自然的人，具有一个美和善的灵魂，而一个喜爱艺术的人，尤其是喜欢"为艺术而艺术"的纯粹艺术的人，则可能不具备这样的灵魂。所以我们在重新划定生态审美体验的外延时，不仅要以自然为主要的审美对象，还要对艺术进行生态审美鉴别，反思纯粹的艺术中的非生态观念，更要注重来自东方的艺术形态中的生态审美体验。

---

① 杨伯峻：《论语译注》，中华书局2009年版，第68页。
② 李秋零：《康德著作全集》第5卷，《判断力批判》，中国人民大学出版社2007年版，第312页。

生态审美体验作为一种具体的感受，包含着人类最普遍的生态诉求，需要寻找一种合适的表征方式，不能让这种审美体验留于感受层面。其难点在于生态审美体验具有一种不可言说的神秘性，往往会涉及天人合一、物我合一的境界，需要人们去亲身感受和体悟，超出了当前生态审美话语表征的能力范围。所以生态审美体验的表征必须突破语言的局限性而发挥语言的魔幻力。语言的局限性在难以把握具体的生态审美经验，比如庄子与惠子的濠梁之辩便止于"我知之濠上"，而没有展开游鱼之乐的具体内涵，只是启示人们要亲身体验这种乐趣，这是应对语言的局限性的一种方法，即越过语言媒介、直接体验，但是该方法绕开了对普遍的生态审美体验的总结，使得生态审美体验止步于个体。为了对普遍的生态审美体验进行表征，我们一方面预设对同一自然事物的欣赏具有生态审美共通感，另一方面要描述这种普遍的生态审美共通感，就要发挥语言的魔幻力。语言的魔幻力在于表现一种可能的经验，例如在《射雕英雄传》中黄蓉给洪七公做的两道菜，好逑汤和二十四桥明月夜，便成功地通过语言向读者的味觉传达一种可口的经验，那种感受甚至超过了具体的菜肴。所以描述生态审美经验就是通过语言的魔幻力要向读者传达一种生态的、与自然相和谐的经验，而这有待于真正的生态语言、生态文学的具体实践。

结　语

生态美学作为一门横跨生态学和美学的学科，首要问题是生态审美如何可能。以往的探讨，偏向于阐释基础要点，即构成生态审美可能性的必要条件，而忽视了必要条件在具体实践中的充分化，于是造成了生态美学重理论轻实践的假象。实际上这一问题的解决不仅是探讨"生态的"如何是"审美的"，更需检验"生态的"向"审美的"转换中"实践的"因素。根据本文的初步探索，这一问题虽未解决，但呈现出多层次的复杂面貌，我认为以下问题仍需探讨。

（1）开启解答"生态审美如何可能"的多重视角。传统基础要点视角的问题在于论证出来的生态审美是可能的，但不是充分的，是生态的和审美的，而不是实践的。生态美学具有强烈的现实关怀和面临着严峻的环境问题，必须以实践的视角切入这一问题。

（2）应建构正确的生态审美活动的范畴、效果和言说。首先要明确生态审美价值和生态审美体验的具体范围，二者都是生态审美活动的重要内容，但往往被混用，使得生态审美活动长期处于失范状态。其次要阐明审美交融的内涵，问题在于建立在审美交融基础上的生态审美如何解决注意力在知觉中的作用。传统的审美活动强调注意力的高度集中，如对一幅画的观察和对一首音乐的聆听。而生态审美则强调一种全身心地融入环境，这在实际过程中常与注意力涣散状况相混合，使得生态审美的审美交融长期处于失效状态。最后需要建构一种生态审美体验的言说方式，生态审美体验常常陷入一种无法言说的神秘境界，常常需要借助于审美共通感或感悟才能与他人共通美感体验，这在一定程度上造成了生态审美的失语状态。

自然审美欣赏中的科学认知主义

叶冰冰

作者简介 叶冰冰，山东大学文艺美学研究中心 2017 级硕士研究生。

卡尔松的环境美学理论经历了从自然美学到环境美学，从自然环境美学到人类环境美学的过程，研究方法经历了从科学认知主义到功能主义的过程。卡尔松的环境美学关注的有自然环境、人类影响环境、人造环境和人文环境，本文将探讨的是自然环境的审美欣赏，同时使用的是科学认知主义的研究方法。

结合卡尔松对于肯定美学的论证，以及薛富兴对野生自然的审美欣赏提出的综合性方案，本文将具体分析在自然审美欣赏中，科学认知主义是如何发挥其核心作用的，同时讨论科学认知主义对于我们解读中国传统的自然审美欣赏的启发。

一 科学认知主义与肯定美学

需说明的是，在《功能之美》一书中，卡尔松提到，"受损、生病和畸形有生物之范例表明，作为关于自然界的一种整体观点，我们不能坚持肯定美学立场，虽然这一立场似乎确实不乏真正的洞见，通过解释为何关于肯定美学的范例只限于有机自然,我们的分析显示,肯定美学确实捕捉到了一些关于无机事物自然之美的某些实情"。① 这说明了肯定美学有其适用范围,所以这里只探讨无机自然中,科学认知主义对于自然环境审美欣赏的作用。

艾伦·卡尔松曾说,"所有原始的自然,本质上说,在审美上都是好的"。② 这是肯定美学的核心思想。为了证明这一点,卡尔松提出了几种自然审美范式,并讨论了每种范式的可行性。第一种范式,自然欣赏是非审美的。如果自然欣赏不是审美的,就不会有对它的批判和否定的判断,所以它可能是肯定的。但这不是一个充分的理由。"这些不同的例子表明,作为恰当的审美对象,所有事物都是平等的。"③ 世界上的一切都可以被审美地欣赏,我们感叹群山的壮丽风景,聆听鸟儿的悦耳鸣叫,欣赏花朵的绚丽色彩,这些都是我们无法忽视的对自然的审美欣赏。所以非审美方案是不可行的。对肯定美学的第二项辩护是,自然不是艺术品,人类没有权力批判它,故消极的欣赏是没有意义的。不受人类控制的自然常常使人感到威胁。而在康德那里,这种威胁反被转化为对自然的敬畏,进而转变为崇高感。但自然不是人造物,并不意味着人不能批判或者理解自然。我们可以用不同于艺术审美的方式来批判和理解自然,所以第二项理由也不成立。第三项理由是有神论。由于不是所有人都信奉耶稣,这一说法在肯定美学中就显得没那么有说服力了。但卡尔松还是想寻求其论证的可能性。在有神论者看来,由上帝创造、不受人类干扰的自然是完美的。但是有神论者往往难以解释丑陋的存在。在基督教教义中,自然是人类征服的对象。如果宗教贬低自然的价值,它怎么能积极地对待它呢?因此,有神论

---

① [加]帕森斯、卡尔松:《功能之美——以善立美:环境美学新视野》,薛富兴译,河南大学出版社 2015 年版,第 102 页。
② Allen Carlson, "Nature and Positive Aesthetics", *Environmental Ethics*, 6 (1984), pp. 5 – 34.
③ Allen Carlson, "Nature and Positive Aesthetics", *Environmental Ethics*, 6 (1984), pp. 5 – 34.

不能支持肯定美学。以上三种情况都不能成为肯定美学的合理论证。

这样一来,卡尔松将目光转向了科学。为了说明科学知识对于自然审美欣赏的重要作用,卡尔松将艺术欣赏与自然审美欣赏进行对比。对艺术品的审美欣赏和审美判断,当以艺术史和相关艺术知识为基础,这样才能保证艺术审美欣赏的客观性,也能对艺术品进行恰当的审美欣赏。比如《日出·印象》只有在印象画派的范畴才能得到正确的审美判断。与之相似,自然审美欣赏不只需要人的感知能力的参与,还需要科学知识来保证其客观性。对于巍峨的泰山,有些人会感叹它的壮美,而患有恐高症的人只能对它产生恐惧,那么泰山到底是不是美的呢?这时候,自然地理知识就对我们欣赏泰山产生了重要的作用。当我们了解到泰山经历了漫长而复杂的地壳运动,不断历经抬升、断裂、沉没、再抬升、再被侵蚀的过程,从而形成中国最古老的地层——其绝对年龄在25亿年左右。有了关于泰山的科学知识,我们对于"会当凌绝顶,一览众山小"就会有更深的理解。这些科学知识让我们对于自然的神奇力量产生了由衷的敬畏,也让我们"恢复了自然的神奇性,神圣性,和潜在的审美性"[1]。这是建立在科学知识的基础之上,对于自然力量的理性认知和尊重,不同于人类蒙昧时期对于自然未知力量的神话想象。

由于自然世界是被发现的,关于自然世界的范畴是由人所创造的,人们借助科学知识为眼前的自然找到正确的范畴,也可以体验到审美之善。这里需要注意的是,科学知识为自然的肯定美学提供了必要的信息,也为其划定了范围,所以一旦离开了科学的世界,肯定美学可能就是"一个不可论证的立场"[2]。

还需要说明的是,卡尔松的自然美学思想不能概括为"肯定美学",

---

[1] 曾繁仁:《生态美学导论》,商务印书馆2010年版,第39页。
[2] Allen Carlson, "Nature and Positive Aesthetics", *Environmental Ethics*, 6 (1984), pp. 5 – 34.

不只是因为肯定美学还有许多有争议的地方。在卡尔松自己看来，肯定美学只是他论证和维护的一个观点，而科学认知主义才是其自然美学思想的核心，并且可以成为支撑肯定美学的论证。①

二 综合方案

以上讨论了科学认知主义与关于自然的肯定美学之间的关系。科学知识使我们对于自然的审美鉴赏由浅入深，为我们的自然审美鉴赏划清了边界，揭示了自然对象和自然环境的审美特性，使我们免于审美遗漏和审美欺诈。② 但是这个世界上还是有许多我们普通人看来似乎无法进行审美欣赏的事物，比如沼泽。那么这种情况下，科学知识又怎样发挥其作用呢？

卡尔松将湿地的欣赏称为"艰难之美"，并阐述了解决这一难题的四种方法。它们分别是非美学的解决方案、形式主义的解决方案、认知的解决方案和崇高的解决方案。第一个解决方案是让我们忽略湿地，因为它真的不美丽，它寒冷和潮湿，充满泥浆、陷阱和未知的危险。甚至关于湿地的可怕神话和传说也会让人们想远离它。显然，这与肯定美学的信念是相悖的。第二个解决方案是形式主义。然而，比起直接忽略湿地，让人相信在湿地中有绚丽的色彩，美丽的线条和形状似乎更困难。对于湿地的审美欣赏也会因为仅仅关注形式方面的特质而被削弱。这种情况下我们只能诉诸科学知识了，也就是认知方案。我们在了解到湿地在蓄养净化水源、减少旱涝灾害、保护生物多样性上的作用之后，可能会改变以往的偏见。但是这种认知并不会减少湿地实际存在的危险，同时也会削弱关于湿地的神

---

① ［加］卡尔松：《从自然到人文——艾伦·卡尔松环境美学文选》，薛富兴译，广西师范大学出版社 2012 年版，第 330—331 页。
② 薛富兴：《艾伦·卡尔松的科学认知主义理论》，《文艺研究》2009 年第 7 期。

话传说的魅力。尽管这些传说会引起人们对于湿地的厌恶,但是卡尔松还是承认了其对审美欣赏的作用。在这个问题上,我们可以理解为,人随着科学的进步,逐步加深对于世界的认识,湿地中的自然现象在科学的解释下开始显露出真正的面貌,以往骇人的神话传说故事则成了人类想象力的证明。

卡尔松认为崇高方案是对湿地进行自然审美欣赏的更佳途径。他的思路是将对湿地的恐惧转化为崇高感,以实现对于湿地的审美欣赏。但是,这只是一种理论上的可能。要实现这一转化,"崇高审美教育当是解决湿地审美欣赏困难问题的有效途径"。[①] 薛富兴对此提出了质疑,在他看来,崇高不是解决湿地审美问题的方案,而是解决后的结果。人是在了解到湿地是一个有其运行规律和内在秩序的完整的生态系统之后,才保护湿地,进而欣赏湿地,对其产生崇高感。但这中间还缺少一个哲学价值论的桥梁。若从人类中心主义出发,工具价值论的观点不会让我们花费精力保护甚至欣赏自然。所以薛富兴将认知方案和崇高方案结合起来,以尊重自然的内在价值为出发点,提出了综合性方案。[②]

这种综合性方案就是摒弃工具价值观,尊重湿地的内在价值,借助自然知识,加深对湿地生态系统的了解,从理性上逐渐消除排斥和厌恶,进而产生对湿地的欣赏之情。从哲学和认知层面提出方案不足以真正解决实地欣赏困难的问题。对此,薛富兴提出了一套具体的方案,他称之为"哲学—认知—物理方案"[③]。这套方案由哲学层面的自然内在价值观念、科学认知层面对自然对象的深入认知,以及物理层面的隔离防护措施构成。[④] 这一方案对于扩大自然审美对象,加深对自然审美特性的了解有着重要的意义。

---

① 薛富兴:《艾伦·卡尔松的科学认知主义理论》,《文艺研究》2009 年第 7 期。
② 薛富兴:《艾伦·卡尔松的科学认知主义理论》,《文艺研究》2009 年第 7 期。
③ 薛富兴:《艾伦·卡尔松的科学认知主义理论》,《文艺研究》2009 年第 7 期。
④ 薛富兴:《艾伦·卡尔松的科学认知主义理论》,《文艺研究》2009 年第 7 期。

同时我们也看到，对于自然审美欣赏来讲，自然科学知识并不是唯一影响因素，正确的哲学价值观的引导和现实的物质条件都发挥着不可替代的作用。我们也应看到，摒弃人类中心主义的狭隘观念并不意味着就能够对自然有恰当的审美欣赏，激进的生态主义因为其对于自然的绝对价值的过分强调也不能指导人们的自然审美欣赏。应该提倡的是生态人文主义，它"成立的依据就是人的生态审美本性"[1]，因为"人天生具有一种对自然生态亲和热爱并由此获得美好生活的愿望"[2]。从自然内在价值出发符合康德的非功利的审美观念，但当我们欣赏湿地生态系统时，必然联想到它对于自然和人类的重要作用，出于这种重要作用又必将对湿地生态系统进行保护，进而欣赏。所以在哲学层面提倡尊重自然内在价值的同时，也不应忽视生态人文主义的人与自然和谐共存的观念。

三　中国问题

中国学者薛富兴对卡尔松的环境美学进行了深入的研究，并对科学认知主义提出了一系列问题。中国有着悠久的自然审美欣赏史，其中起重要作用的是人的情感，而不是科学知识。中国诗人倾向于用自然对象和自然现象来表达情感，他们的自然审美体验与艺术创作难以割裂。中国的自然美学史充满了对自然的主观审美判断，但由于缺乏科学知识，这种判断可能是不恰当的、错误的。一旦这个推论成立，中国就不会有正确的自然审美。对此，薛富兴提出，科学认知主义和中国的自然审美欣赏史，哪一个需要修正？[3]

---

[1] 曾繁仁：《生态美学导论》，商务印书馆2010年版，第64页。
[2] 曾繁仁：《生态美学导论》，商务印书馆2010年版，第64页。
[3] ［加］卡尔松：《从自然到人文——艾伦·卡尔松环境美学文选》，薛富兴译，广西师范大学出版社2012年版，第342—343页。

卡尔松在一次采访中回答了这个问题。① 他主要分析了中国传统自然审美的主观性问题。一方面，对特定自然对象的审美判断可以是主观的，正如在本文开头提到的，有些人认为泰山是宏伟的，而另一些人认为它是可怕的。主观性阻碍我们获得适当的审美体验，所以在自然审美欣赏中应尽量避免这种现象。另一方面，当审美经验来自审美主体时，我们认为它是主观的。诗歌是诗人表达对自然的情感的一种方式，不能只被视为一种对自然的审美。也就是说，虽然人有主观的审美体验，但我们不能把对自然的审美当作主观的。所以卡尔松认为无论是科学认知主义，还是中国的自然审美欣赏史，都不需要修正。

这一讨论使我想起了苏轼的《惠崇春江晚景》，"竹外桃花三两枝，春江水暖鸭先知。蒌蒿满地芦芽短，正是河豚欲上时"。这首诗描绘了春天的美景，但也包含着古代中国人关于自然的常识和科学认识，桃花盛开，蒌蒿发芽，河豚洄游，根据物候的变化，我们知道了春天的到来。这首诗表现了诗人的审美趣味，也用诗意的语言对客观的世界进行了描绘，根据我们的自然生态知识，这种描绘毫无疑问是正确的。

那么中国传统的自然审美欣赏到底是不是正确的？首先，我认为就科学认知主义来说，它有它的产生背景和适用范围。17、18世纪以来，随着科技的进步，人类的科学知识得到了极大的丰富，对于自然感知的深度和广度也有了很大的发展。这种情况下，科学知识对于我们进行自然审美欣赏的重要作用逐渐显露出来。但是在此之前，难道人类对于自然就没有正确的认识吗？人类对于自然的认识是逐渐加深的，我们不能以现代人的科学知识水平来简单判断古人自然审美欣赏的正误。其次，科学知识并不是我们认识自然欣赏自然的唯一途径，我们可以感性直观地欣赏自然，这两

---

① ［加］卡尔松：《从自然到人文——艾伦·卡尔松环境美学文选》，薛富兴译，广西师范大学出版社2012年版，第342—343页。

者并不矛盾。我们欣赏自然时，不仅需要感官的参与，也需要理性的指导，这样对于自然才有全面的深刻的感知。所以我认为，并不是中国传统自然审美欣赏缺乏科学知识，从而导致不恰当的审美，而是人类的知识是逐渐积累的，人对自然的认识也是逐渐深化的，不能用科学知识的多少来否定前人。同时也要承认，科学知识不是自然审美欣赏中唯一的主导因素。

结　论

本文介绍了科学认知主义对于自然审美欣赏的作用。在自然环境的审美欣赏中，科学知识不仅为我们划定了自然审美欣赏的疆界，丰富了我们的审美对象，也为湿地这样审美困难的对象提供了实际可行的审美方案，并为我们认识和解读中国传统自然审美欣赏提供了独特的视角，这区别于传统的意象情感角度。

我们还应意识到科学知识不是万能的，虽然它可以让我们进行恰当的自然审美欣赏。没有哲学在观念和思想方面的提升，科学认知主义只能发挥有限的作用。没有感性因素的介入，科学认知主义对于复杂的自然审美现象只能得出片面的结论。

古代文论

Ancient literary theory

《文心雕龙·原道》篇旧注辨证*

李 飞

作者案 得益于前人尤其是近代以来学者的研究,现代阅读《文心雕龙》过程中所遇到的文字困难已经十去八九,但仍有一些问题没能得到圆满的解决。本系列论文即逐篇考察这些尚未解决的疑难问题,在前人研究的基础之上试进一解,以就正于高明方家。

作者简介 李飞,山东大学文艺美学研究中心副教授、硕士生导师,主要研究方向是中国文学批评史。

一 【文之为德也大矣,与天地并生者何哉?】

斯波六郎《文心雕龙札记》:"陆机《文赋》:'彼琼敷与玉藻,若中原之有菽。同橐籥之罔穷,与天地乎并育。'……彦和'与天地并生'句恐系本陆机此言,而在理论上更形周密者。"①

案:斯波六郎引《文赋》以为刘勰理论之先导,所说甚是。先秦时代已有文艺为天地之生物的看法,但与魏晋时代的讲法至少有两点不同。首先,先秦时代的讲法偏重于发生学,探讨的是文艺的起源问题。以乐论为

---

* 本文所引《文心雕龙》原文皆本自黄叔琳《文心雕龙辑注》本(乾隆六年养素堂初刻本,首都图书馆藏,国家图书出版社2017年影印),非有改动,不再一一注明。

① 王元化编选:《日本研究〈文心雕龙〉论文集》,齐鲁书社1983年版,第39—40页。

例。《吕氏春秋·仲夏纪·大乐》篇："音乐之所由来者远矣！生于度量，本于太一。太一出两仪，两仪出阴阳（高诱注："两仪，天地也；出，生也。"），阴阳变化，一上一下，合而成章（高诱注："章犹形也。"）……形体有处，莫不有声。声出于和，和出于适，先王定乐，由此而生。"① 虽然字面上有些类似，均以太一（道）、两仪（天地）为音乐之所由来，但《吕氏春秋》是从宇宙生成论的角度来阐明音乐的发生，其追溯带有明确的时间因子，因此后面说道："凡乐，天地之和，阴阳之调也。始生人者，天也，人无事焉。"② 先王定乐，不可能"与天地并生"，"与天地乎并育"。陆机、刘勰的讲法，则是一种本质论的讲法，不是探讨"文"的发生，而是将"文"视作"道"之一"德"，"与天地并生"之"生"，如汤用彤所说，"玄理所谓的生，乃体用关系，而非此物生彼物（如母生子等），此则生其所生，亦非汉学所了解之生也"。③ 故可"与天地并生"，"与天地乎并育"。

其次，与第一点相关，由于《吕氏春秋》是从宇宙生成论的角度肯定太一天地是音乐之所由来，因此二者的一致性主要体现在质料的构成方面，太一出两仪，两仪出阴阳，阴阳合而成章，形莫不有声，先王于是定乐。作为一种行为和机制的音乐，则并不认为其与太一天地属于同一性质。在人文初创的先秦，尤其是百家争鸣的轴心时代，诸子对人文与天文的不同有着清醒的自觉，《易·贲·彖》云："刚柔交错，天文也；文明以止，人文也。观乎天文，以察时变；观乎人文，以化成天下。"④ 荀子谓："明于天人之分，则可谓至人矣。"⑤ 庄子亦云："知天之所为，知人之所为

---

① 许维遹撰，梁运华整理：《吕氏春秋集释》，中华书局2009年版，第108—109页。
② 许维遹撰，梁运华整理：《吕氏春秋集释》，中华书局2009年版，第110页。
③ 汤用彤：《王弼大衍义略释》，上海古籍出版社2001年版，第61页。
④ "刚柔交错"四字据郭京《周易举正》说补，见杨军《周易经传校异》，中华书局2018年版，第201页。
⑤ （清）王先谦撰，沈啸寰、王星贤点校：《荀子集解》，中华书局1988年版，第308页。

者，至矣！"① 虽然对天人的内涵及其关系的认识上完全不同，但对天人之际的承认与探究则是儒道诸子的共同立场。即以陆机、刘勰作为话头的道家而论，老子有"大音希声"（《老子》第四十一章）与"五音令人耳聋"（《老子》第十二章）之对立，② 庄子有"奏之以阴阳之和，烛之以日月之明"（《庄子·天运》篇）、"奏之以无怠之声，调之以自然之命"（《庄子·天运》篇）与"澶漫为乐，摘僻为礼"（《庄子·马蹄》篇）的分别③，"橐籥"所生的艺术，显然只是前者，而非后者，因此应"去彼取此"（《老子》第十二章）④，"擢乱六律，铄绝竽瑟"（《庄子·胠箧》篇）⑤。《列子·说符》篇："宋人有为其君以玉为楮叶者，三年而成。锋杀茎柯，毫芒繁泽，乱之楮叶中而不可别也。此人遂以巧食宋国。子列子闻之曰：'使天地之生物，三年而成一叶，则物之有叶者寡矣。故圣人恃道化而不恃智巧。'"⑥ "道化"与"智巧"之别，即天文与人文之别。以"文"为"与天地并生"的"道"之一"德"，将"琼敷玉藻"看作"中原有菽"类的天地之生物，"同橐籥之罔穷，与天地乎并育"，用的是老庄的旧瓶，装的却是魏晋玄学的新酒。

魏晋以来世人多以艺术为天地之生物，此不独文学为然。繁钦《与魏文帝笺》称赞都尉薛访车子的技艺："能喉啭引声，与笳同音。""乃知天壤之所生，诚有自然之妙物也。潜气内转，哀音外激，大不抗越，细不幽散，声悲旧笳，曲美常均。""咏北狄之遐征，奏胡马之长思，凄入肝脾，哀感顽艳。"（《文选》卷四十）繁钦以薛访车子的歌艺为"天壤之所生"，

---

① 刘文典撰，赵锋、诸伟奇点校：《庄子补正》，中华书局2015年版，第180页。
② （魏）王弼注，楼宇烈校释：《老子道德经注校释》，中华书局2008年版，第113、27页。
③ 刘文典撰，赵锋、诸伟奇点校：《庄子补正》，中华书局2015年版，第407、409、275页。
④ （魏）王弼注，楼宇烈校释：《老子道德经注校释》，中华书局2008年版，第27页。
⑤ 刘文典撰，赵锋、诸伟奇点校：《庄子补正》，中华书局2015年版，第290页。
⑥ 杨伯峻：《列子集释》，中华书局1979年版，第243—244页。《列子》年代虽有争议，但这则故事又见于《韩非子·喻老》篇、《淮南子·泰族训》，可信为先秦思想材料。

· 197 ·

"自然之妙物",与刘勰以"文""与天地并生"为"自然之道",虽一具体一抽象,而观念颇复相似。齐王融谓"宫商与二仪俱生"[①],谓诗歌声律亦是与天地并生。《文心雕龙·丽辞》篇:"造化赋形,支体必双,神理为用,事不孤立。夫心生文辞,运裁百虑,高下相须,自然成对。"亦以骈俪为神理之自然。以文学艺术为天地所生自然之妙物,正是魏晋时期合名教于自然这一主流思路在文艺理论领域的表现,刘勰在《原道》篇为这一观点从理论上做了最充分的论证[②]。

又及,陆机接触到玄学,在其入洛之后[③]。陆机《文赋》写作年代有二十作与晚年作两种意见[④],周勋初以《文赋》受玄学思潮影响力证后说,主要以言意之辨对《文赋》创作的影响为证据[⑤]。斯波氏所引《文赋》语足以证明陆机写作《文赋》受到玄学名教与自然关系这一中心命题的影响,可为周勋初说张目。此点似尚未为学界所言及,故附记于此。

二 【傍及万品,动植皆文。】

杨明照《校注》:"'傍',何焯校作旁'。按何校'旁'是。张松孙本、《诗法萃编》并已改作'旁'。《说文》上部:'旁,溥也。'又人部:'傍,近也。'近谊于此不惬,当原是'旁'字。《史记·五帝本纪》'旁罗日月星辰',《汉书·郊祀志上》'旁及四夷',《文选》张衡《东京赋》'旁震八鄙',其词性并与此同,足为推证。'旁及万品'者,

---

[①] (南朝梁)钟嵘《诗品下·序》引王融语,钟嵘撰,曹旭笺注:《诗品集注》,上海古籍出版社2011年版,第448页。
[②] 参王运熙、杨明《魏晋南北朝文学批评史》,上海古籍出版社1989年版,第340—344页。该书认为《原道》篇将《易传》之道同老庄之道打通,正是接受了名教与自然一致的观点。
[③] 参唐长孺《读〈抱朴子〉推论南北学风的异同》,中华书局2011年版,第355—356页。
[④] 参俞士玲《陆机陆云年谱》,人民文学出版社2009年版,第253—255页。
[⑤] 周勋初:《〈文赋〉写作年代新探》,江苏古籍出版社2000年版,第44—51页。

犹书溥及万品耳。"①《斠诠》、周注、《注译》、《本义》等皆从其说，改"傍"为"旁"。

案：诚如杨氏所言，"傍及万品"乃是"溥及万品"之义，即如《原道》篇下文所云"旁通而无涯"。刘勰这一说法是对"文"作为"道"之"德"（"文之为德也大矣"）这一原理的"演绎"，而非"类比"，不少今译本改为"旁"字，却仍然翻译为"推及""旁及""推而广之"，稍嫌不确，容易让人误解为一种类比、类推。

但在"溥"的意义上，亦可借"傍"为"旁"。《墨子·尚同中》："已有善傍荐之。"王念孙云："傍者，溥也，遍也。《说文》：'旁，溥也。'旁与傍通。……言民有善，则共荐之。"② 这一通借在六朝时仍在使用。陆机《文赋》："其始也，皆收视反听，耽思傍讯。"徐复观以"傍"为"旁"之借字："《广雅·释诂》二：'旁，广也。'吕延济：'讯，求也。''旁讯'乃广为搜求之意。"③ 嵇康《与山巨源绝交书》："足下傍通。"李善注："言足下傍通众艺。……《周易》曰：六爻发挥，旁通情也。《法言》曰：或问行。曰：旁通厥德。李轨曰：应万变而不失其正者，唯旁通乎！"（《文选》卷四十三）《周易》（引按：《乾·文言》）、《法言》"旁通"之"旁"，皆是"溥"义，是李善以"傍通"即"旁通"，五臣注李周翰注云："傍通谓博通也。"可知中古时期以"傍"作"旁"甚为习见。杨改无版本依据，说不可从。

又，《隐秀》篇："夫隐之为体，义生文外，秘响傍通，伏采潜发。""傍通"即是"旁通"，与嵇康《与山巨源绝交书》例同。《校注》以为《隐秀》篇之"傍"字亦当改作"旁"字，亦无版本依据，不必改。

---

① 杨明照：《增订文心雕龙校注》，中华书局2000年版，第7页。
② （清）王念孙撰，徐炜君等点校：《读墨子杂志》卷一，上海古籍出版社2014年版，第1457页。
③ 徐复观：《陆机〈文赋〉疏释》，上海书店出版社2006年版，第266页。

三 【故形立则章成矣,声发则文生矣。】

章太炎谓:"'文''章'二字当互调。当云'故形立则文成矣,声发则章生。'乐竟为一章。"① 李曰刚同其说,并进而将"章成"与"文生"互调:"'文生''章成'原互倒,各与句首主语不相应。文由形生,章以声成,故《情采》篇之论形、声,有所谓'五色杂而成黼黻,五音比而成韶夏'之说也。兹以文义订正。"②《注译》亦谓:"本文各本作'形立则章成','声发则文生'。今按:形体有文彩,声音有节奏,所以改作'形立则文生','声发则章成'。《颂赞》:'镂采摛文,声理有烂。'唐写本正作'镂采摛声,文理有烂',是今本亦以声文两字互倒之证。"③

案:三家所改,并无版本上的依据。《注译》所引《颂赞》篇依唐写本,"镂采"为形文,"摛声"为声文,而皆为"文",与此处分别文、章无干,适可见刘勰之文苞"形""声"二者。章、李、郭三氏以为"文""章"二字互倒的主要根据,在于文字训诂。章太炎引《说文》"乐竟为一章"之说,则"章"自关乎"声文";而文为"错画","象交文"(《说文·文部》),则自与形文有关。从训诂上看,自是"文"从"字"顺,言之成理。章太炎作《文学总略》,亦是以《说文》为依据来为"文""章"下定义④。

但文字训诂的使用有其限度,不可代替以此理论阐释。许慎作《说文》的目的是探求字的本义,但文字在后世的词义演变非本义所能范围。

---

① 章太炎讲授,钱玄同等记录:《章太炎讲演〈文心雕龙〉的记录稿》,东方出版中心2021年版,第81页。
② 李曰刚:《文心雕龙斠诠》,台北"国立"编译馆中华丛书编审委员会1982年版,第20页。
③ 郭晋稀:《文心雕龙注译》,甘肃人民出版社1982年版,第4页。
④ 章太炎撰,庞俊、郭诚永疏证:《国故论衡疏证》,中华书局2008年版,第248页。

若依章氏所言，文为形文，章为声文，则《毛诗大序》"声成文，谓之音"，岂不当改作"声成章"？章氏据小学训诂使形文、声文分属"文""章"，而从理论上讲，"形文""声文"本可相通，此即文学修辞中常见的"通感"。古人对这种心理经验早有体会，在文学中有广泛的运用①，尤为重要的是，通感现象的存在意味着以不同官能作为载体与媒介的艺术门类之间彼此相通、互相借鉴的可能性，著名的例子，像苏轼"诗画一律"说，再如谢林称建筑艺术"是空间里的音乐，宛如一种凝固的音乐"②。魏晋以来的批评家对这一点已有明确的认识，例如曹丕以文学"譬诸音乐"（《典论·论文》），陆机说文之为物，"暨音声之迭代，若五色之相宣"（《文赋》）。刘勰对此也表赞同，"魏文比篇章于音乐，盖有征矣"（《总术》篇），论章句则谓："其控引情理，送迎际会，譬舞容回环，而有缀兆之位；歌声靡曼，而有抗坠之节也。"（《章句》篇）此即"比篇章于音乐"之一端。《总术》篇作更全面之推演："视之则锦绘，听之则丝簧，味之则甘腴，佩之则芬芳，断章之功，于斯盛矣。"充分展示了文学作为以语言为载体的艺术而可与诸多官能相通的这一事实。基于此种认识，认为刘勰会坚守"文""章"的本义而以"文"为形文，以"章"为声文，甚至在没有版本依据的情况下径直改动《文心雕龙》原文，不免有些拘执乃至于武断了。

四 【惟人参之，性灵所钟，是谓三才。为五行之秀，实天地之心。……乾坤两位，独制《文言》。言之文也，天地之心哉。】

《原道》两处提及"天地之心"，第一处本自《礼记·礼运》，言天地

---

① 参钱锺书《通感》，见所著《七缀集》，生活·读书·新知三联书店2002年版，第62—76页。

② ［德］谢林：《艺术哲学》，先刚译，北京大学出版社2021年版，第252页。

之间人性最贵之意，此"天地之心"指人。第二处指《文言》（"言之文"），学者或以为两处相关，如黄霖《汇评》引丁后溪评曰："回顾生姿。"① 陈拱谓："天地之心，本为比拟之说。在前文，彦和尝以人为天地之心，示人之地位最高，居天地之心脏地位，最为可贵，于此，而以《文言》为天地之心，犹人之为天地之心然，而非其他文章所能望其项背者，惟其如此，则在《文言》文章之最富于文采故也。"② 王礼卿云："前称人为天地之心，所以明人为万物之灵；此称文言为天地之心，所以示文之文采为人文之灵：二者并出乎自然，拔乎其萃，固特以天地之心对称之。"③

两处"天地之心"，所指稍有不同。"天地之心"，意谓天地之性最灵者，第一处指人，《礼记·礼运》："人者，天地之心也。"正义引王肃云："人于天地之间，如五藏之有心矣。人乃生之最灵，其心，五藏之最圣者也。"第二处指"文言"（"言之文"），盖人为天地之心，此"心"即体现于人之有"言"，譬古希腊所谓"逻各斯"（logos），太初有言，言说成为人之本质与理性普遍原则，刘勰故云"心生而言立，言立而文明，自然之道也"，人既为"有心之器"，则"其无文欤"？"言之文"于是成为"天地之心"（人）之"心"。《通解》于此解说最明："以最灵之人心，喻天地之灵心，故谓为'天地之心'。……以其灵秀，故特有万物所无之语言；既有语言，即进有文章之炳焕。由言而文，由精而益精，即韩退之《送孟东野序》所谓'人声之精者为言，文辞之于言，又其精也'。至是而人文以成。""后称易之《文言》为天地之心者……盖标文言之文采，推及凡文辞之文采，与'文之为德'溥赅之义同。"

但也有学者认为二者并无关联，陆侃如、牟世金认为："这与上面说的'天地之心'不同，是取《易经·复卦》中'复，其见天地之心乎'

---

① 黄霖编：《文心雕龙汇评》，上海古籍出版社2005年版，第14页。
② 陈拱本义：《文心雕龙本义》，台北：台湾商务印书馆1999年版，第15页。
③ 王礼卿：《文心雕龙通解》，台北：黎明文化事业公司1986年版，第14页。

的意思。'心'是本性,指天地有文,是其本来就有的特点。"译为:"可见言论必须有文采,这是宇宙的基本精神!"① 牟世金后又撰文加以阐说:"两处'天地之心'的用意实不相同,前者指人处于天地之间的重要位置而以人心为喻,后者却是借以说明'言之文'的必然性。李曰刚解前句为'人居于天地之中央',后句为'此即天地之道心也','道心'二字虽觉明而未融,庶几近是。'言之文也'二句,上承'乾坤两位,独制《文言》';下启河图洛书之华'亦神理而已',则此'天地之心',指天地万物自然具有的本性甚明。《易·复》:'复,其见天地之心乎'。王注:'复者,反本之谓也,天地以本为心者也。'《正义》:'本,谓静也,言天地寂然不动,是以本为心者也。'彦和正取'以本为心'之义而创新意,与《原道》论万物皆自有其文之旨相合。"② 龙必锟《全译》从其说,将"天地之心"解释为"天地自身的本性、基本规律。"③ 冯春田《释义》进而将"天地之心"的用典坐实于《易·复》彖辞,认为"这里的'天地之心',正是指天地或阴阳矛盾对立及运动变化的规律"④。

案:此说未当。《易·复》彖辞:"复,其见天地之心乎。"王弼注:"复者,反本之谓也。天地以本为心者也。"王弼说得很清楚,"复"是"反本","天地以本为心",并不是说"心"就是"本"。王弼下云:"天地虽大,富有万物,雷动风行,运化万变,寂然至无,是其本矣。故动息地中,乃天地之心见也。若其以有为心,则异类未获具存矣。"可见"复"是"反本","本"即是"无",王弼实际上是讲"天地以无为心",这与他的"贵无"立场是一贯的,与"言之文"之间殊少关联,陆牟注、《释义》等说过于牵强,恐不可从。纪昀谓:"此解文言,不免附会。"⑤ 或许

---

① 陆侃如、牟世金:《文心雕龙译注》,齐鲁书社1995年版,第99、100页。
② 牟世金:《〈文心雕龙〉的范注补正》,《社会科学战线》1984年第7期。
③ 龙必锟译注:《文心雕龙全译》,贵州人民出版社1992年版,第6页。
④ 冯春田:《文心雕龙释义》,山东教育出版社1986年版,第25页。
⑤ 黄霖编:《文心雕龙汇评》,上海古籍出版社2005年版,第14页。

也是从"复"的角度理解"言之文",所以才会发此议论,因此此处"天地之心",实与《复》彖辞无关。陆牟注、《全译》将"心"解释为"本性""基本规律",亦欠妥当,正义发挥王弼注:"天地养万物,以静为心,不为而物自为,不生而物自生,寂然不动,此天地之心也。……天地非有主宰,何得有心?以人事之心,托天地以示法尔。"可知古人对"心"的理解,总不免带有目的论的色彩,不宜解释"本性",斯波六郎《札记》谓:"上段曾云'天地之心',此处亦有'天地之心',可以说彦和认为意存乎天地之间,也就是说'道'是有目的的。"[1] 这种目的当然并非如董仲舒所说的"仁,天心"[2] 一类的人格神的意志,而是如刘勰所言"心生而言立,言立而文明,自然之道也",是一种自然的内在合目的性。可知此处"天地之心"虽不必定与前文"天地之心"所指("人")呼应,然其作为"天地之性最灵者"的内在意义则是一以贯之的。

刘勰此处"天地之心",可能是玩了一个语意双关的文字游戏。"言之文也,天地之心哉"紧承上文"乾坤两位,独制《文言》"而来,乾为天,坤为地,《文言》为乾坤两卦所独擅,是以"文言"—"言之文"为"天地(乾坤)之心"。郭晋稀《注译》:"《易经》六十四卦,惟乾坤有《文言》;乾为天,坤为地,故云:'天地之心哉。'"所说最为简要[3]。斯波六郎《札记》对此句的解释最为精到:"孔子曾专为乾坤两位作'文言'传,故云'言之文也,天地(乾坤)之心哉'。彦和将'文言'解释作'有文之言',以及他对于'文言'传性质的见解,皆如范氏引黄氏说,与庄氏所云'文谓文饰,以乾坤德大,故特文饰以为《文言》'(《周易正义》引)有关。然而以此与天地之心联系起来又是彦和的独到之见,这一

---

[1] 王元化编选:《日本研究〈文心雕龙〉论文集》,齐鲁书社1983年版,第45页。
[2] (汉)董仲舒撰,苏舆义证:《春秋繁露义证》,中华书局1992年版,第161页。
[3] 郭晋稀:《文心雕龙注译》,甘肃人民出版社1982年版,第6页。不过郭氏将此句译为:"语言而有文采,人类真不愧为天地的心灵。"仍是以人为天地之心,与注释稍欠照应。

观点是彦和将自己的主观解释投入天地、自行反刍后形成的；而叙述这一观点无非是反复声言人文本于道而已。"① 黄叔琳评："解易者未发此义。"② 诚哉斯言，彦和以解易而为文学立则，实发前人所未发。

五 【自鸟迹代绳，文字始炳，炎皞遗事，纪在《三坟》，而年世渺邈，声采靡追。唐虞文章，则焕乎始盛。】

"始盛"之"始"，黄校："冯本作'为'。"③ 范校："铃木云：《御览》亦作'为'。"④《校证》："冯本'始'作'为'。《御览》作'为'。"⑤《校注》："按《御览》引作'为'。《徵圣》篇：'远称唐世，则焕乎为盛。'辞义与此同，可证作'为'是也。上文'鸟迹代绳，文字始炳'，已言文之起原；下言'元首载歌……益稷陈谟'云云，正明唐虞文章焕乎为盛之绩。若作'始盛'，匪特上下文意不属，且与'文字始炳'之'始'字重出矣。"⑥ 后来注家多据杨说改作"为盛"。

案："自鸟迹代绳，文字始炳"，言文字之始著；"唐虞文章，则焕乎始盛"，言文章之始盛；文字、文章，判然两事，似不必改。《徵圣》篇"远称唐世，则焕乎为盛"，指的是"政化贵文"，与此处之文专指文字著于竹帛者不同。《养气》篇："夫三皇辞质，心绝于道华；帝世始文，言贵于敷奏。"所叙与此处全同，"三皇辞质"，即所谓"自鸟迹代绳，文字始炳"，"帝世始文"即所谓"唐虞文章，则焕乎始盛"，尤为

---

① 王元化编选：《日本研究〈文心雕龙〉论文集》，齐鲁书社1983年版，第45页。
② 黄霖编著：《文心雕龙汇评》，上海古籍出版社2005年版，第14页。
③ （清）黄叔琳：《文心雕龙辑注》，国家图书馆出版社2017年版，第23页。
④ 范文澜注：《文心雕龙注》，人民文学出版社1958年版，第2页。
⑤ 王利器：《文心雕龙校证》，上海古籍出版社1980年版，第3页。
⑥ 杨明照：《增订文心雕龙校注》，中华书局2000年版，第10页。

切证，故不必改字。

六 【逮及商周，文胜其质。】

"胜"字注家一般解作"胜过"，而又有两种讲法。一是将"其"理解为"前代"。如赵仲邑译为："到了商周，作品文采华美，比之于前代作品的简单朴素，更胜一筹。"① 祖保泉《解说》②、周勋初《解析》③ 等皆同其说，如此，刘勰这里就是《通变》篇"商周篇什，丽于夏年"的意思。但这种理解于句法不甚相合，这里的"其"若理解为代词，恐怕只能指商周言。

于是有第二种解释，将"其"理解为"商周"。施友忠译："By the time of the Shang and the Chou, literary form surpassed its substance."④ 还有的注释没有明确提及文与质的主体，如王礼卿《通解》："及至商周，文采胜于素质。"⑤ 李曰刚《斠诠》："及至商周二代，文采胜过本质。"⑥ 陆侃如、牟世金注："文胜其质：指商周时期的作品比以前有所发展。"译为："到了商代和周代，文章逐渐发展。"⑦ 郭晋稀译为："到了商周两朝，作品更有文采。"⑧ 这种理解大致等同于将"其"理解为"于"（《缀补》："案其犹于也。"），⑨ 实际上也是默认了文、质的主体为商周，因此可以归为一类。

---

① 赵仲邑：《文心雕龙译注》，漓江出版社1982年版，第22页。
② 祖保泉：《文心雕龙解说》，安徽教育出版社2009年版，第7页。
③ 周勋初：《文心雕龙解析》，凤凰出版社2015年版，第14页。
④ *The Literary Mind and the Carving of Dragons*, tr. by vincent Y. C. Shin（施友忠）, New York, Columbia University Press, 1959。
⑤ 王礼卿：《文心雕龙通解》，台北：黎明文化事业公司1986年版，第16页。
⑥ 李曰刚：《文心雕龙斠诠》，台北："国立"编译馆中华丛书编审委员会1982年版，第30页。
⑦ 陆侃如、牟世金：《文心雕龙译注》，齐鲁书社1995年版，第99、100页。
⑧ 郭晋稀：《文心雕龙注译》，甘肃人民出版社1982年版，第8页。
⑨ 王叔岷：《文心雕龙缀补》，中华书局2007年版，第315页。

案：此处"胜"字不宜解为胜过，理由有二。首先，从用典上看，《校注》："按《礼记·表记》：'子曰：虞夏之质，殷周之文，至矣。虞夏之文，不胜其质；殷周之质，不胜其文。'舍人遣词本此。"① 杨说近是，盖儒家关于"文质"问题的讨论虽夥，治五经者均有涉其说者，然皆以周尚文，殷尚质，独《表记》以殷周属文，与虞夏之质对举②。此处彦和以商周为文胜之代表，故若是用典，则当如《校注》所言，本于《表记》。《表记》前云："殷周之道，不胜其弊。"郑玄注："胜犹任也。""不胜其质""不胜其文"郑玄无注，当并同。刘勰本于此文，则亦当同于郑玄，胜字不作"胜过"解，其义为"承载得起"（即郑注"任也"）。

更为重要的是《文心》本文的内证。如将"胜"理解为"胜过"，则"文胜其质"并不是刘勰的理想范式。刘勰心目中最高的文的标准，是"衔华而佩实"，"志足而言文，情信而辞巧"（《徵圣》），以文质关系论，自是文质彬彬。而商周时代在彦和心目中则是一个文学典范的时代，《通变》篇陈述文学历程，"黄唐淳而质，虞夏质而辨，商周丽而雅，楚汉侈而艳，魏晋浅而绮，宋初讹而新"，独有商周处于文与质、情志与文辞的最佳结合点上。这是因为刘勰将六经与商周时期等同起来，六经文本当然并不全部产生于商周，但六经成为经典却始于商周，更准确地说，肇始于孔子。《宗经》篇："自夫子删述，而大宝启耀。"③《原道》篇对商周时代的这段叙述，"逮及商周，文胜其质，《雅》《颂》所被，英华日新。文王患忧，繇辞炳曜，符采复隐，精义坚深。重以公旦多材，振其徽烈，剬诗缉颂，斧藻群言。至若夫子继圣，独秀前哲，熔钧六经，必金声而玉振；雕琢情性，组织辞令，木铎起而千里应，席珍流而万世响，写天地之辉光，晓生民之耳目矣"，正可看作对"大宝启耀"的过程描述。因此《原

---

① 杨明照：《增订文心雕龙校注》，中华书局2000年版，第11页。
② 参见阎步克《士大夫政治演生史稿》，北京大学出版社2015年版，第266—270页。
③ "启"原作"咸"，依杨明照说据唐写本改。

道》篇的"文胜其质",就应当如《通变》篇的"商周丽而雅",《徵圣》篇的"圣文之雅丽"一样,都可以看作文质彬彬的一种等义表述,这个"胜",自然不能解释为"胜过",而应解释为"胜任,能相配",如周振甫注:"文胜任它的质,即文质并美。"① 龙必锟《全译》:"到了商代和周代,文章的文采有了发展,胜任配得上它的内容质地。"② 戚良德《通译》:"文胜其质,即文质相称、文质彬彬。"③ 至于文"胜过"其质的,要算楚汉以后,所谓"楚艳汉侈,流弊不还"(《宗经》)是也。

七 【逮及商周,文胜其质,《雅》《颂》所被,英华曰新。】

周振甫注:"按《商颂》是周代宋人作,非商诗。"④ 郭晋稀亦谓:"《商颂》本为商后代宋人之诗,但世认为商诗。"⑤

案:《商颂》年代为《诗经》学史上一大公案。古文家以为是商诗,《诗·商颂·那》毛序:"微子至于戴公,其间礼乐废坏,有正考甫者,得《商颂》十二篇于周之太师,以那为首。"今文家则以为是春秋时期宋诗,《史记·宋微子世家》:"襄公之时,修行仁义,欲为盟主,其大夫正考夫美之,故追道契、汤、高宗,殷所以兴,作《商颂》。"司马迁习鲁诗,此为今文家说。后王国维又创新说,以为是宗周中叶宋人所作⑥,近代学者颇多信从者。后两说虽有分歧,在不信《商颂》为商诗这一点上则同,可统称为宋诗说。这一问题学界迄无定论,但刘勰在这一问题上信奉古文家

---

① 周振甫:《文心雕龙注释》,人民文学出版社1981年版,第6页。周振甫《今译》则译为:"到了商朝周朝,文采胜过前代的质朴。"与《注释》不同。
② 龙必锟:《文心雕龙全译》,贵州人民出版社1992年版,第6页。
③ 戚良德:《文心雕龙校注通译》,上海古籍出版社2008年版,第5页。
④ 周振甫:《文心雕龙注释》,人民文学出版社1981年版,第6页。
⑤ 郭晋稀:《文心雕龙注译》,甘肃人民出版社1982年版,第7页。
⑥ 王国维:《说商颂》,中华书局1959年版,第113—117页。

说则无疑问,除此处外,全书证据尚多:

《明诗》篇:"自商暨周,《雅》《颂》圆备。"

《诠赋》篇:"殷人辑颂。"

《颂赞》篇:"四始之至,颂居其极。颂者,容也,所以美盛德而述形容也。……自商以下,文理允备。"又:"商以前王追录。"

《诔碑》篇:"若夫殷臣咏汤,① 追褒玄鸟之祚;周史歌文,上阐后稷之烈;诔述祖宗,盖诗人之则也。"

《通变》篇:"商周篇什,丽于夏年。"

以上均足证明刘勰遵从毛序,以《商颂》为商诗。盖其时今文三家久已不行于世,陆德明云:"齐诗久亡,鲁诗不过江东,韩诗虽在,人无传者。唯毛诗郑笺独立国学,今所遵用。"②《隋书·经籍志》:"齐诗魏代已亡,鲁诗亡于西晋,韩诗虽存,无传之者。唯毛诗郑笺至今独立。"其说略同。《隋书·儒林传序》谓南北朝时"《诗》则并主毛公",刘勰在《诗》学上也独许"毛公之训《诗》……要约明畅,可为式矣"(《论说》),因此他在《商颂》年代问题上遵从毛序,是很自然的事情。故《商颂》的实际创作年代是一问题,刘勰的经学取向则属另一问题,不足以此病彦和。

八 【重以公旦多材,振其徽烈,剬诗缉颂③,斧藻群言。】

范注:"据《毛诗·豳风·七月序》,《七月》周公所作;据《尚书·金縢》,《鸱鸮》周公所作;据《国语·周语上》,《时迈》亦周公所作;

---

① "咏"原作"诔",据唐写本改。
② (唐)陆德明撰,吴承仕疏证:《经典释文序录疏证》,中华书局2008年版,第82页。
③ "剬",《御览》作"制","制"为正字。

故彦和云'剬诗缉颂'也。"① 《校注》:"按《国语·周语中》:'周文公之诗曰:兄弟阋于墙,外御其侮。'《汉书·刘向传》:'文王既没,周公思慕歌咏文王之德,其诗曰:"于穆清庙……秉文之德。"'《吕氏春秋·古乐》篇:'周公旦乃作诗曰:"文王在上,于昭于天,周虽旧邦,其命维新。"以绳文王之德。'是《小雅·常棣》《大雅·文王》《周颂·清庙》,并周公所制。故舍人云然。"②

案:据范、杨两家所引,诗三百中《豳风·七月》《鸱鸮》《小雅·常棣》《大雅·文王》《周颂·清庙》《时迈》传统上认为是周公所作。此外,《周颂·思文》,亦有言为周公所作者③,刘勰故云。值得推敲的是"缉"字的解释。学者一般将"缉"视作"辑"的借字,解释为"辑录""编辑",陈拱《本义》虽读作本字:"缉,《说文》:'绩也。'析麻续缕为缉,有整理之意。"④ 意思与"辑录"接近。但如前所引,周公是"作"诗,而非"编"诗。早期的史料,都不闻有周公编录《诗》,尤其是《周颂》的记载。如:

《史记·周本纪》:"成王自奄归,在宗周,作《多方》。既绌殷命,袭淮夷,归在丰,作《周官》。兴正礼乐,度制于是改,而民和睦,《颂》声兴。"

郑玄《诗谱序》:"及成王、周公致太平,制礼作乐,而有《颂》声兴焉,盛之至也。"

这些材料只是说明《周颂》创作年代在成王、周公时(当然《周颂》

---

① 范文澜:《文心雕龙注》,人民文学出版社1958年版,第10页。
② 杨明照:《增订文心雕龙校注》,中华书局2000年版,第12—13页。
③ 《思文》小序:"后稷配天也。"正义:"《国语》云:'周文公之为颂,曰"思文后稷,克配彼天"。'是此篇周所自歌,与《时迈》同也。"今本《国语》无此文,《周语上》引此诗,并未言作者。但韦昭注云:"言周公思有文德者后稷,其功乃能配于天。谓尧时洪水,稷播百谷,立我众民之道,无不于女时得其中者,功至大也。"亦以为此诗为周公自作,可见韦昭所见本或亦载此文。见徐元诰《国语集解》,中华书局2002年版,第14页。
④ 陈拱:《文心雕龙本义》,台北:台湾商务印书馆1999年版,第24页。

中也有明显为周公以后的作品），而并没有讲《周颂》为周公所辑录。虽然由这些史料引申出周公是《周颂》的早期编订者，并不算过分的推测，如朱熹就明言："《周颂》三十一篇，多周公所定，而亦或有康王以后之诗。"①但刘勰时是否已有学者迈出了这一步，终究找不到确切的证据。因此将"缉"解释为"辑录"，至少是有些疑问的。

或许是有见于此，有学者提出了另外一种解释。周振甫注："缉颂，作颂和乐。"②吴林伯《义疏》："缉，作也。"③温绎之《选讲》："缉与辑通，编辑也，连缀也。制与缉，都是著作之意。"④然则"缉"何以与"制"同义？温绎之将"编辑""连缀"二义并举，恐未当，但"缉"的确可由"连缀"义引申出"著作"义。《说文》糸部："缉，绩也。""绩，缉也。"段注："绩之言积也，积短为长。"⑤绩麻之积短为长，正由连缀，故可引申为"缀文"之义。谢庄《宋孝武宣贵妃诔》："陈《风》缉藻，临《彖》分微。"张铣注："缉，缀也；藻，文章也。"（《文选》卷五十七）"缉藻"即"缀藻"，《练字》篇："魏代缀藻，则字有常检。"即其例也⑥。《封禅》篇："辑韵成颂。""辑""缉"通，谓"缀韵成颂"也。"缉""缀"同义，因此又有"缉缀"一词，指文章制作。《魏书·裴景融传》："虽才不称学，而缉缀无倦，文词泛滥，理会处寡。"《梁书·胡僧祐传》："性好读书，不解缉缀。然每在公宴，必强赋诗，文辞鄙俚，多被嘲

---

① （宋）朱熹撰，赵长征点校：《诗集传》，中华书局2017年版，第337页。
② 周振甫：《文心雕龙注释》，人民文学出版社1981年版，第6页。
③ 吴林伯：《文心雕龙义疏》，武汉大学出版社2002年版，第31页。
④ 温绎之：《文心雕龙选讲》，河南大学出版社2013年版，第38页。
⑤ （汉）许慎撰，（清）段玉裁注，许惟贤整理：《说文解字注》，凤凰出版社2015年版，第1147页。
⑥ 刘勰喜用"缀"字，"缀藻"之外，又有"缀文"：《声律》篇："缀文难精。"《知音》篇："缀文者情动而辞发，观文者披文以入情。"有"缀辞"：《熔裁》篇："士衡才优，而缀辞尤繁。"有"缀采"：《诔碑》篇："其缀采也雅而泽。""思""虑"亦可"缀"：《神思》篇："临篇缀虑。"《风骨》篇："缀虑裁篇，务盈守气。"《附会》篇："缀思之恒数。"《才略》篇："孙楚缀思，每直置以疏通。"亦可单用"缀"字：《颂赞》篇："陈思所缀，以《皇子》为标。"《铭箴》篇："崔胡补缀，总称《百官》。""缀""缉"同义，此亦可以当作"缉颂"的一个旁证。

谑，僧祐怡然自若，谓己实工，矜伐愈甚。"《北齐书·李绘传》："素长笔札，尤能传受，缉缀词议，简举可观。"又《刘昼传》："乃恨不学属文，方复缉缀辞藻，言甚古拙。制一首赋，以《六合》为名，自谓绝伦，吟讽不辍。"又《刘世良传》："世良从子孝王，学涉，亦好缉缀文藻。"《颜氏家训·文章》篇："古人之文，宏材逸气，体度风格，去今实远；但缉缀疏朴，未为密致尔。今世音律谐靡，章句偶对，讳避精详，贤于往昔多矣。"[1] 以上"缉缀"，显然都是创作尤其是写作富于辞藻的诗赋作品的意思。因此"缉颂"当与"制诗"义近，皆指周公创作诗颂而言，而与"编辑"无关。

九　【木铎起而千里应，席珍流而万世响。】

"响"，注家多读如本字，《斠诠》独创异说："响（引按，繁体作響），与饗通。《汉书·礼乐志》：'五音六律依违饗昭。'饗读曰响。""谓孔子之道德文章，流布中国，好比山珍海错筵席之陈设，万世之久，依然异口歆享。席珍，席上之山珍海错，喻道德文章。"[2]

案：《斠诠》以"响"为"饗"之借字，是因其将"席珍"之"席"解释为"筵席"，将"珍"理解为"山珍海错"，而此种解释实不能成立。注家都已指出，"席珍"是本自《礼记·儒行》："哀公命席，孔子侍，曰：'儒有席上之珍以待聘，夙夜强学以待问，怀忠信以待举，力行以待取。其自立有如此者。'""席"的本义只是一种坐卧铺垫用具，引申为席位，再引申为筵席。《儒行》的"席"就不是筵席。"哀公命席"，郑注：

---

[1] （北朝齐）颜之推撰，王利器集解：《颜氏家训集解》，中华书局1993年版，第269页。王利器将"缉"解释为"编辑"，恐未当，此处显然只是创作之义。

[2] 李曰刚：《文心雕龙斠诠》，"国立"编译馆中华丛书编审委员会1982年版，第36页。

"为孔子布席于堂，与之坐也。"显然只是坐席。用以待聘的"珍"，也只能是玉帛皮马之属，而不可能是"山珍海错"类食品。所以强调是"席上之珍"，如方性夫所言："席所以藉物，席以藉之，则所藉之物居上，故谓之席上，所以防外物之或亵，尊之至也。"① 王文锦译为："儒者有似席上的宝玉，来等待诸侯行聘礼时采用。"② 甚确。"席珍"既然不能解释为"山珍海错筵席之陈设"，"响"自然也不能看作"飨"的借字。"木铎起而千里应，席珍流而万世响"，"响"正与"应"字呼应，《斠诠》曲说不可从。

十 【光采玄圣，炳耀仁孝。】

曹学佺评："仁孝二字，亦有斟酌。"③《指瑕》篇："左思《七讽》，说孝而不从，反道若斯，余不足观矣。"《校注》："按《杂文》篇：'自桓麟《七说》以下，左思《七讽》以上……或文丽而义暌，或理粹而辞驳……唯《七厉》叙贤，归以儒道。'则《七讽》之'说孝不从'，当是违反'儒道'。《原道》篇赞'炳燿仁孝'，《诸子》篇'至如商韩，六虱五蠹，弃孝废仁'，《程器》篇'黄香之淳孝'，足见舍人为重视'孝'者，故以'反道'评之。"④《校注》更结合全书指出了刘勰对"孝"的重视，然彦和斟酌之用心，似乎尚未说得透彻。

案："孝"虽一直是儒家所提倡的正面伦理，但《校注》所揭示出来的刘勰对孝的重视，则有其特殊的时代缘由。唐长孺指出，晋之代魏本以儒学相标榜，一旦取得统治权之后必然要提倡儒家的名教，但名家之本应

---

① （清）朱彬：《礼记训纂》引，中华书局1996年版，第857页。
② 王文锦：《礼记译解》，中华书局2016年版，第797页。
③ 黄霖编：《文心雕龙汇评》，上海古籍出版社2005年版，第15页。
④ 杨明照：《增订文心雕龙校注》，中华书局2000年版，第505页。

该是忠孝二事,而忠君在晋初一方面统治者自己说不出口,另一方面他们正要扫除那些忠于魏室的人,在这里很自然的只有提倡孝道,以之掩护自己自身在儒家伦理上的缺点。魏晋以来门阀制度的确立,促使孝道的实践在社会上具有更大的经济上与政治上的作用,因此亲先于君、孝先于忠的观念得以形成,东晋以后随着门阀家族较之王权为重的形式在政治上更为显著,于是孝先于忠的理论更为肯定①。这在《文心雕龙》中也有反映。刘勰虽也称赞屈原"忠贞"(《程器》)、"忠烈"(《比兴》),但"依彭咸之遗则,从子胥以自适,狷狭之志也"(《辨骚》),对屈子实现忠贞的方式显有微词。这与当时的政治环境有关。虽然"忠"在古代社会始终属于一种正面伦理,但如前所说,士大夫阶层对统一帝国的巨大向心力自东汉末党锢之祸以来已渐次涤荡殆尽,六朝忠君观念本淡薄,而身家之念大重,故专重孝德,先父而后君,这就使得六朝世族"殉国之感无因,保家之念宜切"(《南齐书·褚渊传论》),忠君可以,但总须排在保家("孝")的后面,至于殉节则更加不必②。这是六朝世族的政治伦理,也是刘勰"炳耀仁孝"的斟酌所在。

十一 【龙图献体,龟书呈貌。】

郭晋稀《注译》:"《竹书纪年》:'黄帝祭于洛水。'沈约附注:'龙图出河,龟书作洛,赤文篆字,以授轩辕。'"③ 詹锳《义证》亦引《纪年》,并下按语云:"《宋书·符瑞志》'作'作'出',余全同。"④

---

① 参见唐长孺《魏晋南朝的君父先后论》,见所著《魏晋南北朝史论拾遗》,中华书局1983年版,第233—248页。
② 参见(清)赵翼《陔余丛考》卷十七"六朝忠臣无殉节者"条,商务印书馆1957年版,第332页。
③ 郭晋稀:《文心雕龙注译》,甘肃人民出版社1982年版,第10页。
④ 詹锳:《文心雕龙义证》,上海古籍出版社1989年版,第31页。

案：今本《竹书纪年》本为伪书，沈约附注尤不可信，不足采据。钱大昕谓："相传附注出于梁沈约，而《梁书》、《南史·约传》俱不言曾注《纪年》，《隋·经籍》《唐·艺文志》载《纪年》亦不言沈约有附注。则流传之说，不足据也。……附注多采《宋书·符瑞志》，《宋书》约所撰，故注亦托名休文。作伪者之用心如此。"①《注译》所引沈约附注，即檃栝《宋书·符瑞志》而成。

---

① （清）钱大昕：《十驾斋养新录》卷十三，上海书店1983年版，第298—299页。

论中国古代山水画论中的"如画"概念

郭鹏飞

摘要 "如画"是自然审美活动中的常用概念,其在中国古代山水画论中具有自己独特的发展脉络与意义。"如画"概念的背后是艺术与自然、人与天地的辩证关系。在中国古代山水画论中,它们从矛盾走向了统一,从真实与虚幻的对立走向了天地神人圆融的境界。其相较西方风景画论中的"如画"概念,更具生态审美意蕴。

关键词 如画 山水画论 艺术与自然 生态美学

作者简介 郭鹏飞,山东大学文艺美学研究中心博士研究生。

从中国美学发展史角度而言,"如画"未能成为一个基本的美学范畴。然而,"如画"作为一个与日常生活相融合的美学概念,从古至今,一再为人们所广泛地使用着。特别是在自然审美活动中,我们习惯以"如画"去形容大自然带来的审美感受与愉悦,所谓"江山登临之美,泉石赏玩之胜,世间佳境也,观者必曰如画"[①]。名家作山水,往往讲求"外师造化""师法自然"。"如画"概念则具有自然模仿艺术的色彩。在"如画"概念的背后,是艺术与自然、人与天地的辩证关系。同时,"如画"(picturesque)也是西方风景画理论中的重要概念,其随着环境美学的兴起而为人们所关注。以之为参照,能够更好地揭示"如画"概念在中国古代山水画

[①] (宋)洪迈:《容斋随笔》,山东画报出版社2004年版,第150页。

论中的独特内涵，探讨其在艺术创作与自然审美欣赏中的意义与价值。

一 对朱自清先生观点的反思

朱自清先生在《论逼真与如画——关于传统的对于自然和艺术的态度的一个考察》一文中，对中国美学史中的"如画"概念进行了简单的梳理。他从三个层面去理解。第一，当"如画"概念与人物画相联系时，"如画"即像画，由像画面的部分，到像整个画面，意为人相貌生得好。第二，当"如画"概念与自然山水相关联时，应依照南北宗进行区分，北宗"如画"意为匀称分明，南宗"如画"意为境界。第三，在文学批评中，"如画"与"逼真"意思相近，意为对事物的描写活灵活现。按照朱自清先生的理解，第一、第二种"如画"强调"自然模仿艺术"，第三种"如画"强调"艺术模仿自然"。朱自清先生虽然意识到了"如画"概念在山水画中的独特性，但主要将其视为对"如画"与"逼真"合一这一常识的补充或干扰，认为"我们感到'如画'与'逼真'两个语好像矛盾，就由于这一派文人画的影响"[①]。而这在一定程度上，掩盖了自然"如画"的本源意义。

如同山水画较人物画晚出现一般，"如画"最早被用于形容人的面貌特征，尤其是眉鬓须发。《后汉书》称马援"为人明须发，眉目如画"，李贤引《东观记》解释为"援长七尺五寸，色、理、发、肤、眉目、容貌如画"[②]。《梁书》夸简文帝"方颊丰下，须鬓如画，眄睐则目光烛人"[③]。直到今天，我们也常以韩愈"眉眼如画"之语来称赞女子姣好的面容。究其

[①] 朱自清：《朱自清古典文学论文集》，上海古籍出版社1991年版，第124页。
[②] （宋）范晔撰，（唐）李贤等注：《后汉书》，中华书局2000年版，第837页。
[③] （唐）姚思廉：《梁书》，中华书局1974年版，第109页。

原因，在早期人物画的创作中，鬓眉这类细微之处很能显现画家的功力，如《续画品》就称赞谢赫"目想毫发，皆无遗失"，"直眉曲鬓，与世事新"①。自然"如画"概念正是从此发展而来的。对于"如画"与自然山水相联系时的内涵，譬如"景物如画"，朱自清先生具体理解为：

> 这儿"如画"的"画"，可以是北派山水，可以是南派山水，得看所评的诗文而定；若是北派，"如画"就只是匀称分明，若是南派，就是诗的境界，都与"逼真"不能合一。②

依照朱自清先生的举例，皮日休诗句"楼台如画倚霜空"中的"如画"倾向于北派的山水，凸显的是整个画面，林逋诗句"白公睡阁幽如画"中的"如画"则意指南派山水的境界。

首先，就朱自清先生所举的例子而言，"如画"形容的并非自然山水而是亭台楼阁。而在中国绘画中，对建筑物的描绘几乎与人物画同时产生，其与人物故事画中的场景和建筑图式都有着密切的关系③。为了能够准确完整地描绘建筑物的形式样貌，画家往往需要借助界笔直尺这类工具。逼真地再现是此类"界画"的核心要求。晋唐以来，宫殿台阁与人物和山水相互交融，发展成"一种以建筑物为主体，以人物活动和山水景观为背景的独特的绘画样式——宫观山水"④。所谓"国初二阎擅美匠学，杨、展精意宫观，渐变所附"⑤。但宫殿楼阁作为无生气之物，并不为人们所重，张彦远称"至于台阁树石，车舆器物，无生动之可拟，无气韵之可侔，直要位置向背而已"⑥。被时人称赞为"触物留情，备皆妙绝，尤善台

---

① 沈子丞：《历代论画名著汇编》，文物出版社1984年版，第23页。
② 朱自清：《朱自清古典文学论文集》，上海古籍出版社1991年版，第124页。
③ 彭莱：《中国山水画通鉴11 界画楼阁》，上海书画出版社2006年版，第5页。
④ 彭莱：《中国山水画通鉴11 界画楼阁》，上海书画出版社2006年版，第10页。
⑤ （唐）张彦远：《历代名画记》，俞剑华注释，江苏美术出版社2007年版，第32页。
⑥ （唐）张彦远：《历代名画记》，俞剑华注释，江苏美术出版社2007年版，第29页。

阁、人马、山川，咫尺千里"①的展子虔在《历代名画记》中也只能居于中品下。到了宋代，台阁最终演变为山水画创作中常用的"点景"元素之一。宫殿台阁从与山水同为人物画的附庸，经历了短暂的独立之后，最终被山水文人画吸收，成为后者的点缀。故而"如画"台阁和"如画"山水本质上并不是两个完全相同的概念。一方面，前者保留了"界画"的逼真性要求，强调整饬，譬如"长阶如画"②"楼橹如画"③。另一方面，两者又可合为一谈，比如朱自清先生所举之例。但在古典文献中，"如画"更多的还是被用来形容自然山水。《全唐诗》中与"夕阳亭畔山如画""壁峻苔如画"类似之语，随处可得。

其次，明人莫士龙、董其昌、陈继儒皆倡南北宗论，其中董其昌"文人之画，自王右丞始"以及陈继儒南派"士夫画"与北派"画苑画"对举之论影响颇大，产生了属于南宗的文人画与属于北宗的院体画相对立之说法，即一般意义上的中国山水画南北宗论。这种论断后来遭到童书业、启功、俞剑华等先生的大力批判，被视为对山水画发展史不严密的总结。比如俞剑华先生就指出"自明初到万历初年所有论画的文字，只是讲单线的演变，绝没有双线的南北分宗说"④，并认为"山水画在荆浩以后，宋、元两代是可以由地区不同而分为南方画派与北方画派，但与'南北宗'无关"⑤。现在来看，董其昌所论的南北宗之间确实存在着绘画风格上的差异，例如我们将董源的《潇湘图》和马远的《雪景图》放在一起来看，前者用笔浑柔，意境平淡悠远，后者笔法刚健，整体隽秀峭拔。朱自清先生

---

① （唐）张彦远：《历代名画记》，俞剑华注释，江苏美术出版社2007年版，第199页。
② 严可均编纂：《全上古三代秦汉三国六朝文·第7册》，河北教育出版社1997年版，第508页。
③ （清）毕沅：《续资治通鉴》，中华书局1957年版，第2548页。
④ 俞剑华：《俞剑华美术史论集》，周积寅、耿剑主编，东南大学出版社2009年版，第436页。
⑤ 俞剑华：《俞剑华美术史论集》，周积寅、耿剑主编，东南大学出版社2009年版，第481页。

的"匀称分明"与"境界"之分,大抵由此而来。但问题在于,早在南北分宗之前,山水画萌芽的南北朝时期,"如画"概念就已经和自然山水联系在一起了。郦道元《水经注》卷四十曰"麻潭下注若邪溪,水至清照,众山倒影,窥之如画"①。沈约有诗云"八桂暖如画,三桑眇若浮"②。梁元帝萧绎亦有诗云"树杂山如画,林暗涧疑空"③。对于这些诗文中的"如画"概念,我们就很难依照南北宗"匀称分明"和"境界"的风格特点来为之定义了。以"如画"去形容水中倒影、桂林八树以及山林树石,其着眼点更多是画与自然在意境上的相通。并且匀称分明与境界并非不可兼得,荆浩就赞扬王维的画"笔墨宛丽,气韵高清"④。

最重要的是,以南北宗绘画的艺术特征去区分不同语境中"如画"概念的含义,会产生两种后果。一是将"如画"的自然视为真实的山水画,把艺术和自然直接等同起来。二是将"如画"概念的内涵局限于对艺术作品的联想,即在自然审美欣赏活动中,我们脑海中不断浮现出曾经欣赏过的山水画,产生一种"如画"感。朱自清先生"匀称分明"与"境界"之分略显僵化。这种总结实际上依据的乃是诗歌本身的意境,着眼于诗中画,画中诗。"如画"的自然与绘画史中的作品之间并不能形成一一对应的关系,自然与艺术不是直接同一而是矛盾统一的。正如俞剑华先生所言:

> 绘画以造化为师,是天经地义,固然无可怀疑,但是"造化"并不是绘画,虽然也常有人说:"这地方风景美丽如画",或者说"某人眉目如画","如画"并不能就算是画。也就是说:自然只是自然,并

---

① (北魏)郦道元注,杨守敬、熊会贞疏:《水经注疏》,江苏古籍出版社1989年版,第3313页。
② 逯钦立:《先秦汉魏晋南北朝诗》,中华书局1983年版,第1661页。
③ 逯钦立:《先秦汉魏晋南北朝诗》,中华书局1983年版,第2032页。
④ 沈子丞:《历代论画名著汇编》,文物出版社1984年版,第51页。

不是艺术，艺术虽出于自然，但不是自然的奴隶，勉强可以说艺术是自然的儿子，儿子可以肖父母，但不一定是惟妙惟肖。①

另外，从一开始，"如画"就是作为"逼真"的对立面而存在的。但并非朱自清先生所举之例，即《水经注》中"有白马山，山石似马，望之逼真"②，而是虞肩吾之诗，即"连阁翻如画，图云更似真。镜山衔殿影，梅梁落梵尘"③。此诗描绘的是萧纲受戒的场面，"如画"与"似真"已然并举。虽然诗人只是以此来营造一种如真似幻的意境，未做理论上的深入探讨。但这也预示了"如画"概念将作为一个契机，引发人们关于艺术与自然关系的讨论。

二　中国古代山水画论中"如画"概念的内涵

正如朱自清先生文章副标题所言，"如画"与"逼真"这两个概念背后是自然和艺术之间的关系。二者天然就具有内在矛盾，无论强调哪一方的合理性，都会变相削弱另一方的地位。但这种矛盾并非如朱自清先生所说由文人画引起，而是从人物画延续到山水文人画中去的。唐代诗人元稹《杨子华画三首》其三云：

> 颠倒世人心，纷纷乏公是。真赏画不成，画赏真相似。
> 丹青各所尚，工拙何足恃？求此妄中精，嗟哉子华子。④

杨子华是北齐著名的宫廷画家，所画人物、车马栩栩如生，唐代阎立

---

① 周积寅、耿剑主编：《俞剑华美术论文选》，山东美术出版社1986年版，第272页。
② （北魏）郦道元注，杨守敬、熊会贞疏：《水经注疏》，江苏古籍出版社1989年版，第2347页。
③ 逯钦立：《先秦汉魏晋南北朝诗》，中华书局1983年版，第1988页。
④ （唐）元稹：《元稹集》，中华书局1982年版，第55页。

本赞曰"自象人以来,曲尽其妙,简易标美,多不可减,少不可逾,其唯子华乎"①。但杨子华这种追求逼真的画风并未受到元稹的肯定。依元稹所言,"真"中存有绘画所不能及的部分,而"画"却只能达到一种相似的境地。如果我们承认这一命题,把真实度视为绘画的终极追求,那么"真"相对于"画"就更有价值,绘画作为一门艺术存在的合理性也就受到了质疑。既然"意态由来画不成",那要画工又有何用呢?元稹的理想是将真假这对相对的概念给取消掉,所谓"丹青各所尚,工拙何足恃"。此乃释家"三句"的思路,即 A—非 A—非 A 非非 A。《杨子华画三首》其二云"子亦观病身,色空俱寂寞"②,真与画,色与空是一对相对的概念。唯有以"色空不二"释之,以大乘般若空观去理解,方能圆融。《般若波罗蜜多心经》称:"色不异空,空不异色,色即是空,空即是色,受想行识亦复如是。是诸法空相,不生不灭,不垢不净,不增不减。"③由此而言,真与假,人与画,都是一体的,最终都指向极具超越性的精神境界。后来明人杨慎在此基础上进一步阐发,以道家思想去消解山水画中"如画"和"逼真"之间的矛盾。依据《画品》作者小传所言,杨慎曾与其父和两位叔父一同看画,其间二叔父问道"景之美者,人曰似画。画之佳者,人曰似真。孰为正"④,杨慎起初以我上文所引元稹之诗作答,但未能让叔父满意。于是杨慎自作诗云:

  会心山水真如画,巧手丹青画似真。梦觉难分列御寇,影形相赠晋诗人。⑤

---

① (唐)张彦远:《历代名画记》,俞剑华注释,江苏美术出版社 2007 年版,第 32 页。
② (唐)元稹:《元稹集》,中华书局 1982 年版,第 55 页。
③ 财团法人佛陀教育基金会出版部:《大正新修大藏经·第 8 册·般若部四》,佛陀教育基金会 1990 年版,第 848 页。
④ 沈子丞:《历代论画名著汇编》,文物出版社 1984 年版,第 241 页。
⑤ 沈子丞:《历代论画名著汇编》,文物出版社 1984 年版,第 241 页。

二叔父方才大喜，称这四句诗远胜前人。杨慎与元稹之论虽然一道一禅，但都是强调主客体的圆融统一，追求一种万物齐一，物我无别的境界。只不过元稹之论否定性大于肯定性，解构性大于建构性，与苏轼"论画以形似，见与儿童邻"之言相近，认为绘画艺术追求的是神而不是形，比如元稹就以"往往得神骨"来称赞张璪所画的古松，工拙完全不在他的评价体系之内。其缺点是易于忽视绘画作为一门艺术相较自然的独特性。因为按照艺术创作规律，神似往往是建立在形似基础之上的。后来《小山画谱》就批评苏轼之论称：

> 东坡诗："论画以形似，见与儿童邻。作诗必此诗，定知非诗人。"此论诗则可，论画则不可。未有形不似而反得其神者，此老不能工画，故以此自文，犹云胜固欣然，败亦可喜，空钩意钓，岂在鲂鲤？亦以不能奕，故作此禅语耳。①

杨慎之语则从宗炳"应目会心"说中找到了山水画与自然统一的依据，即无论是观赏山水画还是欣赏自然，都是为了获得一种审美高峰体验，所谓"则目亦同应，心亦俱会，应会感神，神超理得"②。同时，他也没有忽视技巧对绘画艺术的重要性，"似"既指形似更指神似，具有形式与内容两个层面的意义。

可以说，"如画"概念在中国古代山水画论中的最重要内涵就是使得人们跳脱出真与假或似与不似的评价体系，从而将自然欣赏和山水画创作统一于"畅神"之中，因此论画六法首言"气韵生动"，历代论画者以神品、妙品为高。清人王鉴《染香庵跋画》总结得甚为得当：

> 人见佳山水。辄曰如画。见善丹青。辄曰逼真。则知形影无定

---

① 沈子丞：《历代论画名著汇编》，文物出版社1984年版，第455页。
② 沈子丞：《历代论画名著汇编》，文物出版社1984年版，第15页。

法。真假无滞趣,惟在妙悟人得之。不尔虽工未为上乘也。故论画者有神品妙品之别。有大家名家之殊。丝毫弗爽也。①

另外,既以"如画"形容自然,山水画相对真实自然应该有其独特的价值。就此问题,明人董其昌《画禅室随笔》有言曰:

以径之奇怪论,则画不如山水;以笔墨之精妙论,则山水决不如画。②

自然山水的怪奇百态是不能为我们所穷尽的,直到今天,自然界中依旧存在着许许多多的未解之谜,这就是元稹所说的"画不成"。古人自然是深明此理的,《画鉴》即云:

山水之为物,禀造化之秀,阴阳晦冥,晴雨寒暑,朝昏昼夜,随形改步,有无穷之趣。自非胸中丘壑汪汪洋洋如万顷波。未易摹写。③

更重要的是,受当时道路交通等物质生产力因素的制约,有很多自然风光是我们没有办法去亲身体历的,山水画中蕴含着人类"诗意栖居"的美好愿望。故而古人论画认为"可游""可居"胜过"可行""可望",极力追求"实境",所谓:

观今山川,地占数百里,可游可居之处,十无三四。而必取可居可游之品。君子之所以渴林泉者,正谓此佳处故也。故画者,当以此意造,而鉴者又当以此意求之。此之谓不失本意。④

人不厌拙,只贵神清。景不嫌奇,必求境实……山下宛似经过,

---

① 沈子丞:《历代论画名著汇编》,文物出版社1984年版,第295页。
② 沈子丞:《历代论画名著汇编》,文物出版社1984年版,第254页。
③ 沈子丞:《历代论画名著汇编》,文物出版社1984年版,第201页。
④ 沈子丞:《历代论画名著汇编》,文物出版社1984年版,第65页。

即为实境。林间如可步人,始足怡情。①

但需要注意的是,山水画所复现的并不是自然的原貌,而是能够让观者沉醉其中的,与山水相乐的"畅神"境界。依照郭熙《林泉高致》所论就是要唤起观者的林泉之心,亦即超然于理性思维之外,洗涤心中俗念之后的亲历自然的渴望之心,所谓"看此画令人起此心,如将真即其处,此画之意外妙也"②。而这种境界在绘画中的复现,不仅离不开用笔与用墨,更离不开视角的安排与画面的布局,气韵、笔法、位置俱佳才是山水画的理想境界,这种境界并非常人所能轻易达到的,如《宣和画谱》所言:

> 然得其气韵者,或乏笔法,或得笔法者,多失位置,兼众妙而有之者,亦世难其人。③

贡布里希认为存在着一种特殊的艺术,"它不立足于观看,而是立足于知识,即一种以'概念性图像'进行创作的艺术"④。这与"胸中丘壑"等语十分类似,都是主张在创作之前,画家要形成心中之象,"心画"在前,图画在后。清人郑绩言"意在笔先",认为笔的轻重简繁与墨的浓淡焦润都取决于画家预立之意。自宗炳《画山水序》始就为人们所重视的,以"三远"论为代表的远近透视法,同样也是心意的显现。寿再生就说:

> "三远"之法,仅为立意表达之技,皆以"以心写意"为指归,涵容臆想之义,超越客体之限,展示自然空间之创造,迥异于西方物理空间观。⑤

---

① 沈子丞:《历代论画名著汇编》,文物出版社1984年版,第309页。
② 沈子丞:《历代论画名著汇编》,文物出版社1984年版,第68页。
③ 潘运告主编:《宣和画谱》,湖南美术出版社1999年版,第204页。
④ [英]贡布里希:《艺术与错觉》,林夕、李本正、范景中译,浙江摄影出版社1999年版,第104页。
⑤ 寿再生:《笔墨与图式——中国山水画学探微》,当代中国出版社2013年版,第39页。

由此而言,"如画"概念也肯定了山水画中诸多形式因素的价值,自然与山水画在形式层面上的契合也是我们使用"如画"概念的重要诱因,譬如"苍翠如画"等语。但这种肯定并非对艺术的联想,而是对艺术创作时心中之象,林泉之心的唤醒。进一步而言,中国古代山水画论一方面建构起山水画作为一门造型艺术的规范,在笔墨、格局等方面总结归纳出诸多法度,一方面又发展了山水画的艺术性。从自然对象和画家自身两个角度,消解了真与假,"如画"与"逼真"之间的矛盾性,将外师造化与中得心源巧妙地统一起来,使山水画成为一个力场。正如阿多诺所说:

> 艺术作品正是通过其内在的张力,将自个界定为一种力场(a field of force),即便它已经处于静止的状态,也就是说它已经被客观化了。一件艺术作品既是张力诸关系的总和,也是消除这些关系的尝试。①

因此,当我们以"如画"概念去形容自然山水时,并不意味着将其客观化为艺术作品,即山水画。相反,这是后者消除笔墨、格局诸法度之间张力关系的延续,是人们亲近自然的渴望,是"世界"与"大地",艺术与自然争执的和解,是天地神人四方游戏的境界。

三 中国古代山水画论中"如画"概念的生态审美意蕴

随着环境美学和生态美学的蓬勃发展,人们越来越关注西方风景画论中的"如画"概念,并倾向于从艺术与自然或人与自然的角度去考察它。以之为参照,能够更好地发掘中国古代山水画论中"如画"思想的美学价值。

---

① [德] 阿多诺:《美学理论》,王柯平译,四川人民出版社1998年版,第494页。

威廉·吉尔平牧师最初对"如画"的定义十分模糊，仅仅说"这个词表示一幅画中令人愉快的那种特殊的美"①。事实上，结合他关于绘画美的论述，"如画"应指一种理想的构图形式。对于画面的构成，吉尔平强调了三点。首先，画家应重视画面的整体性，因为"整体的统一性是美的本质"②。其次，画家也不能忽略画面的多变性，群体（group）的形状或形式应采用三角形而非平行四边形，因为前者"有一种其他任何形式都无法比拟的轻盈"③，后者则意味着沉重。最后，画家应该注意画面整体的连续性（keeping），要正确处理远近、明暗关系，"对光和影逐渐衰退的良好观察，对整体的产生有很大的帮助"④。在后来的文章中，吉尔平为"如画"概念赋予了更加明确的内涵，将"如画"与粗糙（roughness）相联系，把其视为对伯克崇高和优美理论的反诘。他说：

> 此外，我们毫不犹豫地断言，粗糙是优美与如画之间最本质的区别，它似乎是一种特殊的品质，使得物体在绘画中主要呈现出令人愉悦的特质。⑤

吉尔平意识到自己陷入了趣味（taste）之争，为了论证以粗糙为特征的"如画"趣味之合理性。他做出了多种假设又一一推翻，比如认为粗糙利于画家表现，符合光感、着色等艺术本质的需要，"如画之眼"（picturesque eye）崇尚自然而厌恶规律，等等⑥。吉尔平认为一个原因如果被充

---

① William Gilpin, *An Essay upon Prints*, London: Cambridge University Press, 1768, p. 2.
② William Gilpin, *An Essay upon Prints*, London: Cambridge University Press, 1768, p. 14.
③ William Gilpin, *An Essay upon Prints*, London: Cambridge University Press, 1768, p. 15.
④ William Gilpin, *An Essay upon Prints*, London: Cambridge University Press, 1768, p. 17.
⑤ William Gilpin, *Three Essays: On Picturesque Beauty; On Picturesque Travel; and On Sketching Landscape: To Which is Added a Poem, on Landscape Painting*, London: Secord Edition, 1794, p. 5.
⑥ William Gilpin, *Three Essays: On Picturesque Beauty; On Picturesque Travel; And on Sketching Landscape: To Which is Added a Poem, on Landscape Painting*, London: printed for R, Blamire, in the Strand, M, DCC, XCII, 1794, pp. 16–21.

分理解，反而会误导我们。所以他促使我们陷入了一种不可探寻的，充满未知的，具有多种可能性的境地。这实际上凸显了"如画"概念的核心内涵，即一种突破崇高与优美框架的整体性与多样性的统一。

另外，吉尔平有意识地区分了美的对象（objects）与美的源泉（sources）。美的对象并不总是粗糙的，因为"如画"并不等同于粗糙，粗糙并非美的源泉，"简单和变化是美丽的源泉，也是风景如画的源泉"①。只要我们具有一双敏锐的"如画之眼"，能够以艺术的眼光去审视对象，就能发现这种简单与变化。小鸟光滑的羽毛以其色彩的和谐统一与多变，同样具有"如画"之美。

后来普莱斯与奈特之间关于"如画"的论争也可以在吉尔平的思想中找到根源和依据。普莱斯把粗糙、突变和不规则视为风景"如画"的三个特征，认为审美愉悦的源泉是能够激发我们的好奇心的复杂、多样化的形式，"错综复杂的布局、形式的多样性、色彩、物体的光和影，是图画式风景的主要特征"②。普莱斯把"如画"和粗糙等同起来，从客观形式角度去定义美，只抓住了美的对象。如奈特所言，按照普莱斯的理论，受人们喜欢的会是长满丘疹的脸，而不是光滑的脸。③ 与普莱斯相比，奈特更加在意艺术的眼光，重视美的源泉，他把吉尔平的"如画之眼"发展成一种联想机制。奈特将"如画"的风景描述为"那些呈现出混合和破碎的色彩，或不规则的大量光和影和谐地融合在一起的物体"④。并且只有精通绘

---

① William Gilpin, *Three Essays*: *On Picturesque Beauty*: *On Picturesque Travel*; *And on Sketching Landscape*: *To Which is Added a Poem, on Landscape Painting*, London: printed for R, Blamire, in the Strand, M, DCC, XCII, 1794, p. 20.

② Uvedale Price, *An Essay on the Picturesque as Compared with the Sublime and the Beautiful*; *and, on the Use of Studying Pictures, for the Purpose of Improving Real Landscape*, London: Cambridge University Press, 1794, p. 18.

③ Richard Payne Knight, *An Analytic Inquiry into the Principles of Taste*, London: Cambridge University Press, 1805, p. 88.

④ Richard Payne Knight, *An Analytic Inquiry into the Principles of Taste*, London: Cambridge University Press, 1805, p. 150.

画的人，才能在这样的物体和组合中发现"如画"之美，产生审美愉悦①。尽管吉尔平、普莱斯与奈特的出发点不同。吉尔平通过"如画"去实现自己的绘画构图理想，普莱斯想要以"如画"为中介点实现绘画与园林艺术的融通，奈特则试图构建一个更加成熟的趣味理论。但他们都打破了伯克优美与崇高理论框架的束缚，努力朝着审美多元化的方向前进。正如斯蒂芬妮·罗斯所总结的那样，"十八世纪对如画的狂热崇拜推翻了十七世纪的审美教条主义，为浪漫主义时代的审美解放铺平了道路"②。通过简单地考察西方语境中"如画"概念的发展脉络，我们不难发现，其更多的是作为一种美学范畴而存在的。就此而言，中西"如画"概念之间似乎很难取得联系，实现对话与交流。但就对艺术创作和自然审美欣赏所产生的影响而言，二者又能互相参照，显现出一种鲜明的反差。

首先，就艺术创作而论。在西方语境中，当"如画"成为一种新的审美风尚时，其又为风景画创作建造起一座新的牢笼。画家纷纷涌向自然，并不是为了发现山川湖泊中的"如画"之美，而是渴望找到与克劳德等大师笔下同样的风景，即"如画"的风景。贡布里希描述了这一有趣的现象：

> 我们已经看到克劳德设想出来的风景时那样强烈地抓住了英国赞赏者的心灵，使得他们竟至试图改变本土的实际景致，去追摹画家的创作。一片风景或一片庭院能使他们想起克劳德的画，他们就说它"如画"（picturesque），即像一幅画。③

---

① Richard Payne Knight, *An Analytic Inquiry into the Principles of Taste*, London: Cambridge University Press, 1805, p. 146.
② Stephanie Ross, "The Picturesque: An Eighteenth-Century Debate", *The Journal of Aesthetics and Art Criticism*, Vol. 46, No. 2 (Winter, 1987), pp. 271–279.
③ ［英］贡布里希：《艺术的故事》，范景中译，生活·读书·新知三联书店1999年版，第419页。

可以看到,"如画"概念已经充满了自然模仿艺术的色彩,成为机械模仿与变形的代名词,在艺术与自然之间形成了一道鸿沟。从某种程度上讲,此时的"如画"更加贴近于中国古代山水画论中的"入画",即画家对客观景物的遴选。贡布里希将之视为中西绘画融通的标志:

> 蒋彝先生当然乐于使中国惯用手法适应新的要求;他要我们这次"按照中国人的眼光"(through Chinese eyes)来观看英国景色。也恰恰是由于这个缘故,把他的风景画跟浪漫主义时期一个典型的"如画的"(picturesque)描绘作比较大有裨益。我们可以看到比较固定的中国传统语汇是怎样象筛子一样只允许己有图式的那些特征进入画面……绘画是一种活动,所以艺术家的倾向是看到他要画的东西,而不是画他所看到的东西。①

但在中国古代山水画论中,"入画"所凭借的并非概念而是审美直观,画家所画的与他所看到的景色之间并没有产生一种断裂。董其昌《画禅室随笔》有言曰:

> 画家以古为师,已自上乘。进此当以天地为师。每朝起,看云气变幻,绝近画中山。山行时见奇树,须四面取之。树有左看不入画,而右看入画者,前后亦尔。看得熟,自然传神。传神者必以形。形与心手相凑而相忘,神之所托也。树岂有不入画者。②

对景物的细致观察只是绘画创作的第一步,只有达到物我两忘,圆融一体的境界,方能下笔。这里所体现的依旧是"如画"思想所实现的自然与艺术的和解。蒋彝先生对所见之景的改变,是为了实现人与自然精神上

---

① [英]贡布里希:《艺术与错觉》,林夕、李本正、范景中译,浙江摄影出版社1987年版,第101页。
② 沈子丞:《历代论画名著汇编》,文物出版社1984年版,第214页。

古代文论
Ancient literary theory

的融通，而非机械地以构图、线条为标准去删选对象，实现自我风格的重复。至于攀摹古人，改变所见之景，更是一种不可取的、入门级的绘画方式。石涛大呼曰："我自发我之肺腑，揭我之须眉。纵有时触着某家，是某家就我也，非我故为某家也。天然授之也。我于古何师而不化之有？"①山水画创作是主客体审美共鸣的产物，是创造而非单纯的模仿，格局法度等艺术创作规律和技巧的背后是"蒙养生活"之理，即"雄奇博大的宇宙意识和幽深远阔的生命情调的统一"②。与西方相较，中国古人围绕"如画"所作的一系列思考，极具天地情怀与生命意识，具有浓厚的生态审美意蕴。

其次，就自然审美欣赏而论。在西方语境中，吉尔平把理想的构图形式发展为一种美的范式，并延伸成为一种自然欣赏模式。他所说的"如画之旅"（picturesque travel）不同于漫无目的的旅行，而是以追求"如画"之美为终极目的的审美活动。我们在面对大自然时，要以"绘画的规则来检验它"，要体会树林岩石、河流湖泊、平原峡谷等对象本身所产生的无限的变化。并且这一欣赏模式并非只关注自然的形式特征，自然自身的魅力得以充分展现，如吉尔平所言：

> 但是，风景如画的眼睛所观察到的，不仅是景物的形式和构成；它把它们与大气（atmosphere）连接起来，并寻求所有那些从巨大而奇妙的自然宝库中产生的各种各样的效果。③

虽然这里吉尔平意识到了由自然本身变化所产生的美，但他的这种多

---

① 沈子丞：《历代论画名著汇编》，文物出版社1984年版，第366页。
② 朱良志：《论〈石涛画语录〉的责任说》，《北京大学学报》（哲学社会科学版）2001年第5期。
③ William Gilpin, *Three Essays*: *On Picturesque Beauty*; *On Picturesque Travel*; *And on Sketching Landscape*; *To Which is Added a Poem, on Landscape Painting*, London: printed for R. Blamire, in the Strand, M, DCC, XCII, 1794, p. 30.

样性追求，最终是为了实现自己的绘画构图理想或整体性与多样性统一的艺术风格。归根结底，"如画之眼"是艺术之眼，从环境美学的角度讲，这是以艺术的方式而非以自然本身的方式去欣赏自然。在中国语境中，"如画"可以延伸出一种自然欣赏模式，那就是应目会心，所谓"会心山水真如画"。郭熙将此心形容为"林泉之心"，他称：

> 画山水有体。铺舒为宏图而无余，消缩为小景而不少。看山水亦有体。以林泉之心临之则价高，以骄侈之目临之则价低。[①]

郭熙和吉尔平一样，都关注自然变幻莫测的特点。他深知自然之美，远近不同，四时相异，移步换景，绝无恒姿。因此人们只有亲身体历自然，才能领悟其中乐趣，需要一种参与、交融式欣赏而非远距离静观。但这种审美欣赏始终是发源本心的，此心即"中得心源"之心，其背后乃是中国古代"天人合一"的思想传统[②]。我们并非以艺术的眼光，而是以勃勃生命之心去感受自然，参天地之化育。

总结而论，自然"如画"在日常语境中更多地指自然山水和山水画在意境上的共通性。在晋宋之际山水画论中所存的"道"与"释"延续下来，构成了这种共通性的思想基础[③]。当"如画"概念进入山水画的评价话语体系时，它和"逼真"之间不可避免地发生了冲突，古人一方面以上述的共通性消解这一矛盾，以神、气而非似与不似作为评判优劣的尺度。另一方面古人也借此肯定了山水画所特有的艺术张力，赋予笔墨、格局以形式层面之外的意义。自然和艺术、人与天地从矛盾走向了统一，从真实与虚幻的对立走向了天地神人圆融的境界，最终统一于从"'林泉之心'

[①] 沈子丞：《历代论画名著汇编》，文物出版社1984年版，第65页。
[②] 曾繁仁：《生态美学导论》，商务印书馆2010年版，第271页。
[③] 黄河涛：《禅与中国艺术精神的嬗变》，商务印书馆国际有限公司1994年版，第196页。

到'山水之乐'的审美体验过程"①。其相较西方风景画论中的"如画"概念，更具生态审美意蕴。

The concept of "picturesque" in ancient Chinese landscape painting theorys

Guo Pengfei

Abstract "Picturesque" is a common concept in natural aesthetic activities, which has its own unique development context and significance in ancient Chinese landscape painting theory. Behind the concept of "picturesque" is the dialectical relationship between art and nature, man and heaven and earth. In the theory of landscape painting in ancient China, they move from contradiction to unity, from the opposition between reality and illusion to the state of harmony between Heaven, Earth, God and Man. Compared with the concept of "picturesque" in western landscape painting theory, it has more ecological aesthetic connotation.

Key Words Picturesque; landscape painting theory; art and nature; ecological aesthetic

Author Guo Pengfei, Doctor of literature, is a student from Center for Theory of Literature and Aesthetics, Shandong University.

---

① 陈水云：《中国山水文化》，武汉大学出版社2001年版，第65页。

英语世界李贽文论核心问题译介论析

周品洁

摘要 李贽文论自20世纪70年代被译介至英语世界,由此获得世界性意义。在对"童心"说、"化工"说、文学发展观等核心问题的译介上,一方面,英语世界的多数研究者都存有误读,一些误读出于译者自身文化传统与治学背景的期待视野,属于对李贽文论译释的无意偏差;一些误读则出自英语世界研究者为满足自身文化诉求对李贽文论的有意利用。另一方面,英语世界对李贽文论的部分译介也具有洞见性,其中的超学科视野能为中国古代文论研究拓展出新的意义空间。此外,在与异质文化的碰撞中,以李贽文论为代表的中国古代文论显现出独特的文化生命力。

关键词 英语世界 李贽文论 译介 误读

作者简介 周品洁,山东大学文艺美学研究中心博士研究生,研究方向为中国文学批评史。

李贽文论在中国文学批评史上具有重要意义,自20世纪70年代,李贽文论被译介至英语世界,并获得世界性意义。其中,李贽"童心"说、"化工"说、文学发展观这三个核心问题的译介,为中西文论交流提供了有效话题。但令人遗憾的是,具有跨文化对话意义的李贽文论英译研究一直无人问津。因此,我们有必要通过探究英语世界李贽文论核心问题的译介,来剖析身处不同文化体系内的研究者对同一文学问题的理解差异,并查证在英语世界中,中国文论是被如何解读、重构,或被如何误读、利用的。在这一过程中，我们应该吸收英语世界中国文论译介中的洞见，以拓展中国文论研究的学术视域，同时批判其中存在的误读，以促成中西文论更有效的同题对话。

通过爬梳整理，我将英语世界李贽文论的译介情况整理如下：

英语世界李贽文论的译介情况
The Translation and Introduction of Li Zhi's Literary Theory in the English-speaking World

作者（编者）及国别	著作名或论文名	出版社或期刊	出版或发表时间	译介情况
狄培理（美国）	《明代思想中的个人与社会》（Self and Society in Ming Thought）	Columbia University Press	1970	《童心说》部分段落
刘若愚（华裔，美籍）	《中国的文学理论》（Chinese Theories of Literature）	The University of Chicago Press	1975	《杂说》部分段落
李恭尉（华裔）	《李贽解读：晚明的一位反传统思想家》"Interpretations of Li Chih: An Anti-Traditional Thinker of Late Ming China"	Chinese Culture	1991	《童心说》全译
蔡宗齐（华裔，美籍）	《比较诗学结构：中西文论研究的三种视角》（Configurations of Comparative Poetics: Three Perspectives on Western and Chinese Literary Criticism）	University of Hawai'i Press	2002	仅介绍及评价，未翻译
韩若愚（美国）	《十六世纪晚期的多样化、欺骗和分辨：李贽的〈焚书〉与蒙田的〈随笔〉比较》（Diversity, Deception, and Discernment in the Late Sixteenth Century: A Comparative Study of Li Zhi's Book to Burn and Montaigne's Essays）	The University of Chicago Press	2009	《童心说》部分段落
吕立亭（美国）	《剑桥中国文学史》（第二卷）（The Cambridge History of Chinese Literature, Volume II）	Cambridge University Press	2010	《童心说》部分段落；《忠义水浒传序》部分段落

续表

作者（编者）及国别	著作名或论文名	出版社或期刊	出版或发表时间	译介情况
李博玲（华裔）	《李贽、儒家思想与欲之德》(Li Zhi, Confucianism and the Virtue of Desire)	State University of New York Press	2011	《童心说》全译；《杂说》全译；《忠义水浒传序》部分段落
李博玲、韩若愚、苏源熙（美国）三人合译	《〈焚书〉与〈藏书〉》(A Book to Burnand and a Book to Keep)	Columbia University Press	2016	《童心说》全译；《杂说》全译；《忠义水浒传序》全译

据 WorldCat 检索[①]发现，李博玲译本在海外具有一定的传播效力，另外，李博玲本人早在其博士阶段就对《童心说》与《杂说》进行了翻译，并同时对李贽文论展开深入探讨，李博玲其他涉及李贽文论的专著研究，在学界亦受到好评，可见，李博玲译本在英语世界具有一定的接受效力与影响力。因此，本文将以李博玲译本为主，同时对比参照其他学者的译介。

基于上述考虑，本文以"童心"说、"化工"说、文学发展观这三个核心问题为出发点，从李博玲译本切入，通过英语世界对李贽文论的译介，探讨海外学者对中国古代文论的文化阐发与历史想象，辨析其中的误读与洞见，以期挖掘出中国文论在与异质文化碰撞中所显现的文化生命力。

---

① 据 WorldCat 数据库（http://firstsearch.oclc.org/FSIP）检索，全球约有 1264 家图书馆收藏了李博玲的《李贽、儒家思想与欲之德》；约有 686 家图书馆收藏了李博玲等合译的《〈焚书〉与〈藏书〉》。检索日期：2022 年 2 月 24 日。(WorldCat 是由联机计算机图书馆中心组织、世界上 40 多个国家、9000 多个图书馆参加的联合编目数据库，它创建于 1971 年，作为世界上最大的联机联合目录数据库，它不仅包括了国会图书馆、大英图书馆、一些国家级的图书馆、世界知名大学等大机构的馆藏，也包括来自一些小的公共图书馆和博物馆的馆藏，平均每 10 秒钟就有一个图书馆增加一条新记录到 WorldCat 数据库。)

一 英语世界"童心"说译介

(一) 关于"童心"概念的译介

"童心"概念是李贽文论的基础,我通过对比发现,英语世界对"童心"中"童"的翻译均为 childlike,意为孩子般的、天真的,这一翻译没有出现分歧,并与《童心说》语境契合。关键在于"心"的译法,李博玲将"童心"译为 childlike heart-mind,而不同于李博玲,更多学者将"童心"译为 childlike mind。可见,研究者们对"心"的英译出现了分歧,有两种类型的译法:heart 与 mind。但我们知道,在哲学、美学领域,"心"或"心灵"的英译概念一般对应 mind,比如康德美学有一个重要概念就是"心灵力量的配置"(the disposition of the powers of the mind)①,那么英语世界在对"童心"的翻译中,为何不统一将其译为 childlike mind 呢?这就涉及一个重要问题:英语世界如何理解"童心"在文学活动中所起的作用?

在国内研究者看来,"童心"具有两层不可分割的意涵:其一,指向情感的真诚与自然;其二,指向思想的独立与自发。而英语世界的部分研究者认为,"童心"的作用是能够让文学创作者做出独立自主的认知判断,这是一种"自我判断的能力"(capacity to judge for itself)②,持这类观点的主要有狄培理、韩若愚等。但我认为,在《童心说》的审美语境中,"童心"的主要作用在于,保持主体生命与外部世界之间生生不息的感性联系,始终赋予文学创作以自然活力,不至于让文学陷入道德教条,而与生

---

① Kant Immanuel, *Critique of the Power of Judgment*, edited by Paul Guyer, translated by Paul Guyer, Eric Matthews, New York: Cambridge University Press, 2000, p. 49.
② William Theodore De Bary, *Self and Society in Ming Thought*, New York: Columbia University Press, 1970, p. 195.

命、生活相背离的情境。出于对"童心"在文学活动中所发挥作用的不同理解,"童心"概念的英译就出现了两种类型:childlike mind 与 childlike heart。下面,我将从两个角度——即 mind 一词在词源学层面上的理性思索意味,以及西方关于"心"的反映论哲学传统这两个角度——对"童心"概念的英译差异进行分析。

通过词源学,我发现,从古英语、原始日耳曼语、古挪威语直至现代英语,mind 一词都具有理性思考的意味①,由此可见,在印欧语系中,mind 偏向于指述有理性思考能力的心智,而这与直心而动的自然"童心"存在某种抵牾。因此,如李博玲、刘若愚等研究者将"童心"译为 childlike heart-mind 或 childlike heart,试图用 heart 来补充或代替思索痕迹过重的 mind。但我认为,这里依旧存在问题,李博玲的 heart-mind 兼取译法虽然试图还原"童心"的自然意,但并列使用 heart 与 mind 则有分述感性心灵与理性头脑的嫌疑,而感性与理性之区别并不是中国传统文论特别关注的东西。因为"西方传统普遍认为人的情感中枢和理性思维能力分属于心脏和头脑两个器官……然而,如此这般的分别在汉语里却处于一种意味蕴藉的模糊状态之中。从汉语来看,'心'即是情感之中枢,也是思想之所在。"②刘若愚将"童心"译为 childlike heart,这种翻译背后的阐释逻辑也存在误读,因刘若愚将李贽文论划入"表现论"范围,而"表现论"以及类似于"模仿论"的"决定论"都属于西方文论范畴,heart 一词背后的

---

① 其一,在古英语中,mind 一词书写为 gemynd,有如下意思:记忆(memory)、回想(remembrance)、被记住的状态(state of being remembered)、思想(thought)、意志(purpose)、有意识的心智(conscious mind)、智力(intellect)、目的(intention)等;其二,在原始日耳曼语中,mind 一词书写为 ga-mundiz,对应的意义是思想(thought)或思考(to think);其三,在古挪威语中,mind 一词书写为 minni,对应的意义是思想的状态(state of thought)。此处是由我从国外词源学网站 https://www.etymonline.com/ 所翻译,这一网站根据诸多国家的权威词源学词典追溯了印欧语体系内的对应词汇。另外,在现代第九版牛津英汉双解词典中,mind 对应的汉语意思有:头脑、思考能力、聪明人、心思、记忆力等。

② 乐黛云、陈珏编:《北美中国古典文学研究名家十年文选》,江苏人民出版社1997年版,第610页。

激情感性特征与"童心"有相通之处，但不尽相同。

　　语言是文化的形态呈现，对某一核心概念的翻译差异最终要追溯到不同文化体系对它的理解，这里从西方关于"心"的哲学传统出发，进一步分析英语世界多偏向于用 childlike mind 来翻译"童心"的原因。我们知道，西方传统的主流哲学是一种镜式反映论哲学，西方文化中的"心"强调理性反应能力。特别到了笛卡儿，他更为所有主体都预设了一个相同的心智模式，使"心"成为一个"构成普遍项的东西"①。"心"的这种哲学意涵还深刻影响了西方现代美学，使其充满理性主义色彩，比如在康德美学中判断要优先于愉悦，黑格尔美学则更强调感性表征背后的理念。在这样的"心"哲学传统下，英语世界对"童心"的理解更偏向于认识论，即将"童心"视为一种"独立思考的能力"（the ability to think for themselves）②，而未体悟到——在《童心说》首段语境中，"童心"就明确指向主体的本真存在（真心、本心、真人）——这是一种存在论概念。

　　我对比翻译类型的目的，不在于裁决优劣，而在于追溯为何会出现不同的译介。我们不能判定 childlike heart 与 childlike mind 哪种译法一定准确，因为即使我们证明了 mind 背后的认识论哲学意味，但 heart 在古英语中意为循环血液的中空肌肉器官，这显然也不能对应中国文化语境中的"心"。因此，从对"童心"概念的英译中我们可以深切体会到，中国文论并不能依靠单纯的字词对应翻译来完成传播，还必须补充文化语境的相关阐释以及对中西哲学、美学、文论用语的对比说明，语言翻译与文化阐释同样重要。

　　（二）关于对"童心"的界定——"真"——的译介

　　李贽对"童心"最重要的界定就是"夫童心者，真心也"，这强调文

---

① ［美］理查德·罗蒂：《哲学和自然之镜》，李幼蒸译，商务印书馆 2009 年版，第 46 页。
② Rivi Handler-Spitz, *Symptoms of an Unruly Age: Li Zhi and Cultures of Early Modernity*, Seattle: University of Washington Press, 2017, p. 135.

学创作要抒发真情实感，体现天真本色。前文摘录中我们已经提到了李博玲的翻译：

> 夫童心者，真心也。若以童心为不可，是以真心为不可也。①
> The childlike heart-mind is the genuine heart-mind. If one considers the childlike heart-mind unacceptable, then he considers the genuine heart-mind unacceptable.②

李博玲将"真心"译为 the genuine heart-mind，"真"概念的英译对应为 genuine。

而其他译者，如李恭尉、韩若愚、吕立亭，分别将"真心"翻译为 true mind、authenticity。这几种译法中关键词的核心意涵分别为：1. genuine：真的，真诚的；2. true：符合事实的，名副其实的；3. authenticity：确实性，可靠性。我认为，李博玲的翻译，即将"真"译为 genuine 更贴近中文原意。

我们知道，"童心"之真指向创作活动的情感之真与生命存在的状态之真，它主要与审美上的做作或道德上的虚伪相对，并非与认识论上的虚假相对。但在一些英语世界研究者眼中，《童心说》中的"真"却被误读为一种认识论上的实在之真。比如韩若愚指出："他（李贽）认为一篇作品的情感基础是其质量和真实性（authenticity）的保证，是读者区分真正艺术和肤浅模仿的可靠的试金石。"③ 可见，在韩若愚所理解的"童心"说中，好的文学作品虽然强调情感，但这种情感抒发不是最终目的，最终目的在于保证作品内容的真实（authenticity）。韩若愚还指出："他

---

① 张建业主编：《李贽全集注》第一册，社会科学文献出版社2010年版，第276页。
② Li Zhi, *A Book to Burn and a Book to Keep（Hidden）Selected Writings*, edited and translated by Rivi Handler-Spitz, Pauline Lee, Haun Saussy, New York：Columbia University Press, 2016, p.107.
③ Rivi Handler-Spitz, *Symptoms of an Unruly Age：Li Zhi and Cultures of Early Modernity*, Seattle：University of Washington Press, 2017, p.31.

(李贽)的论文《童心说》对古代经典文本的真实性展开了质疑,并对晚明书籍版本的真实可靠性产生了担忧,这都暗示着备受尊敬的古典文献在某些情况下可能是被伪造的。"[1] 这里所论述的关于如何评价文学经典的问题,在《童心说》最后一段中有所涉及,但这段内容的主旨其实是在说明所谓"经典"断不能与"童心之言"相提并论。韩若愚的理解有意与原文发生了偏差,特别强调这段内容中书籍版本之可靠性的问题,将"童心"说中的重要范畴"真"另行解读为书籍版本的真实性(authenticity)。

这里我们不禁提出疑问:1. 为什么英语世界的部分研究者将"童心"之"真"翻译为关乎事实真假之真(authenticity 或 true);2. 为什么英语世界的部分研究者似乎有意脱离文本原意来解读"真"的概念?

第一个问题需要追溯中西诗学源头,因为不同文论传统下的研究者对同一文论范畴的理解不同。在中国古代文论中,"真"指述的并不是关于某一对象是否真实可靠的认识论问题,而是关于一种生命性情在某情境下是否真挚自然的存在论问题。中国第一篇完整的诗学论文《毛诗序》就描述了这种真挚自然的诗兴感受:"情动于中而形于言,言之不足故嗟叹之,嗟叹之不足故永歌之,永歌之不足,不知手之舞之,足之蹈之也。"[2] 可见,在中国古代文论传统中,文学之"真"更多与生命感受的自然感发联系在一起,而较少与外在因果律产生必然联系。但在西方文论传统中,"真"这一范畴更指向作品内容要符合外在因果规律,在西方第一部系统的文艺理论著作《诗学》中,亚里士多德就认为"诗是一种比历史更富哲学性、更严肃的艺术,因为诗倾向于表现带普遍性的事,而历史却倾向于记载具体事件。所谓'带普遍性的事',指根据可然或必然的原则某一类

---

[1] Rivi Handler-Spitz, *Symptoms of an Unruly Age: Li Zhi and Cultures of Early Modernity*, Seattle: University of Washington Press, 2017, p. 136.

[2] 郭绍虞主编:《中国历代文论选》(一卷本),上海古籍出版社 2010 年版,第 30 页。

人可能会说的话或会做的事"。① 可以说,自古希腊以来,西方诗学是一种对应诗学 (a poetics of correspondence)②,通过隐喻、象征等二元论思维方式来折射理念之真,"真"的要义在于文学模仿要与因果规律相对应。因此,英语世界很多研究者即使知道"童心"之"真"指向情感的真挚自然,但在翻译过程中还是选用了以"符合事实"为核心意涵的 authenticity 或 true,这种表述习惯深受西方文论传统影响。

关于第二个问题,即为什么英语世界部分研究者有意脱离文本原意来解读"真"的概念?这一问题需要了解英语世界中国文论研究者的研究目的,我们以韩若愚的《不羁时代的症候:李贽与早期现代文化》一书为例进行说明。从论著的标题就能看出,韩若愚对李贽文论的探讨落位于"早期现代文化"的期待视野下,并由此阐发了"童心"说中"真"这一文论范畴的历史语境:在属于"早期现代"的明中叶,经济与文化生活的不稳定性导致此时期文学创作失"真"——反讽、悖论等非"真"的修辞手段被大量运用。"早期现代"形态的市民经济还使文学经典在书商的促销手段下发生了变形,失却了原本真貌。因此,正是在这种历史背景下,李贽发起了对文学中"真"范畴的探讨③。韩若愚另外还运用了符号学,从能指与所指之间的意义分离来探讨明代文学中存在的名不副实问题,据此阐发"童心"说中"真"的符号学意涵。从韩若愚的研究视野来看,英语世界的一些研究者并不以还原中国文论为主要目标,而是根据自身的文化诉求来重释、想象甚至是利用中国古代文论。可见,由于研究目的的不同,英语世界对"童心"之"真"的阐发出现了不同的意义。

但我认为,韩若愚此处译释属于误读:其一,符号学的研究方法更适

---

① [古希腊]亚里士多德:《诗学》,陈中梅译,商务印书馆1996年版,第81页。
② 乐黛云、陈珏编:《北美中国古典文学研究名家十年文选》,江苏人民出版社1997年版,第619页。
③ 参见 Rivi Handler-Spitz, *Symptoms of an Unruly Age: Li Zhi and Cultures of Early Modernity*, Seattle: University of Washington Press, 2017, p. 99。

古代文论

合于西方以屈折语为载体的文论传统，中国文论不一定要追求言意相契的目标，相反，言近旨远的中国文论对"意境"的追求恰恰讲究"意在言外"的审美效果；其二，更重要的原因是——"童心"之"真"的要义并不仅仅在于能指符合所指，联系中国文论传统，"真文""真人"之真的核心在于合于"道"（自然规律）。"童心"之"真"正是在人性自然层面发展并丰富了中国传统的自然原道文论观，因此，英语世界对"真"的考察应该结合中国文论传统，而不仅仅限制于符号学的修辞层面。

李博玲将"童心"之"真"的意涵解读为"不可抑止的感受"（irrepressible feeling）①或"真挚的自我表达"（genuine self-expression）②。我认为，李博玲对"真"的译释富有洞见，原因如下。其一，"不可抑止的感受"这一意涵显然是联动了与《童心说》同期成文的《杂说》，尤其是联动了其中提到的不可抑止的创作欲望："其口头又时时有许多欲语而莫可所以告语之处，蓄极积久，势不能遏。"③ 这意味着李博玲把握了李贽整体文论中"真"的内涵。其二，关于"真挚的自我表达"这一意涵，李博玲一方面将李贽的"自得"（self-satisfaction）精神融入对"真"的解读④，另一方面也强调了李贽对"私心"的正名，将个体私欲纳入"真"的范围⑤，这都体现了李博玲对李贽思想的全方位把握。其三，李博玲着重从存在感受与生命性情层面解读"真"，这符合中国文论传统对真挚自然之诗兴感受的强调。由此可见，李博玲对"童心"之"真"的翻译更准确。

---

① Pauline C. Lee, Li Zhi, *Confucianism and the Virtue of Desire*, New York: State University of New York Press, 2011, p. 3.
② Pauline C. Lee, Li Zhi, *Confucianism and the Virtue of Desire*, New York: State University of New York Press, 2011, pp. 34 – 35.
③ 张建业主编：《李贽全集注》第一册，社会科学文献出版社2010年版，第272页。
④ 参见 Pauline C. Lee, Li Zhi, *Confucianism and the Virtue of Desire*, New York: State University of New York Press, 2011, p. 105。
⑤ 参见 Pauline C. Lee, Li Zhi, *Confucianism and the Virtue of Desire*, New York: State University of New York Press, 2011, p. 84。

二 英语世界"化工"说译介

（一）英语世界对"化工"的译释

李博玲在2011年出版的论著中将"化工"译为"skills of Nature"[①]，但我认为，这一翻译存在问题。因为skills of Nature的直译为"自然的技巧"，而"技巧"恰恰被李贽批判——"穷巧极工，不遗余力，是故语尽而意亦尽，词竭而味索然亦随以竭"。[②]"化工"之"造化无工"的意味并没有被准确翻译过来，甚至走向了相反的方向。我认为，skills of Nature 的译法契合西方诗学理念，在希腊语中，"艺术"和"诗"都与人工技巧相关；而"化工"说却要追溯到中国自然原道的文论传统中，"文"并非人工模仿，而是来自天文地理的"物象之本"。可见，英语世界对中国文论的译释深受西方文论传统的期待视野影响，即使这种影响并没有被直接表述出来，而是以语言细节呈现出来。

在我看来，李博玲此处翻译失误的原因在于以下两点。其一，西方文论中没有一个词能与中国文论语境中的"化"相对应。在中国古代哲学中，"化"源于"造化"，即自然万物的生生化育过程，具体到中国古代文论、美学语境，"化"则指向物我同化的自然境界。英语世界一般将"化"译为transform，比如刘若愚就将"物化"译为"transforming with things"[③]，将"化境"译为"transformed state of being"[④]。但transform意为使外观发生

[①] Pauline C. Lee, *Li Zhi, Confucianism and the Virtue of Desire*, New York: State University of New York Press, 2011, p. 72.

[②] 张建业主编：《李贽全集注》第一册，社会科学文献出版社2010年版，第272页。

[③] James J. Y. Liu, *Chinese Theories of Literature*, Chicago: The University of Chicago Press, 1975, p. 31.

[④] James J. Y. Liu, *Chinese Theories of Literature*, Chicago: The University of Chicago Press, 1975, p. 40.

古 代 文 论
Ancient literary theory

变化，并不具有万物化育的有机过程性。可见，由于对宇宙观以及对宇宙观与文论观之间关系理解的不同，中国文论某些关键范畴在英译上出现了难处。其二，在中国传统文论中，范畴"工"的意涵具有特殊的复义性——有"人工"与"天工"两种相反的意思。李博玲对《杂说》中"工"的单独翻译就因此出现了问题：

至觅其工，了不可得。①

When people search for evidence of the workmanship in these creations, no matter how they search they cannot find a trace. ②

意者宇宙之内本自有如此可喜之人，如化工之于物。③

I think that in this universe surely there are people who are so delightful, who, like these authors, approach things with the powers of an artist. ④

根据《杂说》，这两句中的"工"都指述天工，但李博玲分别用 workmanship（人工技艺）与 the powers of an artist（艺术家的力量）对其进行翻译，两处英译都明显与汉语语义形成了对立关系。从语言翻译的角度来究其原因，这主要是因为汉语具有复义性，而英语表达相对精确，如果英语世界对中国文论的某些概念出现了理解偏差，当用指述能力相对精确的英语对这些概念进行转译时，就会出现非常明显的错误。

另外，李博玲将"化工"理解为 skills of Nature，这一误读还导致她对其他术语的翻译错误，比如李贽文论中的"至文"概念，李博玲将其译为

---

① 张建业主编：《李贽全集注》第一册，社会科学文献出版社 2010 年版，第 272 页。
② Pauline C. Lee, Li Zhi, *Confucianism and the Virtue of Desire*, New York: State University of New York Press, 2011, p. 127.
③ 张建业主编：《李贽全集注》第一册，社会科学文献出版社 2010 年版，第 272 页。
④ Pauline C. Lee, Li Zhi, *Confucianism and the Virtue of Desire*, New York: State University of New York Press, 2011, p. 127.

the most exquisite literature:

> 天下之至文，未有不出于童心焉者也。①
> The most exquisite literaturein the world all comes from the child-like heart-mind. ②
> 种种禅病，皆所以语文，而皆不可以语于天下之至文也。③
> But all of these cannot be used to discuss the most exquisite literature under heaven. ④

exquisite 一词意为精美的，这显然与李贽的"至文"理想相悖：因为"至文"指由童心发出的、自然天成的文学创作，这与"最精美的文辞"the most exquisite literature 之间的关系是相对的。而李博玲也并非下意识地用一个英语褒义词去翻译"至文"，她确实意识到了 exquisite 工巧精致之意，并用以翻译《琵琶》的"工巧之极"：

> 盖虽工巧之极，其气力限量，只可达于皮肤骨血之间。⑤
> It may well be although Mr. Gao's cleverness is exquisite, the strength of his energy is only sufficient to penetrate to the place between the skin and bone marrow. ⑥

这里 exquisite 对应"工巧之极"，我们知道，在《杂说》中，《琵琶》

---

① 张建业主编：《李贽全集注》第一册，社会科学文献出版社 2010 年版，第 276 页。
② Pauline C. Lee, Li Zhi, *Confucianism and the Virtue of Desire*, New York: State University of New York Press, 2011, p. 124.
③ 张建业主编：《李贽全集注》第一册，社会科学文献出版社 2010 年版，第 272 页。
④ Pauline C. Lee, Li Zhi, *Confucianism and the Virtue of Desire*, New York: State University of New York Press, 2011, p. 128.
⑤ 张建业主编：《李贽全集注》第一册，社会科学文献出版社 2010 年版，第 272 页。
⑥ Pauline C. Lee, Li Zhi, *Confucianism and the Virtue of Desire*, New York: State University of New York Press, 2011, p. 128.

相较于《西厢》或《拜月》并不是"至文",而李博玲却用描述"至文"的 exquisite 去形容并非"至文"的《琵琶》,这显然是前后矛盾的。据此,我认为,李博玲最严重的翻译错误就在于——用同一个英语单词去翻译一篇文章中两处截然相反的意思,这种翻译的混乱势必会对海外读者造成困扰。

结合中西美学传统,我们可以推论出李博玲此处翻译错误的原因。"至文"之"至"在中国传统美学语境中常与道家思想相联系,《庄子》多次提及"至乐""至礼"等概念,都指向合于自然的审美境界:比如"夫至乐者,先应之以人事,顺之以天理,行之以五德,应之以自然,然后调理四时,太和万物"①;"至礼有不人,至义不物"②;等等。可见,"至"在中国传统美学语境中,指述的是朴拙混成的审美境界。到了李贽的《杂说》,"至文"也如"天之所生,地之所长,百卉具在,人见而爱之矣"③一样,呈现出自然天成的审美面貌;而有极工尽巧之意涵的 exquisite,并不能准确传达出"至文"的美学精神。在西方传统美学直至现代美学的理念下,英语世界研究者多关注个体的天才创造,以精美、雅致、令人惊奇的主体创造为艺术理想,正是这种审美惯性与期待视野促使研究者不假思索地用 exquisite 去翻译"至文"。

(二)"化工"说在英语世界被相对忽视的原因

相较于"童心"说,英语世界对"化工"说的关注度要低一些,但中国文论中某些核心问题在海外被相对忽视的情况,恰恰能够说明中西文论研究视野及其背后文化传统的不同。我认为,"化工"说被英语世界相对忽视的原因主要有以下三方面。

---

① [清]郭庆藩撰,王孝鱼点校:《庄子集释》,中华书局2013年版,第449页。
② [清]郭庆藩撰,王孝鱼点校:《庄子集释》,中华书局2013年版,第711页。
③ 张建业主编:《李贽全集注》第一册,社会科学文献出版社2010年版,第272页。

其一，从研究视野与研究方法来看，英语世界偏爱于在西方现代启蒙文化的期待视野中考察李贽的文论，也偏爱于运用文化研究的方法。相较于植根在"前现代"自然原道文论传统中的"化工"说，散发着批判精神光芒的"童心"说更带有某种"现代性"色彩，因此，英语世界更青睐于"童心"说。另外，海外致力于李贽文论研究的学者多出身于美国的比较文学界，我们知道，美国比较文学以平行研究著称，同时偏爱于运用超学科的文化研究。相较于专业化的戏曲批评"化工"说，"童心"说的宏观文化阐释效力更强，因此，英语世界研究者也更关注"童心"说，相对忽视了"化工"说。

其二，更重要的原因在于——中西文化传统中宇宙观的不同，以及宇宙观与文论观之间关系的不同决定了英语世界对"化工"说的忽视。在中国传统农耕文化语境中，以生生为特征的宇宙观孕育于先秦轴心时期的思想著作，与此同时，"造化""大化""物我同化"等概念成为中国传统美学的关键词，指向一种顺应自然之道的文学精神。《文心雕龙·原道》就提到"辞之所以能鼓天下者，乃道之文也"①，也就是说，在中国文论传统中，文学因合于自然之道而能够"鼓天下"，根据《说文解字注》，"鼓"意为"春分之音，万物郭皮甲而出"②，即自然万物在春分时节都欣然复苏，是为"鼓天下"，这描绘了一种生生不息的存在论审美境界，难以用分判性思维所认识，正所谓"至觅其工，了不可得"③。而植根于古希腊海洋文明的西方哲学属于一种认识论传统，有学者就将以亚里士多德四因说为背景的西方哲学传统概括为"造作"，正与中国的"生生"文化传统相对④。因此，受西方哲学传统所影响，英语世界对李贽文论中植根于生生

---

① 周振甫：《文心雕龙今译》，中华书局2013年版，第14页。
② （汉）许慎著，（清）段玉裁注：《说文解字注》，上海古籍出版社1988年版，第206页。
③ 张建业主编：《李贽全集注》第一册，社会科学文献出版社2010年版，第272页。
④ 参见丁耘《哲学在中国思想中重新开始的可能性》，《中国社会科学》2013年第4期。

文化传统的"化工"说有所隔膜。这一原因的推测并不仅是理论设想,因为我发现,英语世界在译介李贽思想时,经常无视其中植根于生生文化传统的内容。比如狄培理在翻译李贽的代表性观点"穿衣吃饭,即是人伦物理"①时,仅仅翻译了"人伦"的概念,而遗漏了"物理":"To wear clothing and eat food – these are the principles of human relations."② 我们知道,"人伦物理"是并列结构,不仅指述人际关系,还指向世间万物之关系、规律,狄培理此处的翻译单单突出了"人"的主体地位。我认为,这种翻译的遗漏有很大问题,它脱离了中国传统哲学尊重自然规律(即"物理")的生生文化语境。再比如狄培理在翻译李贽的《四勿说》时,偏偏遗漏了对"从天降者谓之礼,从人得者谓之非礼"这一重要观点的翻译③。在李贽的思想体系中,"礼"与"文"一样,都拒绝刻意的人为做作,而追求自然的生生之道,但如此重要的观点遭到了无视。以狄培理为代表的英语世界研究者,因为与中国古代文化的生生传统有所隔膜,而在一定程度上忽视了"化工"说。

其三,从中西戏剧理论及其背后审美传统的差异来看,从亚里士多德到俄国斯坦尼斯拉夫斯基,西方传统戏剧体系的特征在于"戏剧性",这与"化工"说所提倡的含蓄中和、与道合一的戏曲理念相悖。西方传统戏剧理论中的审美理想具体呈现为冲突、激情、激变等特征,剧中人物需通过剧烈的冲突来激发起观众的激情,以达到净化或宣泄感情的目的。相反,在农耕文明中发展出来的中国戏曲,则以日常家庭生活情境为主要表现对象,以追求元亨利贞之生活愿望以及隐忍中和之道德境界为审美目标,正所谓"化工"说中的"意者宇宙之内本自有如此可喜之人,如化工

---

① 张建业主编:《李贽全集注》第三册,社会科学文献出版社 2010 年版,第 145 页。
② William Theodore De Bary, *Self and Society in Ming Thought*, New York: Columbia University Press, 1970, p. 200.
③ 参见 William Theodore De Bary, *Self and Society in Ming Thought*, New York: Columbia University Press, 1970, p. 197。

之于物，其工巧自不可思议耳"。① 可见，中西戏剧审美理想的差异也导致了英语世界对"化工"说有所隔膜，相对忽视了这一理论。

三 英语世界李贽文学发展观译介

英语世界对李贽的文学发展观也给予了一定关注，但海外研究者们的解读视野明显区别于国内研究者，其中既不乏洞见，也存有误读，这一问题值得我们仔细辨析。

狄培理对李贽的文学发展观给出过明确评价：李贽反对固守文学经典，并赞成每个时代都有属于本时代价值的文学，作为现代改革者（the modern reformer）的李贽，通过批点《水浒传》，为他所处时代的白话文学地位之提升做出了巨大贡献。② 关于狄培理此处对李贽文学发展观的评介，我们需要仔细分辨。一方面，狄培理确实注意到李贽文学发展观中一代有一代之文学的观点，还看到了李贽对白话文学的推动作用，并对其给予了积极评价。但另一方面，我们也需要看到此处对李贽文论的误读，因为通观狄培理的论述，我们并没有找到有关明代文坛复古风气的历史语境介绍，在简要评介了李贽的文学发展观后，论者用一整节内容探讨了"历史上的个体"（The Individual in History）③。在狄培理的研究中，李贽具有"现代性"启蒙色彩的文学发展观被孤立地抽出，文学的新创成为印证个体独特价值的表征。从狄培理对李贽文学发展观的研究可见，英语世界研究者经常根据自身的文化理念去想象、利用中国文论。但力的作用是相互

---

① 张建业主编：《李贽全集注》第一册，社会科学文献出版社2010年版，第272页。
② 参见 William Theodore De Bary, *Self and Society in Ming Thought*, New York: Columbia University Press, 1970, p. 196。
③ William Theodore De Bary, *Self and Society in Ming Thought*, New York: Columbia University Press, 1970, p. 201.

古代文论
Ancient literary theory

的，英语世界在想象或利用中国文论时，中国文论也潜在地对西方文论研究产生了影响。下面，我将通过韩若愚对李贽文学发展观译介的论析，来探讨中西文论之间的相互作用。

其一，在海外汉学的话语场域中，进行选译、发起话题的主动方是受西方文化浸染的海外研究者，因此，中国文论不可避免地受到西方文化视野的渗透。韩若愚对李贽文学发展观的解读就是与西方文学现代性问题交织在一起的，这一点与狄培理的研究理路接近。在韩若愚看来，李贽所处的时代属于早期现代世界，此时市民经济高速发展，同时带来了诸如黄金掺假、盗铸钱币等经济问题，而文学领域内的新变正是中国晚明经济状况动荡不安的折射[①]。这样，李贽的文学发展观就被阐释为"早期现代文化"兴起的表征——运用反讽、悖论的世俗文学通过对经典文学的对抗，在某种程度上实现了对封建时期神圣话语的消解，早期现代文化由此兴起。韩若愚出身于美国比较文学界，她更习惯从文化研究的角度去探讨李贽文论中的"现代性"意味，特别关注其中的反叛精神。但我认为，韩若愚直接赋予李贽文学发展观以"现代性"滤镜的做法属于误读，首先，李贽文学发展观是基于明代文学内部的发展诉求，他并没有主动追求文学上的"现代性"变革。其次，韩若愚强调明代世俗文学中反讽、悖论等现代表现手法的运用，以"现代性"审美风尚来解读李贽的文学发展观，有使李贽文学理想滑入追求偏执立异的"现代性"真空之境的嫌疑。可见，直接通过文化比附与修辞表征来探讨中国文论的研究方式，充满了西方学者的历史想象与观念填充。

其二，当英语世界研究者对中国文论进行译介时，中国文论同时也对西方文论及其研究产生一定影响，并潜在地为西方研究者提供了新视野与

---

① 参见 Rivi Handler-Spitz, *Diversity, Deception, and Discernment in the Late Sixteenth Century: A Comparative Study of Li Zhi's Book to Burn and Montaigne's Essays*, Chicago: The University of Chicago, 2009, p. 92。

· 251 ·

新方法的可能性。韩若愚在探讨李贽的文学发展观时,提到了关于鉴赏力与判断力的易变性(mutability of tastes and judgments)①。如前所述,在西方哲学传统中,自柏拉图至笛卡儿以来一直保持着一种思维习惯,即哲学家们会为所有人的思考与感受模式都预设一种先验理性的"普遍项"。这种哲学传统同样演绎于美学理论中,在康德美学中,鉴赏力判断的前提就在于共同感(common sense)的先验存在,在西方理性主义的先验哲学系统中,鉴赏力与判断力是相对稳定的。韩若愚通过译释李贽的《时文后序代作》一文,探讨了其中的文学发展观并提出了一个重要命题——"审美判断随时间变化"(aesthetic judgements vary temporally)②。我们知道,李贽的文学发展观并不是其独特的理论新创,这种观点早在《文心雕龙·通变》中就被提出了,所谓"文律运周,日新其业。变则其久,通则不乏"③,这一文学发展观从根本上源于《周易》"穷则变,变则通,通则久"④的通变精神,是一种对天道生生不息之流转规律的哲学体悟,与西方形而上的先验哲学思维有所不同。可以说,韩若愚正是在解读李贽文论思想时潜在地受到了中国哲学通变观的影响。

其三,在海外英译与研究的过程中,中国文论同时也进入人类文学活动所面临的共同问题域,译介的过程即是中西文论形成对话的过程,这呈现出异质文化间文学理论同题对话的双向交流情状。比如韩若愚着重探讨了李贽文学发展观中潜藏的读者阅读理论,这与西方阐释学文论所关注的问题形成了同题对话。韩若愚指出,李贽在《童心说》中提倡一种"对抗

---

① Rivi Handler-Spitz, *Diversity, Deception, and Discernment in the Late Sixteenth Century: A Comparative Study of Li Zhi's Book to Burn and Montaigne's Essays*, Chicago: The University of Chicago, 2009, p. 358.

② Rivi Handler-Spitz, *Diversity, Deception, and Discernment in the Late Sixteenth Century: A Comparative Study of Li Zhi's Book to Burn and Montaigne's Essays*, Chicago: The University of Chicago, 2009, p. 92.

③ 周振甫:《文心雕龙今译》,中华书局2013年版,第276页。

④ 杨天才、张善文译注:《周易》,中华书局2011年版,第610页。

性阅读理论",这是一种生成的文学阅读观:"夫六经、《语》、《孟》,非其史官过为褒崇之词,则其臣子极为赞美之语。又不然,则其迂阔门徒,懵懂弟子,记忆师说,有头无尾,得后遗前,随其所见,笔之于书。后学不察（critically examine）,便谓出自圣人之口也。"韩若愚在译介过程中,着重强调了自己为什么要用 critically examine 来译解"察"——她看到了批判性阅读的生成性特质,这接应了李贽的整个文学发展观,即读者无须通过时代先后来评判文学优劣,圣贤经典也需要读者 critically examine[1]。我认为,韩若愚此处的剖析有一定创见,因为国内学者对李贽文学发展观的探讨普遍集中于文学本身的价值论层面,较少从读者阅读层面来讨论文学接受的时序问题。而韩若愚通过细读一个"察"字,打开了她对李贽文学发展观的新视点。值得注意的是,韩若愚对李贽文学发展观中读者阅读理论的解读并没有限制于《童心说》,而是联系到王阳明心学中"为己之学"（learning for oneself）[2] 的自得精神。有意思的是,韩若愚对心学阐释学的探讨与国内学者李春青的观点遥相呼应,在李春青看来,王阳明的"自我阐释"突破了基于传统儒学章句训诂的"文本阐释"[3],这正与韩若愚通过研究王阳明心学思维方式去探讨李贽文论的路径不谋而合。由此可见,海外研究者不是完全将中国古代文论视为西方理论的东方话语资源,阐释学在韩若愚此处的研究中不是一种西方专有的理论形态,而是一种对文学现象的理解方法。李贽文学发展观中读者阅读理论的译介,为西方文论研究提供了异域文化中的阐释学解读,这促使中西文论在面对共同的文学问题时形成了有效对话。

---

[1] 参见 Rivi Handler-Spitz, *Symptoms of an Unruly Age: Li Zhi and Cultures of Early Modernity*, Seattle: University of Washington Press, 2017, p. 150。

[2] Pauline C. Lee, *Li Zhi, Confucianism and the Virtue of Desire*, New York: State University of New York Press, 2011, p. 136.

[3] 参见李春青《从"文本阐释"到"自我阐释"——王阳明经典阐释学思想的实践性品格》,《山东师范大学学报》(社会科学版) 2020 年第 4 期。

四 结语

综上所述,通过探究英语世界李贽文论核心问题的译介,我们发现了不同文化体系内研究者对同一文学问题的理解差异,并同时辨析了其中的误读与洞见。一方面,英语世界多数研究者在译介中都存有误读,一些误读出于译者自身文化传统与治学背景的期待视野,属于对李贽文论译释中的无意偏差,比如对"童心"说的译释与对"化工"说的相对忽视;一些误读则出自英语世界研究者为满足自身文化诉求对李贽文论的有意利用,比如以西方启蒙文化的"现代性"滤镜去观照李贽文论。另一方面,英语世界对李贽文论的部分译介也具有洞见性,并为我们提供了新的视野与方法,尤其是文化研究的超学科视野与新批评的"细读法"(the approach of close reading)[①],因为人类文化并不源于孤立理论的拼组,而源于实践活动的生成流动,李贽所处时代的"伦理、美学或历史,都是一个天衣无缝的整体"[②];细读法则悬置了先入为主的理论预设,进而使文论阐释在细节中更为立体。

另外,正是在与不同文化的碰撞中,中国古代文论显现出独特的文化生命力。以李贽文论为代表的中国古代文论虽是一种"前现代"文化,但具有对如人性虚伪、精神荒芜、物欲膨胀等"现代性"弊端反思的潜在价值:李贽在日益壮大起来的市民生活中看到了一种"自然"理想,这一"自然"不仅仅是穿衣吃饭、人性欲望之自然,也是合于天道、人伦物理之自然,源于生生不息的造化规律。英语世界虽因文化隔膜而尚未对这一

[①] Pauline C. Lee, Li Zhi, *Confucianism and the Virtue of Desire*, New York: State University of New York Press, 2011, pp. 14–15.

[②] Pauline C. Lee, Li Zhi, *Confucianism and the Virtue of Desire*, New York: State University of New York Press, 2011, p. 10.

古 代 文 论

"前现代"经验给予足够关注,但也有研究者渐渐洞察到李贽文论中植根于自然的深刻人文精神,并将其用以反观、深化自己的"现代性"文论研究[①]。由此而言,在与西方文论对话的过程中,欲激发出中国古代文论所蕴含的独特文化生命力,就要运用其中具有普适意义的观念——如"生生""化工""自然"等——去深入反思西方现代性的意义与危机,寻求一种更加完善的现代性——或许可以称为反思的现代性。

An Analysis of the Key Issues of Li Zhi's Literary Theory in the English-speaking Worlds

Zhou Pinjie

Abstract It is necessary for us to analyze the differences in the understanding of the same literary issue among researchers in different cultural systems by exploring the translation and introduction of the core issues of Li Zhi's literary theory in the English-speaking world, and to examine how Chinese literary theory is used in the English-speaking world. Interpretation, reconstruction, or how to be misinterpreted and used. In the translation and introduction of core issues such as the theory of "childlike mind", the theory of "skills of Nature", and the concept of literary development, on the one hand, most researchers in the English-speaking world have misunderstood, and some misreads are due to the translator's own cultural tradition and scholarship. The expectation horizon of the background belongs to the unintentional deviation of the translation and interpretation of Li Zhi's literary theory; some misreadings come from the intentional use of Li Zhi's literary theory by English-speaking researchers to satisfy their own cultural demands. On the other hand, the English-speaking world's translation and introduction of some of Li Zhi's literary theories is also insightful, and the transdisciplinary vision and careful reading method can open up a new space of meaning for the study of ancient Chinese literary theory. In

---

① 参见 Rivi Handler-Spitz, *Symptoms of an Unruly Age: Li Zhi and Cultures of Early Modernity*, Seattle: University of Washington Press, 2017, p. 33。

· 255 ·

addition, in the collision with different cultures, the ancient Chinese literary theory represented by Li Zhi's literary theory showed unique cultural vitality.

Key Words　English-speaking World; Li Zhi's Literary Theory; overseas spread ; misreading

Author　Zhou Pinjie, doctoral student from Center for Theory of Literature and Aesthetics, Shandong University. Her academic interest is history of Chinese literary criticism.

论"社会—历史"研究方法在中国文学批评史研究中的应用及其限度

王建波

提要 "社会—历史"研究方法是指通过阅读丰富的历史文献,考察文学作品产生的社会背景与作品反映的社会内容,加深对文学作品的认识,进而以此为基础,考察文学批评产生的背景与文学批评反映的心态、思潮等社会内容。这一方法承续中国学术传统,对中国文学批评史研究而言有突出的适用性,但同时也存在一些问题。如果研究者在使用这一研究方法的同时,既充分关注文学的抒情特征与创作手法等"独特性",又时刻牢记中国文学批评史研究的最终研究目的,恰当借鉴西方现代理论,在历史考辨的基础上进行严谨的理论阐发,那么目前存在的问题将得到有效缓解,中国文学批评史研究也将取得新的进展。

关键词 "社会—历史"研究方法 中国文学批评史 理论阐发

作者简介 王建波,山东大学文艺美学研究中心硕士研究生,主要研究方向为中国文学批评史。

"社会—历史"研究方法是学习与研究中国文学批评史时常用的方法之一。概言之,所谓"社会—历史"研究方法,是指通过阅读丰富的历史文献,考察文学作品产生的社会背景与作品反映的社会内容,加深对文学作品的认识,进而以此为基础,考察文学批评产生的背景与文学批评反映的心态、思潮等社会内容。

现阶段对"社会—历史"研究方法的反思与检讨有其必要性。首先,这一方法与中国学术传统相承接,在中国文学批评史研究的应用中发挥了重要的基础性作用,尽管近代以来受到西方学术体系下文学研究的冲击,但在当下文学研究趋向多元化的形势下理应重新受到重视。钱穆在《现代中国学术论衡·序》中指出:"中国重和合,西方重分别。"① 古人之学问大都贯通四部,且他们的社会角色也具有"和合"的特点,往往集官僚、学者、作家于一身。因此,古人的文学观是"杂文学"观,一方面将一些在今人看来不属于文学的作品当作文学,另一方面又往往不从文学的角度解读文学作品,多将论诗、论文与论人、论世相结合。并且,在古人看来,经、史是学问主流,文学不具有与经、史相同的地位:"夫学者研理于经,可以正天下之是非。征事于史,可以明古今之成败。余皆杂学也。"② 因此,丰富对古代史的了解,对于文学研究与文学批评研究而言十分必要。其次,19世纪末以来,尤其是在20世纪80年代,中国学界从西方引进大量新研究方法。它们的确为中国古代文学批评的理论阐释做出了重要贡献,但是,缺乏对中国历史传统的丰富了解而运用新方法所做的理论阐释往往流于浮泛,甚至产生与史实不符的错误结论,"历史本真面貌没有搞清楚之前就进行理论阐发,往往成了空疏之学,因为思想的活力只有在对传统的准确理解和不断发掘中才能获取本原性的力量"③。因此,"社会—历史"研究是中国古代文学与文学批评研究最基本的研究视点,只有对文学作品和文学批评产生时代的历史、文化有极为深刻的认识,对"文本""主体""传播""接受"等方面的研究才能深刻,作为"外部研究"的"社会—历史"研究可以起到一些专注于理论阐释的"内部研究"所无法起到的作用。再次,学界对"社会—历史"研究方法的运用存在一

---

① 钱穆:《现代中国学术论衡》,生活·读书·新知三联书店2001年版,"序"第1页。
② 纪昀:《四库全书总目·子部总叙》,《四库全书总目》,中华书局1965年版,第769页。
③ 黄念然:《20世纪中国古代文学研究史·文论卷》,东方出版中心2006年版,第49页。

定问题。一方面是历史考辨与理论阐释的偏重问题,部分学者由于过于重视对历史的考辨,忽视了理论阐释的重要性。对于中国文学批评史的研究目的而言,历史考辨并非终极目标,历史考辨最终"是为了抵达理论核心,并准确敞现理论内涵"①。另一方面是难以科学地"以今释古"的问题,部分学者虽然避免了上文所说用现代思想生硬解释古代文学批评的问题,但是自身被研究对象湮没,思想上难以跳出古人樊篱,落入以古证古的境地而难以突破。对现代学术而言,要正视新理论、新方法的作用,今人毕竟不处于历史社会中,只能通过史料片段想象古人的生活,且不具备乾嘉学派扎实的旧学功底。因此,我们必须合理地通过新方法、运用新理论,在了解史实的基础上对古代文学批评的认识有所突破。由此可见,我们需要对"社会—历史"研究方法的应用做必要的修正。

通过以上分析,我们可以看出,"社会—历史"研究方法承续中国学术传统,在中国文学批评史研究的应用中既发挥了重要的基础性作用,又存在研究者难以走出古人思想樊篱、历史考辨难以进一步转化为理论阐释、文学作品与批评和历史牵强比附等问题,需要加以修正与细化。因此,现阶段对这一方法的反思与检讨是极为必要的,本文即试图在文学批评史研究的新形势下探讨其传统、内容与限度。

一 传统:"知人论世""诗史"概念与考据学

"辨章学术,考镜源流"是解决学术问题的基本态度与工作。"社会—历史"研究方法承续中国学术传统,在中国古代的文学解读、文学批评与学术研究中可以发现其渊源。孟子的"知人论世"说及其后世的拓展阐发可以说是论诗、论文与论人、论世相结合的滥觞,注重诗歌与社会历史关

---

① 黄念然:《20世纪中国古代文学研究史·文论卷》,东方出版中心2006年版,第50页。

系的"诗史"说是古人用以进行文学批评的重要概念,研究传统小学与注重考证名物典制、天文地理等的考据学贯穿中国古代文史研究始终,在清代达到顶峰并应用于解读《诗经》、杜诗等作品。以下将通过探讨这三个个案来窥探"社会—历史"研究方法对中国学术传统的承续。

(一)"知人论世"

《孟子·万章下》首先提出"知人论世"说:

> 孟子谓万章曰:"一乡之善士,斯友一乡之善士;一国之善士,斯友一国之善士;天下之善士,斯友天下之善士。以友天下之善士为未足,又尚论古之人。颂其诗,读其书,不知其人,可乎?是以论其世也,是尚友也。"①

孟子这段话的主旨在"尚友",认为不仅要与同时之人为友,还要与古人为友。由于时间上的间隔,想要与古人为友,就只能通过读其诗书的方式了解古人,如果读其诗书不足以了解古人的话,还要努力了解古人生活的时代,借助时代背景了解古人。因此,在这里,孟子讨论的是如何"知人"的问题,提出借助知其诗、知其书、知其世来知其人,他的本意并非通过论人、论世以论诗、论文,后者是后人由孟子这段话引申、阐发出来的。

不过,孟子在这段话中虽然没有表达出论人论世以论诗文的意思,但他在其他言语中表露出了类似的意见。如孟子解读《诗经》中《小弁》与《凯风》二诗时,就是结合诗之本事表达自己的看法,二诗的作者境遇不同,因此孟子给予的评释也是不同的。而孟子之所以以这样的方式解读诗歌,与他倡导王道仁政、恢复古制的思想有关。孟子重视古圣贤王的言

---

① 赵岐注,孙奭疏:《孟子注疏》卷十下,阮元校刻:《十三经注疏》,中华书局2009年版,第5974页。

古　代　文　论

Ancient literary theory

行，因此会关注《诗经》涉及的历史人物与事件，希望通过对作品内容与本事做出合理的解释以支持自己的政治思想。这样的解读方式，正符合后人引申的论人论世以论诗文的"知人论世"的含义。

此外，有关孟子的"知人论世"说还有两点需要注意。其一，孟子"知人"关注的重点是人的政治、伦理、教化等社会属性方面的特点，并非注重对人的全方位了解。后人在进行文学解读与文学批评时的"知人"大大拓宽了涉及的领域，包括作者的家世、经历、性格、思想、情趣、爱好、人生抱负等各方面，对作者的观察更加全面。其二，孟子"知人论世"说中将"知人"作为主旨，为后人在"知人论世"中将作者作为中心提供了重要的启示意义。作者是文学创作中的重要一环，是社会背景与文学作品之间的中介，作者通过个人体悟将社会生活中的所闻所见转化为文学作品，在论世的同时更加关注作者的家世、经历、个性等各方面对转化过程的影响，是十分重要的。这极大地提高了"知人论世"方法应用于文学解读、文学批评的适用性，是这一方法延续千年经久不衰的重要原因。

（二）"诗史"概念

"诗史"是古人将文学作品与社会历史相结合加以思考而产生的概念，而这一概念的具体含义并不是固定的，在不同时期有一定变化。

"诗史"概念最早出现于孟棨《本事诗》对杜甫诗歌的批评："杜逢禄山之难，流离陇蜀，毕陈于诗，推见至隐，殆无遗事，故当时号为'诗史'。"① 由此可以看出，孟棨的"诗史"说，其一是指杜甫在安史之乱时期流离陇蜀创作的诗歌，其二是指杜甫此时的诗歌记载了他经历的所有事情，没有遗漏。

此后，两宋时期的"诗史"概念仍主要围绕对杜诗的诠释展开，有两个主要的发展方向。其一，强调杜诗在"史"的层面上的特点，重视杜诗

---

①　孟棨：《本事诗·高逸第三》，丁福保辑：《历代诗话续编》，中华书局1983年版，第15页。

记载时事的作用。例如,《新唐书》说"甫又善陈时事,律切精深,至千言不少衰,世号'诗史'"①,胡宗愈将"诗史"与"知人论世"相结合:"读之可以知其世,学士大夫谓之'诗史'。"② 其二,强调杜诗在"诗"的层面上的特点,在"诗史"概念中重视杜诗的文学性。如上文所说《新唐书》"诗史"概念中关注声律的问题,突出杜诗律诗尤其是排律的地位,又如王得臣、姚宽、释普闻等关注杜诗字句的出处、用典、文备众体等方面的特点,并将杜诗的笔法与《春秋》和《史记》的笔法相对比,从创作手法与文体等角度阐释杜诗被称作"诗史"的原因。此外,南宋时期已有人开始用"诗史"评价其他诗人,见王楙《野客丛书》:"白乐天诗多纪岁时,每岁必纪其气血之如何与夫一时之事,后人能以其诗次第而考之,则乐天平生大略可睹,亦可谓'诗史'者焉。"③ 这可以视作"诗史"概念从杜诗中脱离出来,进而成为具有普遍理论意义的概念的开端。

至明代,复古诗论家为"诗史"赋予新的含义,"诗史"概念逐渐"走出杜诗",成为新的思考诗歌与社会历史关系的理论论述。此时,"诗史"概念中强调诗歌记载现实生活的含义已基本确定下来,受辨体思想的影响,有关"诗史"概念的探讨主要集中在诗歌如何记载时事的问题上,复古诗论关注在记载时事方面诗与史的不同,认为诗歌在记载时事时应保持自身特殊的美感,有一套不同于历史的记载方式。这一点在王夫之的"诗史"说中体现得更加鲜明。王夫之认为,诗歌应在不妨碍文学本质的基础上,通过"刺"的手法表达作家对重大历史事件与政治等现实生活的态度,注重在记载现实生活的同时保持诗歌的"声情"。

明清之际,剧烈震荡的社会要求诗歌能够反映现实,"以诗为史"成

---

① 欧阳修、宋祁:《新唐书·文艺传》,中华书局1975年版,第5738页。
② 胡宗愈:《成都新刻草堂先生诗碑序》,仇兆鳌注:《杜诗详注》,中华书局1979年版,第2243页。
③ 王楙:《野客丛书》卷二十七,上海古籍出版社1991年版,第399页。

为"诗史"概念的主流,并且由于史书缺乏,也产生了"以诗补史"的观念。士人一方面更加强调诗歌记载现实生活的作用,形成"以诗为史"的阅读习惯;另一方面强调"诗家情质和良史德识的一致性"①,强调通过诗歌写作参与现实政治,议论时事,发挥良史的积极作用。此时的这种观念,催生了一批以记载时事为己任的诗歌。

至清代,"诗史"概念受宋明以来各种说法的影响,丰富多样。此时仍以诗歌记载现实生活作为论述"诗史"概念的中心,同时,钱谦益对诗歌美感的重视,魏禧对诗中《春秋》微言大义之法的运用的提倡,吴乔、施闰章、陈沆等将"比兴"与"诗史"说的结合,吴瞻泰"诗史"说对"诗法"的强调,均有效弥补了"诗史"概念中过于强调诗歌记载时事作用的偏颇,关注了诗歌如何表达时事的问题,且探讨的深度明显超过明代复古诗论家。

通过以上对"诗史"概念演变过程的梳理,我们可以看出,"诗史"概念的主流是诗歌必须记载外在现实世界。就作者和同时人而言,符合"诗史"概念的诗歌记载了时事;就后人而言,符合"诗史"概念的诗歌则是记载了历史。据此,有学者认为,"历来的'诗史'说更多地触及文学与现实的关系,而非文学与历史的关系"②。但无论如何,符合"诗史"概念的诗歌都可以说是记录了某一时期某一方面的社会状况。此外,历代"诗史"概念都或多或少地探讨了诗歌如何记载现实生活的问题,就诗歌的体制、创作手法等涉及文学性的方面做出思考。因此,"'诗史'说不但继续强化了诗歌对现实模仿的创作倾向,而且它的众多内涵从各个方面、诸多层次给了这种创作倾向具体而微的指导、说明"③。并且,从"诗史"概念中还生发出"诗史互证"的观念与方法。其中,"以诗证史"与明清之际"以诗为史"

---

① 周兴陆:《"诗史"之誉和"以史证诗"》,《杜甫研究学刊》1999 年第 1 期。
② 张晖:《中国"诗史"传统(修订版)》,生活·读书·新知三联书店 2016 年版,第 304—305 页。
③ 张晖:《中国"诗史"传统(修订版)》,生活·读书·新知三联书店 2016 年版,第 278 页。

类似，看重诗歌记载现实生活的特点，将诗歌用于史学研究。而"以史证诗"是古人进行诗歌批评尤其是杜诗批评的基本阐释方法之一。古诗多缘事而发，只有对诗歌的创作背景与相关事件有所了解，才能准确把握作品的主旨与意义。因此，批评家往往通过阅读历史资料把握诗人创作诗歌时的社会环境与创作心理，以求对诗歌做出合理、深刻的解读与批评。

（三）考据学

孙钦善在《清代考据学》一书中对考据学的定义是："有关形式方面的语言文字（文字、音韵、训诂）、版本、目录、校勘、辨伪、辑佚诸学（其中目录、辨伪、辑佚等亦与内容有关）以及有关内容的考实之学均属于考据学。"[①]

考据学有十分悠久的历史，其源头可以追溯至孔子多闻阙疑、无征不信的观念。此后，汉代学者常用考据之法梳理秦灭之后散佚的文献资料；东汉时期，古文经学的发展推动了考据学的盛行。魏晋南北朝时期，学者对此前经史著作的注释对史实、名物、典制、地理、人物、音义等多有考证，王肃开创利用文物考据的先例。隋唐时期，孔颖达《五经正义》以"疏不破注"的原则集前代考据成果之大成。宋代学者多有鲜明的学术自觉意识，朱熹的考据之学得到后世称赞："朱子求一贯于多学而识，寓约礼于博文，其事繁而密，其功实而难。"[②] 并且，宋代学者在金石资料与传世文献互证方面取得重要成就。至清代，考据学发展到前所未有的高度。清代学者广泛吸取前代考据成果，以治学为乐，将学术看作安身立命的寄托，倡导实事求是的学风与积极创新的精神。此时的考据学以传统小学领域的考据为中心，同时在人物史实、名物典制、天文地理等诸多方面的考据都具有巨大进展。这种考据之风也被清代学者带入文学作品的解读与批

[①] 孙钦善：《清代考据学》，中华书局2018年版，第1页。
[②] 章学诚著，叶瑛校注：《文史通义校注》卷三，中华书局1985年版，第264页。

评中，文人注重对前人诗文作品的编年与注释工作，重视对作品涉及的人物、史实、地理、制度等内容的考据，加深了对诗文作品的理解。近代学者将传统考据方法与自西方引进的科学实证主义精神相结合，应用于学术研究，关注史实考辨，创造出大量校勘、笺证、集注等学术成果。中国文学批评史领域也不例外，有关《毛诗序》《文心雕龙》的历史考辨类文章大量出现，朱自清《诗言志辨》、黄侃《文心雕龙札记》、范文澜《文心雕龙注》、刘永济《文心雕龙校释》与杨明照《文心雕龙校注》等论著均是在传统考据学与现代实证主义相结合影响下产生的。

二 方法：研究态度与研究内容

前文已经说明，"社会—历史"研究方法承续"知人论世""诗史互证"与严谨考据等源远流长的中国学术传统，在中国当代学术研究中具有显著的适用性，为中国文学批评史研究发挥了重要作用。但是，这一方法的运用目前也面临着研究者难以走出古人思想樊篱、历史考辨难以进一步转化为理论阐释、文学作品与批评和历史牵强比附等问题。因此，"社会—历史"研究方法还有待于进一步修正与完善。以下，本文将试从研究态度与具体研究内容两个方面，在前人思考的基础上对修正与完善"社会—历史"研究方法做进一步探索。

（一）研究态度

就总的研究态度而言，运用"社会—历史"研究方法，中国文学批评史研究者应当将"重溯理论形态赖以产生的真实历史语境，恢复理论内涵的真实历史面貌"[①] 作为目标。学界虽然推崇"还原历史"，但同时也清楚地认

---

① 黄念然：《20世纪中国古代文学研究史·文论卷》，东方出版中心2006年版，第46页。

识到，历史是不可能还原的。生活有无穷多的侧面和纷繁复杂的联系，当它成为历史之后，后人仅凭有限的难辨真伪的文献是无法将其还原的。因此，"还原历史"是一个理想目标，为学术研究提供了方向与精神，却无法完全实现。在中国文学批评史的学习与研究中，研究者应在这一理想目标的鼓舞下，致力于重溯某一领域、有关某一具体问题的历史环境，用以探索古代文学理论批评的真实内涵。具体而言，应有的研究态度包括以下三点。

其一，以文献为基础。考订文献是一切学术研究的基础，一个领域研究的突破常以相关文献研究的突破为前提。想要了解某一文学批评论著产生的历史背景，首先要对这一论著的版本详加考订，同时参考与之相关的文献资料，确定其作者与成书年代，然后查阅与其作者和生活年代相关的历史文献，了解作者生平与成书时代背景，结合论著内容加深对其理论内涵的理解。这些都离不开对文献的搜集、校勘、辨伪等整理工作。

其二，对历史既要抱有"了解之同情"，又要秉持客观的历史意识。对待古人的思想、文学创作和文学批评，首先应以文献为基础运用合理的想象，设身处地地站在当时的社会环境中理解其产生原因，而不是站在当代用带有优越感的态度审视、批判古代思想、文学创作与文学批评的"浅薄"。正如钱穆《国史大纲》所说：

> 所谓对其本国已往历史略有所知者，尤必附随一种对其本国已往历史之温情与敬意。

> 所谓对其本国已往历史有一种温情与敬意者，至少不会对其本国已往历史抱一种偏激的虚无主义，即视本国已往历史为无一点有价值，亦无一处足以使彼满意。亦至少不会感到现在我们是站在已往历史最高之顶点，此乃一种浅薄狂妄的进化观，而将我们当身种种罪恶

与弱点，一切诿卸于古人。此乃一种似是而非之文化自谴。①

在具备"了解之同情"的同时，我们还需要具备历史意识，追求客观看待历史的态度，在保持情感态度中立的前提下研究历史文献，不会受个人情感因素支配而产生偏好，对历史随意解说。

其三，重视对古代文学作品的阅读与研究，将文学作品研究与文学批评研究相结合。一方面，古人的文学批评常常是针对具体的文学作家作品做具体的文学批评，进而归纳提炼出若干文学理论原则。通过阅读丰富的文献资料，了解批评对象的创作背景，作者的生平、思想、创作风格等，有助于加深对文学批评的理解，进而能够更好地把握其较为抽象的理论原则。另一方面，古代文学批评家常常也是作家，他们也创作诗文等文学作品。通过阅读其文学创作，也有利于更加深入地研究其文学批评反映出的文学思想。

（二）研究内容

如前文所言，"社会—历史"研究方法应用于中国文学批评史的学习与研究，主要是从社会历史内容的层面加深对文学批评论著的理解。具体来说，主要有以下内容。

其一，以历史文献为基础，考定文学批评论著的作者与成书年代。通过阅读丰富的文献资料，并运用校勘、辨伪等文献学方法，确定文学批评论著的作者，才能"详细考察作者、作者的文本、作者的人生经验和产生文本的真实历史之间的内在联系"，因此，"文本的署名或所有权往往成了判断话语真实性的基本前提"②。考定其成书年代的重要性也是如此，并且，即使作者已经确定，成书年代的先后也与作者人生前后的思想变化有

---

① 钱穆：《国史大纲》，商务印书馆2010年版，第1页。
② 黄念然：《20世纪中国古代文学研究史·文论卷》，东方出版中心2006年版，第42页。

关。因此，研究文学批评论著的理论内涵，应首先利用历史文献考定其作者与成书年代。例如，学界对《二十四诗品》作者与成书年代的考定，是正确理解其理论内涵的重要基础之一。

其二，在确定作者与成书年代之后，应广泛搜集文献资料，深入了解批评家的家世、生平、性格、思想、情趣、爱好、人生抱负、文学创作风格等各个方面，形成资料汇编、年谱、评传等研究成果。研究文学批评论著的文学思想，必须进入批评家的内心世界。研究者要努力拓宽知识面，提高收集材料的能力，广泛搜集与批评家生活相关的历史文献，从中窥探其内心世界，探讨其思想，研究批评家个人特点对其文学批评的影响，加深对文学批评的认识。同时，还要通过其文学批评论著与文学创作作品，丰富对批评家思想、情趣、爱好、人生抱负等方面的认识。罗宗强《玄学与魏晋士人心态》《明代后期士人心态》就是这方面的代表性成果。因此，可以说，文学批评史的研究与生活史、心灵史的研究是相互促进的。

其三，运用丰富的历史文化知识和对文学作品的研究成果，对文学批评内容进行校勘，并对文学批评论著中的批评对象和历史现象作细致笺注，在历史生活与历史思潮中解读文学批评，丰富对文学批评论著中历史文化现象的认识，进而推动理论内涵阐释的深入。例如，王运熙研究《河岳英灵集叙》论盛唐诗歌时，利用两《唐书》《资治通鉴》《唐诗纪事》《登科记考》等历史文献，指出唐玄宗、张说在提倡质朴之风、转变唐初靡丽文风活动中的倡导作用。同时，提高文本细读的能力，努力探索文学批评反映的历史思潮、社会风气等内容。

三 限度：文学的"特殊性"与理论阐发

"社会—历史"研究方法突出社会历史内容研究在中国文学批评史研

究中的重要性，但是，这一方法的运用有其限度。简言之，"社会—历史"研究方法一方面要关注到文学与历史在记载社会生活文学方面的不同，关注文学的"特殊性"；另一方面要注意到，对文学批评相关社会历史的考辨最终要服务于文学批评理论内涵的阐发。

（一）文学的"特殊性"

文学记载现实生活与史书有很大不同。首先，中国文学有一以贯之的抒情传统。作家在用文学创作记录现实生活时，是以个人的独特视角审视外在世界，往往会将自己丰富饱满的个人情感融入作品中，并非机械地书写外在事物。古代文学批评家就已经注意到这一点。例如，古人的"诗史"概念，虽然以诗歌记载现实生活为主要内涵，但同时也注意到了诗歌蕴含的个人情感。最早提出"诗史"概念的孟棨就十分注重"情"的作用，强调诗歌是"触事兴咏"，诗人受到外物的触动心有所感，创作出饱含个人心绪的诗作，王夫之更是将"情景交融"的理论与"诗史"概念相结合，突出"诗史"之作也有丰富个人情感的特点。由此可以看出，古人的"诗史"说不仅强调诗歌要记载现实生活，也非常注重在记载现实生活的同时保持诗歌抒情的美学特征。因此，当代学者在研究古代文学作品与文学批评时，也要注重其抒情传统，在运用"社会—历史"研究方法关注文学作品与批评写作的历史背景和反映的历史生活，强调历史文献考辨的重要性时，也要自觉投入个人感觉与感情，从抒情的角度审视文学作品与文学批评，做到感性品味与理性判断相结合。

其次，文学与历史相比在记载现实生活方面的不同还在于，文学作品会运用丰富多样的创作手法对材料进行加工，几位作家对同一事件的书写可能大相径庭。正如前文所提到的，古人的"诗史"说中都会或多或少地关注诗歌如何记载现实生活的问题，讨论诗体、用字、用典等创作特点，并且还将创作手法与《春秋》《史记》的写作手法相比较指出其异同。因此，在研究文学作品与文学批评时，也要注意创作手法的问题，关注作为社会与文学的中介的作者在书写中发挥的独特的"转化"作用，这也是文学研究与历史、思想研究的不同之一："就研究者而言，思想家研究着眼于文章的思想资料，历史学研究着眼于文章所记的事与势。二者都着重文章'说什么'，文学则不仅关注文章的思与情、事与势，更在同样关注'说什么'以外，进而要求关注'如何说'，再进一步要探究'为什么会这样说'。"① 这也是在运用"社会—历史"研究方法时需要兼顾的，对文学作品和文学批评的研究不能局限于对"说什么"的探讨。

（二）理论阐发

前文已简单述及，作为注重理论阐发的中国文学批评史研究，不应止步于对文学作品与文学批评产生的历史背景、反映的历史内容的研究，历史考辨最终应与理论阐发相结合，为理论阐发提供支持。关于历史考辨研究与理论阐发研究的关系问题，黄念然的论述较为恰当：

> 应当将学术价值、学术逻辑和学术目的三者区别开来，才能比较辩证地处理好前二者之间的对立或冲突。就学术价值而言，理论阐发型研究和历史考辨型研究不分轩轾，但从学术逻辑上讲，在古代文论研究中历史考辨型研究应当优先于理论阐发型研究，理由是：从学科发生学的角度看，古代文论的理论学科属性是依附于其历史学科属性的，历史本真面貌没有搞清楚就进行理论阐发，往往成了空疏之学，因为思想的活力只有在对传统的准确理解和不断发掘中才能获取本原性的力量，并且自"白话文"运动以后，研究者对古典文艺理论内涵的阐发首先还会遭遇到一个现代语言的转换问题，而这往往也有赖于历史考辨型研究。20 世纪古代文论研究中的学术实践也证实了这样的

---

① 赵昌平：《文献、文化、文学之契合》，《文学遗产》2013 年第 6 期。

> 学术逻辑：大凡在历史考辨上下过苦功的学者，在理论上的成就也相对较高。……这也就是说，从学术逻辑上讲，历史考辨型研究是第一位的。而从学术目的来看，历史考辨最终是为了抵达理论核心，并准确敞现理论内涵，理论阐发型研究应是第一位的。①

由此可见，中国文学批评史研究的核心目的，是对古代文学理论批评的理论内涵作合理阐发，而考察文学作品与文学批评的作者与时代背景是其必要基础，探究文学作品与文学批评反映的心态、思潮、风气、生活等社会历史内容，也是中国文学批评史研究应有的重要组成部分。

综上所述，在中国文学批评史的学习与研究中应用"社会—历史"研究方法，首先应注重历史文献不可替代的基础作用，考定文学批评论著的作者与成书年代；努力搜集与文学批评家家世、生平、思想、性格、情趣、喜好、文学创作等相关资料，用以支撑对文学批评蕴含的文学思想的研究，并从文学批评研究中进一步丰富对文学批评家思想、个性、喜好、创作风格等方面的认识，可形成年谱、评传、资料汇编等研究成果；借助丰富的历史文献资料，探究文学批评及其批评对象写作的时代背景和批评对象的作者，在历史生活与历史思潮中加深对文学批评的研究，并从中发掘文学批评及其批评对象反映的社会生活内容，可形成对文学批评论著的细致笺注等研究成果。并且，在运用"社会—历史"研究方法的同时，既要充分关注文学的抒情特征与创作手法等"独特性"，不能将书写现实生活的文学作品简单等同于史书对社会历史的记载；又要牢记中国文学批评史研究的最终研究目的，恰当借鉴西方现代理论，在历史考辨的基础上进行严谨的理论阐发，使中国文学批评研究有所突破，做出中国文学批评研究的当代贡献。

---

① 黄念然：《20世纪中国古代文学研究史·文论卷》，东方出版中心2006年版，第49—50页。

The Useand Limit of the "Society-History" Research Method in the Study of Chinese Classical Literary Criticisms

Wang Jianbo

Abstract The "society-history" research method is to study the background of literary works and the social situation reflected by the works to deepen the understanding of the works by reading rich historical materials, on which to study the background of literary criticism and the social situation such as the mentality and trend of thought reflected by literary criticism. The method inherits Chinese academic tradition and has outstanding applicability to the study of Chinese classical literary criticism, whereas there are some problems with its use. If researchers, while using this method, not only pay full attention to the uniqueness of literature, such as the lyricism and artistic techniques, but also keep in mind the ultimate purpose of the study of Chinese classical literary criticism, properly draw on modern western theories, and carry out rigorous theoretical interpretation on the basis of historical research, the existing problems will be effectively alleviated, and the study of Chinese classical literary criticism will also make new progress.

Key Words The "society-history" research method; Chinese classical literary criticism; theoretical interpretation

Author Wang Jianbo, Doctor of literature, is a student from Center for Theory of Literature and Aesthetics, Shandong University, His academic interest is history of Chinese literary criticism.

文论选译

Translated Paper

个人主义、个性与文化的复兴

[美] 普雷德里格·塞科瓦茨基著 周维山译

摘要 "个人"是西方文化的一大发明,也是现代西方文化迷失的根源之一。洛克是个人概念的提出者,认为每一个人都是独立的、原子的精神实体。其优点是突出了社会的公约性,其缺点是忽视了人类社会的整体性,没有回答人的内在价值。舍勒赋予人以绝对的内在价值。他认为,个性是一个带有终极意义的概念,它深刻揭示了个人、社区和道德之间的关系。哈特曼对舍勒个性理论进行了补充和完善。他认为,个性不可以归属于舍勒所说的更高级的社会团体,也不可以归结为类型学理论家所谈论的类型。它是一种真正的人生智慧,智慧是个性的核心。只有这个意义上理解的个性,才有可能是促使我们迷失文化的复兴的一种可行的补救办法。

关键词 个人 个性 智慧 文化的复兴

作者简介 普雷德里格·塞科瓦茨基(Predrag Cicovacki),美国圣十字学院(College of the Holy Cross)教授,主要从事哲学和美学研究。

译者简介 周维山,曲阜师范大学文学院副教授,主要从事文艺美学研究。

"个人"是西方文化的一大发明,也是西方文化对世界文明的巨大贡献之一。但是,它和其他发明一样,也并非没有危险:对我们自身在人类社会和整个自然界中所扮演的角色而言,与个人和个人主义相关的很多东西,都是肤浅的和冷漠的。为了把这一宏大的主题集中在几个相关的点上,下面我将集中讨论几个问题:"个人"在西方出现的背景是什么;"个人"与"个性"之间的联系和区别是什么;如果西方哲学因过分强调自主和个人而最终导致(非常困扰我们的文化的)主观主义和相对主义,那么,为了促使我们迷失文化的复兴,这些概念中有没有我们需要保持和发展的共同的核心呢?

沿着这一思路,我将主要阐述约翰·洛克(John Locke)、马克斯·舍勒(Max Scheler),特别是尼古拉·哈特曼(Nicolai Hartmann)的思想。

一

对约翰·洛克而言,更为知名的也许是他对知识理论和政治哲学的贡献,同时,他也是近代西方哲学史上最具影响力的概念之一——"个人"这一概念的提出者。[①] 洛克是一个有科学头脑的人,他深受伽利略和牛顿的影响,并把他们的物理学成果应用到对个人的理解中。简单来说,就是洛克把个人(或者也可以说一个人,洛克似乎并没有把他们区分开来)理解为一种独立的、原子的精神实体。人作为一种原子性的精神实体,是自由和独立的,只有通过主观的内省才能认识自己。这种具有自我意识的精神实体与组成我们身体和其他(位于公共的空间和时间中的)物质现实的物质实体是相分离的。人死后,他的精神实体或灵魂是可以分离的,并不受构成他身体的物质实体分解的影响。因而,洛克的观点既保留了基督教关于灵魂和肉体分离的教义,也承认了灵魂不朽的可能性。[②]

其实,洛克关于个人的概念最重要的含义并不在于此。既然每一个个

[①] 我对洛克观点的陈述是基于 F. S. C. 诺斯罗普的巨著《东方与西方的相遇:关于世界理解的探究》(纽约:麦克米兰公司1946年版),特别是第三章"美国的自由文化",第66—164页。

[②] 在东方,上帝不被视为一个人,这是偶然的吗?荣格等心理学家认为,这是因为在东方没有正确的"人"(persona)概念。他还认为,它在西方的存在不仅是一种文化成就,而且可能是我们文化问题的根源。参见《荣格文集》第17卷《个性的发展》,普林斯顿大学出版社1970年版。

人的精神实体都是一个完全自给自足的存在，即，它不需要任何其他精神实体的存在来维持其正常的功能，那么，这也就意味着一个个体与其他个体之间没有任何有机的联系。事实上，洛克的理论并没有阐明众多精神实体（或众多个人）之间的联系。这是他理论的最大优点，也是更大的缺点。

我们先说优点。对于组成社会的所有个人来说，没有任何社会规则是由上帝或自然界制定的。如果存在并被广泛接受的社会法则，其权威只能归功于社会公约，即独立的原子个体的多数同意。事实证明，这一学说对新解放的美国具有极大的吸引力，并成为美国《独立宣言》（实际上，也是整个法律体系）的基础。如果洛克是对的，这种个人主义对有机社会原则的胜利具有以下重要的含义。对于洛克来说，政府（或国家）的存在是一种必要的恶。国家作为一种必要的恶，它迫使个人放弃理想的善的一部分，即个人的完全独立和自由。洛克认为，这样做是为了保护个人的私有财产——个人的物质身体以及个人外在的物质的东西。

尽管洛克的观点影响巨大，但它也面临着许多挑战性问题。例如，它使我们理解价值的本质变得非常困难。尽管洛克使用了传统的"内在"价值的概念，但他没有办法解释这种价值的存在。这就是他为什么逐渐转向在后来的西方文明中发挥了巨大的作用的"使用"价值这一功能性概念。它渐渐地为"交换"价值提供了一个基础，而我们的市场经济和以经济为主导的世界，都是在这个基础之上的。

因此，洛克的观点让我们理解了人类行为的价值，以及他们参与其中的一种重要的交互方式。但是人类自身的价值又是什么呢？难道社会仅仅是独立和孤立的个人的集合吗？如果部分似乎总是唯一相关的东西，那么，人类作为一个整体究竟有何意义呢？当政府存在的唯一理由是保护私有财产时，那么，这也就是在美国（以及其他一些西欧国家，尤其是英国）的人权，从来没有像保护私有财产一样受到重视的一个重要原因。然而，除了他们拥有的私有财产外，难道就没有一种衡量人性的标准吗？难道不是我们人类——每一个人都拥有某种内在的价值吗？

二

从洛克时代到20世纪初，发生了很大的变化。依据物质实体来理解人（或个人）的整个认识被否定了，例如康德。根据康德的形式伦理学，一个人既不是一个实体也不是一个事物，而是一个自主的理性存在。康德也不太关心使用价值和有利性：这些问题可能对节省和审慎很重要，但它们几乎与道德无关。作为一个自主的理性存在，一个人具有内在的（或者用康德的话说，即绝对的）价值。

康德的观点进一步引发了胡塞尔对先验自我和海德格尔对此在的关注。舍勒希望赋予人以绝对价值，但其依据的不是康德的形式伦理，而是更为全面的考量。[①] 对舍勒来说，人是一个由不同类型和性质的行为组成的具体的统一体。人的存在就是其所有的行为，但是，不能简化成其中的任何一种。对舍勒来说，问题不在于一个人是什么，而在于一个人是谁。而且，第二个问题只能通过价值的洞察来回答，也就是说，通过对人的行为和人的整体生活方式的直观把握来回答。对舍勒来说，既然一个个体的人永远不会与他或她的社区和社会相分离——那么我们只能根据他或她所在的更大的社区和时代来认识一个人。

舍勒认为，现代性正经历一场严重的价值危机。这场危机是三种核心的思想倾向的结果。第一种是资本主义的兴起。它不仅被理解为一种经济

---

① 关于舍勒的价值的观点，参见他的《伦理学中的形式主义和价值的非正式伦理学》，M. S. 弗林斯（M. S. Frings）和 R. L. 芬克（R. L. Funk）译（埃文斯顿：IL. 美国西北大学出版社1973年版），第二部分，第163—595页；以及舍勒的《人与自我价值》，M. S. 弗林斯译（多德雷赫特：马蒂努斯·尼霍夫出版社1987年版），第98—127页。

文论选译
Translated Paper

体系，而且被理解为一种生活方式。第二种是自然的机械化。通过自然科学和技术的发展，自然机械化为资本主义的进一步发展服务。最后，也是与我们的语境最为相关的，是自由个人主义的弊病。最后一种思想倾向既支持资本主义，反过来，又受到资本主义日益增长的欲望的支持。依据洛克的精神，现代社会充斥着以私有财产和功利为主要价值的迷恋。当功利（和作为实用的衡量标准的私有财产）成为一个核心价值时，价值就会发生逆转——从双重意义上说。首先，最低的价值变成了最高的价值，其次，对功利的痴迷导致对所有更高的精神价值的漠视。当更高的价值使我们在质的方式上个体化时，功利的支配导致所有质的方面差异趋于均衡。用现代术语来说，它导致了一个消费的社会和一个从众的心理。唯一的区别是数量上的：那些拥有更多私人财产的人被看得比其他人重要。

在洛克所开启的自由个人主义中，所有的人际关系都被认为是契约的和人为的。他们之间的关系是为了利益和根据所谓自由和独立的个人的利益上形成的。私有财产是它们区分的依据：我的东西不是你的，反之亦然。舍勒甚至说，虽然（现代）社会建立在分离和不信任的基础上，但真正的人类社会是建立在信任的基础上的：相互同情和相互支持。这就是为什么随着资本主义的兴起和自然的机械化，自由个人主义导致了各种社会团体减少的原因。为了对抗现代社会的这种致命倾向，舍勒一方面强调爱，另一方面强调某些公共团体的关联：比如，民族、国家、文化圈，以及最终极的——人类。在他看来，个性的概念是一个带有终极意义的概念，它必须提醒我们，个人、社区和道德是多么全面和深刻的三角关系。舍勒的整个伦理体系可以看作"道德个性主义"的伦理。

三

舍勒的建议通常是令人鼓舞的，但它们是不系统的，甚至有时是相互矛盾的。有时,他会凭借自己丰富的想象力,天马行空,提出一些不切实际的主张。在这一点上,他的著作得到了他的朋友兼合作者尼古拉·哈特曼的纠正和补充,哈特曼或许是20世纪最具系统性的思想家。

哈特曼深受舍勒伦理学和舍勒对个性概念核心关联性的强调——以及舍勒本人的个性的启发。① 他同意舍勒将个人与奇特联系在一起,奇特是一个定量概念,也同意把一个人与独特联系一起,独特是一个定性概念。此外,哈特曼也赞赏舍勒的公共倾向,根据这种倾向,个性是通过与他人的关系而不是任何原子论的术语来定义的。他还支持舍勒有关我们迷失文明的复兴必须来自真正个性价值恢复的观点。

然而,哈特曼对舍勒也有一些异议。例如,舍勒把个性归因于各种客观精神的形式和更高级的社会团体:民族、国家、文化圈和人类。尽管洛克坚持认为自觉不是个性所需要的一个充分标准,但在本体论上是必要的:"个性意味着一个主体,一个自觉,而不是反过来。"(Ⅱ,108)各种客观精神的形式或更高级的社会团体,只能是伪个性。因此,哈特曼强烈反对个性概念的不合理扩大。"只能是个人能代表整体,但整体本身永远不是个人。"(Ⅰ,340)

将个性归属于"更高级的社会团体"不仅在本体论上是错误的,而且在价值论上也是错误的。个人的不平等比普遍的平等更能深入人的本质,普遍的平等是由各种"更高级的社会团体"所捍卫的。对哈特曼来说,更重要的是,"群体从来都不是完整人类的载体。"(Ⅱ,108)相反,个人才是。

哈特曼在做出这样的评论时,他一定对一个相关的现象感到震惊:伴随着社会伦理的主导以及个人在大众中迷失自我的意愿,个性和独特

---

① 我关于哈特曼的论述以他的三卷本《伦理学》为基础。斯坦顿·科伊特(Stanton Coit)译(伦敦:乔治·艾伦和爱文出版社1932年版)。后面本文中所有与之相关的引用,只注卷数和页码。

性正在被抛弃。在哈特曼生活的时代，国家（和一般的政治机构）承担了个人的角色和权力，诱使人们采取各种不宽容和残酷的形式，其破坏范围和规模超过了人类历史上的任何时期。在我们这个时代，是金融机构和大公司篡夺了个性的角色，并拥有向世界其他地区发号施令的权力。

像阿尔伯特·施韦泽（Albert Schweitzer）、埃里希·弗洛姆（Erich Fromm）以及类似的知识分子一样，哈特曼反对这种"更高级的社会团体"的伪个性化——以及它们对职权的滥用和不负责任。和施韦泽、弗洛姆一样，哈特曼对大众准备放弃个人的个性和把自己融合一种或另一种大众运动形式之中深感忧虑。

大量个人和个性的丧失以及与之相伴随的意愿，促使一些追求最大多样化倾向的知识分子开始谈论什么才是真正的个性，并提供了标准的个人的不同的类型。比如，爱德华·斯潘格勒（Eduard Spangler）提出了人的六种类型：理论人、经济人、审美人、社会人、权力人和宗教人等。① 与哈特曼更为接近的是舍勒所捍卫的分类。② 舍勒按照他自己的价值等级秩序，将其分为神圣的、精神的价值、生命的价值、功利的价值和快乐的价值，并用很长的篇幅阐述了相应类型的人：圣人、天才、英雄、文明的引领者和享乐的艺术家。

哈特曼对这样的类型学不感兴趣。其中一个原因是，他认为个性在每个人身上不仅是不同的，而且应该是有差异的。正是通过这种应该存在的差异，一个人才变得独特和不可替代。他的本性的特定指向实际上只存在一次，而且只存在于他身上。在他身上，"个人的精神特质植根于普遍的精神特质之上"。（Ⅱ，349）

---

① 爱德华·斯潘格勒：《生命形式：人本主义心理学和人格伦理学》第二版，慕尼黑：西本斯特恩塔申布赫出版社 1965 年版，第 101—240 页。
② 参见舍勒的《伦理学中的形式主义和价值的非正式伦理学》（埃文斯顿：IL. 美国西北大学出版社 1973 年版），第 163—595 页；舍勒的《人与自我价值》（多德雷赫特：马蒂努斯·尼霍夫出版社 1987 年版），第 98—127 页。

典型位于中间,即个人和一般人之间。哈特曼认为,每个人评定方向的独特性赋予了他追求自己道路的权利,不仅要超越最一般的,也要超越单纯的类型。这种追求既有好处也有坏处。它是有益的,因为它允许一个人发展一种独特的评定方向,去追求一个与他个人、他个人的性格和倾向等特别相关的综合的价值。然而,这种倾向也是有害的,因为它只能在有限的价值范围内进行;每一个积极的价值的选择,同时也意味着不可避免地忽视了整个范围内没有被选择的价值。

哈特曼轻视人的类型学的另一个原因是,他认为大多数人"几乎没有个性"——他们与其他类型只有轻微的不同。然而,"严格意义上的个性只适用于评定复合体的独特性和差异性,而这种评定复合体在一个人的精神特质中构成了他内在性格的优先倾向。只有通过这种倾向,一个人才能真正超越适用于所有人应是的情况"。(Ⅱ,354-5)

从一个成熟的个人的个性来看,哈特曼指的不是"英雄",既不是舍勒狭义上的"英雄",也不是广义上的、普遍接受的"英雄"。英雄通常只是人的一般类型的一种更极端的表达。哈特曼也不认为在名人身上可以发现个性。个性的本质和真正意义在于内在的伟大。

个性在两个方面可以增加或减少:独特性的数量(从典型到高度独特)和从现实的人到他理想的精神特质的接近程度。我们时常把"富有的和有名的"视为个性的典范,因为对我们来说,这两个方面中的第一个似乎比第二个更重要。我们通过外部强加的标准、通过把某些人(或个人特质)与其他人(无论是普通的还是特殊的)相比较的标准来判断一个人。然而,这样的一个人是不真实的,因为他是根据某种任意的和外在的决定的标准决定他是否比别人更好或更成功。只有根据他接近他的理想的精神特质的能力时,他才是真实的。这并不排除第一个方面(独特性的数量),因为哈特曼认为两者都与真正的个性有关。

文论选译
Translated Paper

　　无论谁是真正有鲜明个性的人，在他自己那里，都把标准看作超越所有问题；在这一过程中，他忠实于自己。他表现出非常明确的和无误的同情和憎恶，对于这一点，除了在它们的存在及其被感受到的必然性中能找到之外，他不会给出任何理由。他以自己的而不是别人的眼光看待世界，他以自己喜欢的价值观看世界；他和它们保持一致。在这个词的真正意义上，他是一个为他自己的世界。（Ⅱ，354）

　　在这里，我们遇到了一个悖论，它进一步阐明了虚假和真实个性的区别。一方面，我们所有人都需要发展我们的个性，我们所有人都必须努力最大限度地实现我们的理想的精神特质。另一方面，有意识地成为一个真正个性的努力几乎肯定会阻止我们发展成一个真正的个性。关于人格的发展，不可能有特定的"应是"。进而言之，开启这样一种发展的努力应该是意识不到的。"个性……作为一种价值，从其本质上来说，永远不会在对自身的反思中实现，但是可以在对其他价值的反思中实现。"（Ⅱ，362）也不可能有意识地模仿别人的真实个性。"一个仅仅复制他人的人不仅不是有个性的人，而且肯定是对自己真正的个人本质的毁灭和伪造；不是一个人，而是一个类人猿。"（Ⅱ，363）

　　尽管发展自己的个性是一个明确的理想，如果不这样做是一种罪过，但这样的发展既不能是有意的，也不能基于模仿。对于一个人如何发展自己的个性，不可能有一个理性的公式——个性的价值不能被明确理解，"因为它本质上是非理性的"。（Ⅱ，364）一个人的个性只能通过随着自己的价值感受和先验洞察力来发展。"但我们决不能忘记"，哈特曼警告说，"先验的洞察力……永远不会脱离现实的经验表现，只有与现实相联系，才能取得成功。这里所经历的现实和别处一样，是一种促使心灵去注视思想的机会"。（Ⅱ，367）

　　哈特曼为了考虑个人的爱，突然停止了对个性价值的讨论。我认为，他有关个性的思想的延续可以在"论智慧"一章中找到。这并非偶然：智慧是一种生活的艺术，培养真正的个性当然需要一种生活的艺术。为了继续讨论，让我们转而看看他对智慧的一些看法。

哈特曼反对亚里士多德将智慧解释为"智力的"的美德，他指出，智慧"与洞察力、真理和知识等智力价值只有外围的联系"。（Ⅱ，238）亚里士多德把智慧带到了近乎沉思的自我放纵和不切实际脱离世界的境地。恰恰相反，哈特曼坚持认为，智慧必须与世界完全一致，因为它是对一切包含价值的事物的感知。

智慧也不应该被道德地解释，比如审慎，审慎本身只是"世俗的精明，根本没有作为一种性格的价值"。（Ⅱ，238）准确地说，智慧与我们基本的道德承诺有关。智慧是一种原始的道德性格，一般而言，它是一个人对生活的丰富多彩的承诺——他自己的生活以及其他人的生活。

这一概念显然与我们在哲学教科书中读到的有关智慧的理解相去甚远。事实上，在这个词的狭义的专业意义上，它与哲学没有特别的关系。相反，它关系到我们对生活的总体定位。哈特曼认为，他的解释不是偏离，而是对早期希腊和罗马传统中有关智慧原始含义的回归。在拉丁语中，σοφία 意味着智慧，它也不应以任何唯智论的或说教的方式解释。智慧是一种"道德鉴赏力"：一种"通向充实生活"和"对一切事物的欣赏以及对任何有价值事物的肯定、评价和态度"的能力。（Ⅱ，239）智慧只不过是"伦理精神，作为支配着整个生命的人类终极精神因素的气质态度。"（Ⅱ，239）

虽然对于那些从哈特曼的本体论著作了解他的人来说，这种智慧的概念可能看起来是令人惊讶，甚至是奇怪的，但只有通过对哈特曼哲学有一定程度的了解才能证明这种印象是正确的。尽管偶尔会有相反的印象，但是，哈特曼不是一个分析哲学家，他从来不想把哲学变成科学的仿品。哈特曼也不是欧洲大陆的哲学家，尤其就存在主义者对死亡的焦虑和恐惧的

文 论 选 译

关注方面来说。哈特曼是一位专注于生活的哲学家，专注于生活的丰富性和富足性，专注于生活的美和崇高。他把哲学理解为对奇迹的分析，理解为对存在奇迹的理性渗透，分析其中所包含的全部的细微差别和复杂性。哈特曼认为，这就是我们在前苏格拉底学派和尤其是在第一位真正的哲学大师苏格拉底身上发现的真实的哲学概念。苏格拉底式的"审视人生"理想指导着哈特曼的全部哲学努力，他在试图理解哲学的发展和智慧的本质时也是一样。

根据哈特曼的观点，苏格拉底式的自我认识是这种我们称为智慧的精神生活态度的第一个成果：

> 它确切地说明了知识就在它最困难的地方，在我们所有天生倾向于检查——一个人对自己道德上的不存在、失败和缺点等知识的客观性的地方。这种知识的伦理意义可以通过它所带来的价值来衡量，即对所要求的道德生活的正确评价，对一个人应该成其所是的评价。（Ⅱ，240）

从这个意义上说，也仅从这个意义上说，苏格拉底式的美德与知识之间的联系是合理的。然而，这不应该导致对美德与知识的过分认同。任何对善的本质的洞见都不足以使一个人变得善良，因为任何洞见都必须通过"意志、决心、积极的能量和自我控制"才能在真正的人格中得到强化。（Ⅱ，240）

尽管智慧和善良在同一个方向，但它们并不一致。当柏拉图指出价值在理想（理念）中的支配地位时，他对苏格拉底智慧的理解是正确的。智慧和美德与对理念的审视是密不可分的。它们以这样一种方式联系在一起：审视这些理念的人就会从它们的光芒中看到他在生活中所遇到和努力的一切。

· 285 ·

智者将他在精神"鉴赏"中所掌握的价值标准带入生活的所有关系中，并将这些标准渗透到他的人生观中。对他而言，这种对价值的支配不是通过反思，也不是通过对戒律的认识来得来的，而是一种直接的、直觉的、带有感情色彩的支配，这种支配从道德知觉的中心渗透到所有未被观察到的、冲动的刺激之中，并且已经活在他们心中。（Ⅱ，241）

这与任何人的类型学以及我们对英雄和伟人的通常看法是多么的不同啊！这与所有智者论和道德主义企图强加给我们的概念计划和道德戒律是多么不同啊！哈特曼所描述的一切听起来简单自然，就像我们可以想象到历史上的苏格拉底在他惯常的对话遭遇中一样。智慧是个性的核心，它的统一和评价原则决定了一个人所观察和所做的每一件事的色彩。要成为一个真正的个性，就必须在这个原始的、苏格拉底式的、柏拉图式的意义上变得明智。正如哈特曼所说：

　　对于智者来说，对形势的直觉把握在一定程度上取决于这种更广阔的视角，即，理念的视角。对形势重要性的理解取决于人们看待它的角度。视角越大，对形势的洞察就越深刻。伦理预测是意义的赋予。因为实际上，它是一种活生生的价值意义——但它是模糊的、不祥的，内容还不明确的。智者伸出一千条触角，超越了自己和自己有限的理解力；他并不生活在他已经知道自己的世界里，而是生活在一个超越自我的世界里。这就是智慧的严格意义。（Ⅱ，241）

我们可以补充说，这也是真正人格的严格意义。我和哈特曼一样坚定地相信，这样理解的个性是促使我们疲敝的文明得以复兴的一种可行的补救办法。

Individualism, Personality and the Restoration of Civilization

Predrag Cicovacki, Trans

Zhou Weishan

Abstract Individuality is an invention of the Western culture, and it is also one of the roots of our disoriented civilization. Locke is also the author of individuality. He understands a person as an independent and atomic mental substance. Its advantage is that the convention of society is highlighted. And its disadvantage is that the whole of human is ignored, and it does not answer the intrinsic value of human beings. Scheler granted the absolute value to persons. On his view, the concept of personality is the culminating point that deeply reveals the triangular nexus of individuality, community, and morality. His theory of personality was corrected and supplemented by Hartmann. Hartmann thinks the personality not only belong to the higher social units, but also the one of classifications of model persons. It is a genuine wisdom of life. Wisdom is that core of personality. Only personality thus is understood, it can be a viable remedy for the restoration of the ills of our civilization.

Key Words Individuality; personality; wisdom; the restoration of the civilization

Author Predrag Cicovacki, professor of the College of the Holy Cross, is mainly engaged in philosophical and aesthetic research.

Translator Zhou Weishan, Associate Professor, School of Arts, Qufu Normal University, mainly engaged in the study of literary aesthetics.

会议综述

Conference summary

"山东大学中国古代文学理论青年学者论坛"成功举办

伏 煦 杨 阳

2019 年 11 月 9—10 日,由山东大学文学院主办、文艺美学研究中心承办的"山东大学中国古代文学理论青年学者论坛"在山东大学中心校区成功举行。来自国内近 20 所高等院校的 30 多名青年学者,围绕中国古代文学理论研究的相关问题,展开热烈的交流和讨论。

9 日上午,论坛举行开幕式,召集人伏煦老师担任主持人,山东大学文学院院长杜泽逊教授、中山大学中国语言文学系主任彭玉平教授、华南师范大学文学院特聘教授蒋寅先生出席开幕式并致辞。开幕式上,杜泽逊教授首先对各位青年学者的到来表示欢迎,并希望这次论坛能够为相关领域的青年学者搭建一个交流的平台。随后,蒋寅教授、彭玉平教授分别做了主题报告。蒋寅教授谈及古代文论研究的学科定位问题,认为学术研究应该是"学无古今,学无中西,学无有用无用",以诠释使古代文论对现代开放,实现古今、中西对话与互补。彭玉平教授则从读书的方法出发,结合十年来自己研究王国维的经历,提出要做有灵性的学术,并建议青年学人"做足微观,适度中观,谨慎宏观"。

合影和短暂休息后,论文分组报告开始,由报告人汇报、评议人点评、回应及自由讨论三个环节构成,依据研究对象分为 A、B 两组,依次进行了六场报告,从论文的主题与研究方法上来看,主要呈现出以下特点。

一 经典文学理论的新阐释

陈特（复旦大学）《"文的自觉"与文体观念的嬗变——由文体侧重论从〈典论·论文〉到〈文赋〉的理论演进》从文体观念的角度，辨析《典论·论文》与《文赋》所指"文"的不同，以此观照"文的自觉"这一重大问题；李程（华中师范大学）《辨味言诗：论中国古典诗学中的"醇"》考察了"醇"这一美学概念如何进入诗学，在清代的"盛世之音"中又具有怎样的诗教意义；李飞（山东大学）《〈文心雕龙〉旧注辨证三题》结合六朝的学术、思想和文化，对《文心雕龙》文本的三个难题进行了重新解释，即《辨骚》篇中的"博徒"、《史传》篇中的"庖牺以来，未闻女帝者也"，以及《事类》《才略》中的"无懵"；宋威山（扬州大学）《以道言诗：论叶燮诗学体系的思想渊源》深入讨论了《原诗》折中六经的诗学体系，为认识叶燮诗学提供了思想的维度；陶慧（南京师范大学）《隐形与并叙：〈新唐书·文艺传〉史论与唐代诗史建构》提出《新唐书·文艺传》对唐代诗歌史的历史叙述和理论构建，主要体现于具有里程碑意义的沈、宋与杜甫传论之中，具体的史论与《文艺传序》一隐一显、分头并叙，对唐代文与诗两者体裁的发展进行了系统梳理；张诗洋（中国人民大学）《论祁彪佳戏曲批评的突破与局限》讨论了祁彪佳的戏曲批评以"剧本"而非"曲家"为中心，体现出剧学探索的意识，但祁氏将"构局"作为戏曲批评的主轴，又存在一定的局限性。

二 文学理论的历史背景研究

付佳奥（西南大学）《瑕病与胜负：唐代艺术精神一种》以瑕病批评

为视角，考察了唐人在文学批评活动中的争胜之风；黄若舜（南京大学）《"理"与"势"：西汉宣元政革影响下的文章美学分野——以匡衡、刘向文为中心》从西汉中后期的政治背景出发，以匡衡和刘向散文为例证，论述了"渊静"和"苍茫"两种不同的风格；李小雨（华南师范大学）《从"高史"并称到"姜史"并称：论雍乾词坛的层级式宗尚》以雍乾词学批评多以"姜史"并称的现象，考察了浙派词人群体建构经典词人序列的努力和雍乾词坛"层级式宗尚"的特点；唐可（中山大学）《接武旁流——阳湖派与桐城派关系新论》回归历史现场，从阳湖派内部成员的离合异同入手，重新定位其与桐城派的关系；武君（北京师范大学）《元代诗歌教习及其诗学意义》则从"学诗"的角度把握元代诗学，解释出入门教材、课业规式与应试训练对于元代诗学生成和发展的意义；徐昌盛（湖南师范大学）《偏才论与魏晋文学批评》指出《典论·论文》是揭示偏才论的经典文献，刘劭《人物志》对偏才论进行了理论总结，呼应了当时曹操"唯才是用"的政策，并推动了魏晋作家论向文体论的发展；徐俪成（华东师范大学）《汉魏六朝"文人无行"话语的演生——以文人政治处境为视角》将东汉以来"文人无行"分为"苟容取幸"、"躁进求名"和"恃才傲物"等类型，并指出其社会政治原因以及对文人群体政治处境的影响；周游（江南大学）《制造与遗忘——从嘉兴二钱与桐城派的关系说起》追溯了嘉兴钱仪吉、泰吉兄弟如何被曾国藩等纳入桐城派的过程，并从两者的古文研习和创作方式，揭示出二者更接近吴派汉学家的古文旨趣。

三 域外汉籍、海外汉学的文献与中国文学研究的新视角

卞东波（南京大学）《中国古典文学文本的异域阐释——论中国文集的日本古代注本》从中国文集日本古代注本产生的学术背景、注释方式、

学术价值等角度，对这一系列珍贵的中国文学研究资料做出了宏观而全面的论述；李晓田（南京大学）《化身千亿：陆游诗歌在五山文学中的流传与接受》从日本汉诗选集对陆游诗歌的偏好及五山文学对放翁诗的接受情况，讨论了五山诗僧所形塑的放翁形象，并从文化背景对相应的现象做出解释；徐巧越（中山大学）《从"功利之认识"到"独立之研究"——论19世纪英人的中国戏曲观》从研究者身份、研究初衷、研究方式等角度，考察了19世纪来华的英国人对中国戏曲认识的转变，并揭示出这种转变对于中英两国的意义；张淘（四川大学）《渡日明人陈元赟的〈升庵诗话〉及其影响》则以兼备诗话与诗格的《升庵诗话》为研究对象，在梳理其书所述字法、句法、联法、篇法的基础上，阐述了陈氏对日本诗坛的影响。

四　文学理论与艺术及艺术理论的关系

陈琳琳（北京大学）《典范的形塑与流传：中日文学与绘画中的"东坡笠屐"》考察了"东坡笠屐"这一形象在中日两国文学与绘画中不同的接受、阐述与重塑，成为一个典型的东亚文化意象；莫崇毅（南京大学）《"南宗"画论与"神韵"诗学的争锋与融通——以禅理为背景的二重结构论》从禅、诗、画跨媒介研究的视角对清康熙年间画苑与诗坛两大代表性理论进行了综合性的比较研究；赵宏祥（中山大学）《文章与画像——论古代文体与肖像画的互通》试图以古代肖像画为旁证，讨论了史传、像传、画像记等相关文体形态的演变。

五　批评文体及批评方法研究

伏煦（山东大学）《〈文心雕龙〉的批评文体与中国文学理论的表达

机制》一文在指出罗列经典文本谱系、辨析相关文体和二元概念等与骈文文体适于表达的内容之外，特别拈出"论事"这一与骈体不相容的因素在《文心雕龙》中的缺席；罗紫鹏（宁波大学）《从评点到考据：论古典小说研究方法在近代中国的转移与确立》关注了近代以来中国古典小说研究由传统的评点之学演变为史学、考据的方法，具备了现代学科的意义，但评点并未因之消失，而以新的方式存续；王逊（扬州大学）《中国文体学：概念辨析与立场确定》对当代中国"文体学"研究的现状和理论方法进行了深入总结，提出不能将"文"与"体"的概念简单组合，应当基于现代视野与现实诉求，重新确立"文体学"的格局和研究立场。

六 文学创作与文学理论、文学批评的关系

巢彦婷（华中科技大学）《放翁诗无长篇说——兼论陆游古体诗的文体特征》从诗体特征与个人创作习惯等角度，揭示了陆游古体诗缺乏长篇这一现象背后的原因，同时从"炼在句前""古乐府法作古诗"等角度，分析了陆游的古体诗创作倾向；郭文仪（中国人民大学）《生死之间——晚清临终诗的多维考察》一文从临终书写的动机与主题这一角度切入，讨论了临终诗歌不同的情境与其中的家国之变，并将其流传与效应纳入研究的范围；熊湘（江南大学）《论唐宋诗文别集序书写模式及其文章观》讨论了唐宋别集序的模式化与叙述策略，指出"序作者发挥的部分"这一构件在唐代常论述诗文的政教价值，而与集主的个人化写作产生矛盾，到了宋代，理学观念的浸入限制了诗文价值在集序中的发挥，造成了"文"的缺席；姚鹏举（中山大学）《常州词派与柳词胜处的探寻》则以常州词派对柳永的批评为中心，一方面注重柳词的气骨与笔法，另一方面注重

"言"的表达方式，讲求词笔法度，突破了前代评价柳词的方式，以此反思现今的柳词研究。

七　多学科视角中的中国古代文学理论研究

雷欣翰（上海交通大学）《文本与思想之间——历代〈鹖冠子〉文学批评研究》梳理了历代对《鹖冠子》文学成就与文本真伪的评价，并讨论了文学成就和文辞、思想之间的关系；林锋（北京大学）《"诸子家数行于文集"——章学诚的文集论与清代学人文集编纂》从章学诚的文集观念出发，阐述其"以文徇学"的理想，而文集体现"专家之学"的宗旨，也在清代诸多学人文集之中有所体现；刘占召（山东大学）《〈史通〉与明清时期的散文批评》弥补了现有的《史通》研究和古代散文批评结合不足的空白，着重讨论了史书繁简、"用晦"等方面在明确文论中得到的回应和发挥；翟新明（湖南大学）《附庸、独立与背离：唐宋书目中文史与总集类关系演变》以目录学中集部"文史"与"总集"两类在明代之前由合而离的过程为中心，反映了文论类著作从集部总集类独立的学术史过程，同时指出随着选本中评点的加入，总集与文论再次发生了关联。

各会场就论文及研究方法进行了热烈讨论，实现了良好的学术交流预期。

10日下午4时许，论坛闭幕式于知新楼A620报告厅举行。赵宏祥、李程、徐俪成、郭文仪四位青年学者分别介绍了9日、10日分组讨论情况，召集人伏煦回顾了论坛的筹备过程，对本次论坛的收获进行了总结。

本次"山东大学中国古代文学理论青年学者论坛"为中国古代文艺理论的青年研究者们提供了交流的平台，与会青年学者提交的三十余篇会议论文既有对焦点问题的深入探析，也有对学术研究方法论的广泛探寻。本次论坛介绍了古代文艺理论领域青年学者的近期研究成果，进一步密切了各院校的相关专业青年学者之间的思想交流、碰撞和共融，同时也进一步扩大山东大学文学院和文艺美学研究中心的学术影响力。